# 영화를 바라보다

# 영화를 바라보다

## 할리우드 영화의
## 돈과 정치 이야기

김화진 지음

휴먼큐브

머 리 말

# 할리우드 영화 산업을 생각한다

나는 한국 영화 팬은 아니었다. 가끔 잘되었다는 것들을 보고 실망한 적이 많았기 때문이다. 또 영화를 진지하게 보는 사람도 아니어서 그야말로 할리우드의 블록버스터를 좋아할 뿐인 평범한 관객이었다. 그런데 최근에 〈도둑들〉 〈베를린〉 〈설국열차〉 같은 한국 영화를 보면서 생각이 많이 달라졌다.

영화평론을 할 재주는 없고, 전공인 기업 인수 합병M&A과 투자은행 분야에서 다루는 미국 미디어 산업 내 큰 사건과 분쟁 사례 들을 연구해본 경험을 살려서 머니투데이에 가끔 영화 산업에 관한 칼럼을 썼다. 그리고 급기야 이 작은 책을 완성하게 되었다.

할리우드는 우리 영화인들의 벤치마킹 대상이고, 파트너이며, 목표이기도 하다. 또 세계 어디에서나 그렇듯이 국내 영화 시장의 큰 부분이다. 잘 알아야 할 곳이다. 최근 국내 영화인들의 할리우드 진출도 늘어나고 있다. 감독, 배우 들이다. 이는 국내 영화 산업이 CJ와 롯데를 필두로 하는 대기업군의 본격적인 참여로 산업이라 할 만한 규모와 수준을 갖추어가고 있는 현 상황과 궤를 같이한다. 향후 제작의 국제화가 이루어지면 국내 영화 산업도 세계 무대에 자리잡게 될 것이다.

할리우드라는 곳은 단순히 재능 있는 감독과 배우, 스태프 들이 모여 있는 데 불과한 곳이 아니다. 거대한 자본이 집결하고 투자가 이루어지며, 비용이 지출되고 이익이 나누어지는 곳이기도 하다. 이 책은 할리우드의 영화, 영화 산업, 미디어 산업의 그런 경제적 측면을 다루어본 것이다.

이 책은 크게 세 부분, 서른일곱 장의 길고 짧은 글들로 이루어져 있다. 1부는 할리우드 영화의 정치경제학에 관한 여러 가지

흥미로운 소주제들을 프리 스타일로 다룬다. 내가 영화를 볼 때 특정한 시각에서 생각했던 바들을 칼럼이나 수필처럼 써서 모은 것이다. 2부는 1부에서 정치, 경제, 역사에 직접 초점을 맞춘 것 외의 모든 주제에 대해 이야기한다. 3부는 영화 산업의 경제적 구조와 제작 금융, 미디어 산업의 구조 변경 등의 소주제들을 다룬다. 그러나 이 책은 전문서가 아니고 심지어는 전문 교양서도 아니었으면 하기 때문에 그 선을 넘지 않도록 조심했다. 책의 구성상 개별 영화, 배우, 감독 들의 스토리는 1부와 2부에, 개별 스튜디오들의 스토리는 3부에 포함했다.

책의 분량은 영화 한 편을 보는 데 드는 에너지 정도로 충분히 읽을 수 있도록 끊었다. 이 책을 위해 준비를 얼마나 했는지는 정확히 알 수 없다. 책에 언급한 영화만 해도 401편이니 짧은 시간은 아니겠다. 어쨌든 이 책은 지난해 7월 말에서 8월 초까지 3주 동안 쓰고 10월 한 달 동안 정리한 것이다. 즉 실제 집필 기간은 두 달이 채 안 되기 때문에 역시 영화 한 편 보듯이 쉼 없이 한 호흡으로 읽을 수 있을 것이다.

이 책을 세상에 선보이는 데 도움을 주신 조국 교수께 가장 먼저 감사드리고, 이 책의 원고 일부 또는 전부에 대해 좋은 평으로 격려해주신 이효성 변호사, 강보식 대표, 한인섭 교수, 정선주 교수께 감사드린다. 흔쾌히 이 책의 출판을 맡아주신 휴먼큐브 황상욱 대표께도 큰 감사를 드린다.

2014년 4월

김화진

# MONEY MOVIE

# 차례

# 1

# 할리우드 영화의 정치경제학

# 아카데미상 정치경제학

나와 나이가 같은 유명 인사들이 누군지에 관심이 많다. 이유는 잘 모르겠다. 할리우드에서는 숀 펜, 틸다 스윈턴 같은 배우들이 나와 같은 해에 태어났다. 할리우드 스타는 아니지만 세라 브라이트먼은 나보다 일주일 먼저 태어났다는 것을 안다.

조지 클루니는 1년 뒤다. 그런데 같은 해로 잘못 알고 있었다. 1학년 신입생들 수업 시간에 이런 농담을 했다. "조지 클루니는 나와 나이가 같은데 엄청나게 유명해요." 학생들은 그냥 웃는다(어쩌라고요?).

다음날. 이메일이 한 통 왔다.

"교수님. 조지 클루니는 영화배우고요, 교수님은 교수님이세요." 역시…… 좀 무안했다. 한편으로는 흐뭇했다. "흠……" 그다음 한 줄에 나는 더 행복해졌다.

"교수님도 멋있으세요."

2006년 가을에 있었던 일이다.

조지 클루니는 인기 만점의 배우이자 수단의 다르푸르 학살 사건에 깊은 관심을 보인 활동가다. 〈다르푸르 나우Darfur Now, 2007〉라는 다큐멘터리영화에도 참여했다. 여기서 클루니는 전 세계가 금세기 최악의 참혹한 대량 학살과 난민 사태 해결에 나서줄 것을 호소했고, 백악관에서 오바마 대통령과 수단 문제에 대해 토의하기도 했다(두 사람은 동갑이다). 워싱턴의 수단 대사관 앞에서 시위를 하다가 마틴 루서 킹 3세와 함께 계획대로 체포되어 연행된 일도 있다.

〈마이클 클레이턴Michael Clayton, 2007〉 〈인 디 에어Up in the Air, 2009〉 〈디센던트The Descendants, 2011〉 다 아주 괜찮은 영화들이다. 작년에는 제작비를 1억 달러 가까이 쏟아부은 3D 영화 〈그래비티Gravity, 2013〉에 출연했다. 이 영화는 『타임』이 2013년 최고의 영화로 선정했다. 그런데 늘 아슬아슬하게 아카데미 남우주연상을 놓치는 것이 아쉽다. 〈아르고Argo, 2012〉로 그랜트 헤슬로브, 벤 애플렉과 함께 제작자로서 작품상을 수상했다.

그러나 물론 내가 가장 좋아하는 클루니 영화는 '오션스' 시리즈다. 클루니는 〈오션스 트웰브Ocean's Twelve, 2004〉에 나오는 이탈리아 코모 호반의 툴루 백작 저택Villa Erba 같은 집을 실제로 코모에 가지고 있다.

### 상이 돈이 되는가

할리우드 정치경제의 본격적인 이야기는 아카데미상부터 시작하는 것이 예의가 되겠다.

아카데미상은 영화계의 모든 사람이 갈망하는 큰 상이다. 그 영향력은 세계적이다. 그런데 우선, 오스카라고 불리는 이 트로피를 받으면 돈을 많이 벌게 될까?

할리우드에는 '오스카 징크스'라는 말이 있는데 아카데미상을 받는다고 돈방석에 앉게 되지는 않는다는 뜻이다. 물론 영예를 돈으로 환산할 바는 아니다. 아카데미상을 타면 명문 대학에서 특강 초청을 받거나 영국 여왕의 저녁 만찬에 초대되기도 한다. 심지어 의학계 일각에서는 수상자들의 평균수명이 늘어난다는 연구를 놓고 갑론을박이 벌어진 일도 있다.

그러나 무엇보다도, 배우의 경우 자신이 선망하면서 자랐던 대배우들의 반열에 오르는 환희를 맛보는 것이다. 앤서니 홉킨스, 잭 니컬슨, 대니얼 데이루이스, 메릴 스트리프와 동급이 된다. 세월이 흐르면 스펜서 트레이시, 로런스 올리비에, 캐서린 헵번과도 동급이 되리라.

캐서린 헵번은 〈황금 연못On Golden Pond, 1981〉을 포함해서 여우주연상을 네 번 받았다. 첫 수상(〈아침의 영광Morning Glory, 1933〉)과 마지막 수상 사이가 48년이다. 2003년 6월 29일 타계했고, 7월 1일 저녁 브로드웨이의 가로등은 모두 밝기를 낮추었다.

물론 아카데미상을 달리 생각하는 경우도 있다. 〈패튼 대전차 군단Patton, 1970〉은 작품상, 감독상, 남우주연상을 포함해 일곱 개의 아카데미상을 받았다. 닉슨 대통령이 가장 좋아하는 영화였기 때문에 중국의 저우언라이 총리는 닉슨과의 회담 전에 이 영화를 주의깊게 보았다고 한다. 그러나 정작 패튼 장군 역을 맡은 조지 스콧은 아카데미상 수상을 거부한 것으로 유명하다. 투표로 영화와 배우의 등수를 정한다는 것이 마음에 들지 않는다는 이유였다.

상을 받으면 몸값이 높아지는 것은 당연하다. 시나리오가 물밀듯이 들어온다. 그러나 실제 흥행이 보장되지는 않는 모양이다. 그래서 상이 문제가 아니라 결국 그 배우의 원래 가치와 능력이 수입을 좌우한다는 말이 나온다. 젊은 나이에 상을 받을수록 유리하다. 기네스북에 따르면 〈워터프론트On the Waterfront, 1954〉와 〈대부The Godfather, 1972〉로 두 번 남우주연상을 받은 말런 브랜도는 〈슈퍼맨Superman, 1978〉에서 크립톤 행성의 과학자이자 슈퍼맨의 생부인 조엘 역할을 맡으면서 370만 달러(현재 가치 1400만 달러) 플러스 수익의 11.75퍼센트를 받았다. 촬영 일수는 단 13일이었다.

혹시 상으로 받은 트로피를 팔면 돈이 되지 않을까?

수상자 중에 이런 생각을 하는 사람은 없을 것이다. 그러나 트로피를 상속받은 후세 중에는 자기한테 별 의미 없는 물건, 돈이 되면 팔겠다는 사람이 나올 수 있다. 실제로 그런 일이 일어나기도 한다.

미국 영화예술과학아카데미는 트로피의 소유권은 수상자한테 있으나 트로피를 팔기 원하는 경우 아카데미에 먼저 매도 제의를 해야 한다는 계약서에 서명을 받는다. 서명 안 하면? 안 준다. 아카데미에 제안을 할 때는 가격이 정해져 있다. 단돈 1달러.

2011년에 오슨 웰스가 〈시민 케인Citizen Kane, 1941〉으로 받았던 각본상 트로피가 시장에 나왔다. 오슨 웰스 시절에는 트로피를 아카데미에 1달러에 판다는 내용의 계약서가 없었다. 트로피는 온라인 경매에서 86만 1542달러에 팔렸다. 이 3.85킬로그램짜리 트로피는 92.5퍼센트가 주석이고 나머지 7.5퍼센트가 구리다. 금도금이 되어 있을 뿐이다.

한편 수상작 자체의 흥행에는 이 상이 적지 않은 영향을 미친다는 조사가 나와 있다. 미국에서 2000년부터 2009년 사이에 개봉된 영화의 평균 흥행 실적은 1900만 달러, 한 분야에라도 후보에 오르면 7300만 달러, 작품상 후보에 오르면 1억 900만 달러, 작품상을 수상하면 1억 4300만 달러다. 그런데 상이 가져다주는 추가적인 효과는 그리 크지 않다. 작품상이 1400만 달러, 감독상이 1000만 달러의 효과를 가져다준다. 미술상은 1200만 달러, 음향상도 1000만 달러. 그런데 남우주연상은 해당 영화의 흥행에 고작 110만 달러의 효과가 있고 여우주연상은 230만 달러의 효과가 있다는 것이다[BoxOfficeQuant].

그렇지만 여러 가지 복합적인 이유로 스튜디오들은 이 상을 받기 위해 후보에 오른 분야가 많을 경우 작품당 평균 1000~1500만 달러를 홍보에 쏟아붓는다. 1998년에 〈셰익스피어 인 러브

Shakespeare in Love〉 수상 홍보를 위해 1500만 달러가 투입된 것이 기록이다. 이 영화는 〈라이언 일병 구하기Saving Private Ryan〉를 제치고 다음해에 작품상을 받았지만, 상은 한두 후보가 받기 때문에 대개는 투자 손실이다.

홍행과 아카데미상 수상은 관계가 있는 것처럼 보이기도 하고 없는 것 같기도 하다.

우선, 당연한 이야기지만 흥행에 성공한다고 상을 받는 것은 아니다. 〈아바타Avatar, 2009〉는 역사상 가장 큰 흥행작에 등극했지만 같은 해 〈허트 로커The Hurt Locker, 2008〉에 작품상을 양보했다. 우연찮게도 〈허트 로커〉는 역대 수상작 중에서 가장 저조한 흥행을 기록했다. 애당초 흥행에 관심도 없었다.

흥행에 성공하면 후보작이 되기 쉽고, 제작비가 많이 들어갔는데 흥행에 성공하지 못하면 수상을 기대하기 어렵다고 한다 [Feinberg]. 제작비가 많이 들어갔다는 사실로 인해 영화에 큰 관심이 쏠리지만 막상 결과가 기대 이하로 드러나면 관객은 실망하고, 돈만 낭비한 영화라는 낙인이 찍힌다. 마틴 스코세이지가 만든 2011년작 〈휴고Hugo〉에는 무려 1억 7000만 달러가 투입되었는데 흥행은 1억 8600만 달러에 그쳤다. 1500만 달러를 들여서 4400만 달러를 번 〈아티스트The Artist〉에 작품상을 양보해야 했다.

그러나 아카데미상은 영예와 돈 문제에 그치지 않는다.

**아르고**

1927년 초로 돌아가보자.

MGM 스튜디오의 메이어Louis Mayer 회장이 몇몇 보수적인 친구들과 함께 할리우드에도 엘리트 단체가 있으면 좋겠다는 뜻을 모아 미국 영화예술과학아카데미The Academy of Motion Picture Arts and Sciences를 출범시킨다. 미국 학술원을 연상시키는 거창한 이름이다. 창립 회원은 세실 B. 데밀 감독을 포함한 36인이다.

이들의 단체 설립 목적은 사실 노조를 제어하는 것이었다. 미국 영화예술과학아카데미와 아카데미상은 애당초 정치적인 색채를 띠고 출발했던 것이다. 나중에 MGM이 3년 연속 작품상을 타지 못하자 메이어는 뉴욕의 주주들에게 해고되고 할리우드에서 존재감이 없어졌지만, 아카데미와 아카데미상은 정치적 역할을 꾸준히 계속하게 된다.

제작자, 감독 누구나 이 상을 받고 싶어하기 때문에 영화의 제작과 연출은 그때그때의 정치적 상황에 미묘하게 영향을 받는다. 모든 영화가 그런 것은 아니지만 상당수의 후보작이 정치색을 띠고 모종의 메시지를 던지거나 아예 정치적인 현실을 교묘하게 피해서 제작된 것들이다[French, The Observer]. 투표권을 가진 현재 약 6000명(배우가 22퍼센트)에 이르는 아카데미 회원들은 설립 시와 크게 다름없이 고도로 정치적인 사람들이라고 보아야 한다.

레이건과 슈워제네거는 직접 정치인으로 변신했고 존 웨인과 찰턴 헤스턴은 전업 정치인 못지않은 정치 활동을 했다. 두 사람 다 닉슨과 레이건의 중요한 후원자였고, 헤스턴은 알츠하이머 진단을 받아 갑자기 은퇴할 때까지 강력한 미국총기협회 NRA National Rifle Association 회장을 지내며 보수적인 정치와 가치관의 화신이었다.

멀리 거슬러올라갈 것도 없이 2013년 2월에 있었던 제85회 시상식의 작품상 후보들을 기억해보자.

아홉 편의 후보작 중에서 절반이 넘는 다섯 편이 정치적인 색깔을 띤다.

수상작인 〈아르고〉는 이란과 최후의 결전을 남겨두고 있다시피 한 미국의 현대사에서 가장 아픈 기억을 되살리는 작품이다. 테헤란 대사관 인질 사건의 극히 일부인 비밀 구출 작전의 성공을 그리고 있다. 〈장고Django Unchained, 2012〉(제이미 폭스, "D는 묵음이오")와 〈링컨Lincoln, 2012〉은 사실상 주제가 같다. 물론 지금 미국의 대통령은 오바마다. 골든글로브 시상식 때는 스필버그와 인연이 깊은 빌 클린턴이 무대에 나와서 〈링컨〉을 소개했다.

〈레미제라블Les Misérables, 2012〉은 미국인들이 좋아하는 민중 혁명을 소재로 한다. 더구나 희망, 정의, 박애를 노래하는 뮤지컬이다. 러셀 크로의 노래 실력이 좀 구설수에 오르긴 했지만 〈맘마미아!Mamma Mia!, 2008〉의 피어스 브로스넌에 비하면 양호했다.

〈제로 다크 서티Zero Dark Thirty, 2012〉, 두말할 필요 없는 정치적 영화다. 21세기 가장 큰 정치적 사건을 일으킨 빈라덴을 추적하는 과정을 그린다. 이 영화는 미국 내 가장 민감한 정치적 논란의 축소판이다. 포로들을 고문하고 생포를 전혀 고려하지 않은 채 빈라덴을 바로 사살하는 장면이 나온다. 하긴, 빈라덴이 생포되어서 재판에 넘겨졌다면 또 수많은 사람이 죽었을 것이다.

내가 보기에 다 출중하고 상을 받을 자격이 있는 영화들이다. 그런데 여기서 한 가지를 더 염두에 두어야 한다. 할리우드는 유대인 인맥이 지배하는 곳이다. 이 사람들 중에는 이스라엘에서 전쟁이 나면 생업을 중단하고 어떻게든 비행기표를 구해서 전장으로 달려나가는 열렬한 이스라엘 지지자가 많다.

결론은?

〈아르고〉다.

미국인들은 전쟁에 나가서 포로로 잡혔다가 탈출하거나 구출 또는 석방되어 돌아온 군인들을 최고의 영웅으로 대우한다. 매케인 의원이 상징적인 인물이다. 〈아르고〉가 보여주는 대사관을 탈출한 외교관들도 그에 상응하는 영웅들이다. 더구나 구출 작전에 할리우드가 중요한 역할을 했다는 것을 보여주는데야.

〈아르고〉다.

작품상 수상작 발표는 백악관 생중계로 연결된 미셸 오바마가 했다.

문제는 벤 애플렉이 감독상 후보에도 오르지 못했다는 것이다. 골든글로브 감독상을 받은 사람이. 당연히 음모론이 난무했다. 〈아르고〉는 일찌감치 〈링컨〉을 제치고 작품상을 예약했으므로 스필버그에게 세번째 감독상을 안겨주기 위해서라는 것이다.

그러나 아카데미상 투표 과정을 알면 그런 일은 사실 불가능하다. 그래도 호사가들은 재미있어했다.

감독상은 의외로 〈라이프 오브 파이Life of Pi, 2012〉의 리안 감독에게 돌아갔다. 물론 아무도 이의는 없었다. 아카데미상은 여론조사가 아니라 항상 영화 생각만 하고 서로 영화 이야기만 주고받으며 사는 아카데미 회원들, 즉 전문가들의 투표로 정해지는 상이다. 리안은 파이와 리처드 파커의 스토리를 통해 3D 영화의 진정한 가능성과 효용도 같이 보여주었다.

이란 정부는 물론이고 미국의 일부 언론은 〈아르고〉가 균형을 잃었다는 점을 지적하며 못마땅해했다. 영화에 비친 이란 사람들의 모습도 모두 천편일률적이라는 것이다. 당시 대사관 점거에 대한 이란 내부의 비판 여론도 상당했는데 전혀 언급되지 않았다. 그러나 정작 이란에서는 이 영화의 밀매 DVD가 상당한 인기를 끌었다고 한다.

또 영화에는 영국과 뉴질랜드 대사관이 탈출한 외교관들의 신변 보호를 거부했다는 대사가 나온다. 이 한 줄의 대사가 작지 않은 파장을 일으켰다. 이에 대해 양국 정부 관계자들은 유감을 표명했고 뉴질랜드 하원은 벤 애플렉을 비난하는 결의안까지 채택했다. 실제로 이 두 나라는 거부하기는커녕 부분적으로 조력했기 때문이다.

이런 일들로 영화가 국제정치에 영향을 미친다고 말할 수는 없지만 역사적 진실을 대중에 잘못 전달할 큰 위험을 내포하고 있다는 것을 보여준다.

'정치적' 영화가 아닌 정치 영화들 중에도 명작이 많다. 〈링컨〉도 이 범주로 분류되고, 더스틴 호프먼(칼 번스타인 기자 역)과 로버트 레드퍼드(밥 우드워드 기자 역)가 나온 〈모두가 대통령의 사람들All the President's Men, 1976〉, 올리버 스톤 감독과 앤서니 홉킨스의 〈닉슨Nixon, 1995〉, 역시 올리버 스톤과 케빈 코스트너의 189분짜리 영화 〈JFK1991〉, 아카데미 작품상을 수상하고 숀 펜에게 2004년 〈미스틱 리버Mystic River, 2003〉에 이어 두번째 남우주연상을 안겨준 〈밀크Milk, 2008〉(동성애자 권리운동가이자 캘리포니아 최초로 동성애자로서 공직에 올랐던 하비 밀크의 일대기), 스파이크 리 감독과 덴절 워싱턴의 〈맬컴 XMalcolm X, 1992〉 등이 있다. 〈대통령의 연인The American President, 1995〉은 로맨틱 코미디지만 나름 정치 영화이고자 한다.

아마도 최고의 정치 영화는 프랭크 캐프라 감독, 제임스 스튜어트 주연의 〈스미스 워싱턴에 가다Mr. Smith Goes to Washington, 1939〉가 아닐까 한다. 고등학교 때 TV에서 본 것 같은데(명화극장? 주말의 명화?) 그 감동을 잊을 수 없다. 최근에 다시 찾아서 보기도 했다. 미국 정치인들을 부패한 모습으로 그려, 시사회 때 초청받았던 상원 의원 마흔다섯 명 중 몇 사람은 중간에 나가버렸다. 이 영화는 물론 나치 독일, 무솔리니의 이탈리아, 프랑코의 스페인, 스탈린의 소련에서 모두 상영이 금지되었다. 미국에서는 요즘에도 누가 정계나 관계로 진출하면 '누구 워싱턴에 가다'라는 표현을 쓴다.

최근의 화제작으로는 2008년 미국 대통령 선거전과 세라 페일린을 다룬 HBO의 TV 영화 〈게임 체인지Game Change, 2012〉가 있는데 톰 행크스가 제작자로 참여했다. 매케인 의원(에드 해리스 분)과 세라 페일린(줄리언 무어 분) 두 사람 다 이 영화를 볼 생각이 없다고 밝혔다. 실제로는 알 수 없다. 그러나 캠페인 매니저였던 스티브 슈밋(우디 해럴슨 분)은 이 영화를 보고 나서 마치 유체 이탈을 경험한 것 같다는 평가를 내렸다. 내가 보기에도 수작이다. 또 매케인 의원이 참으로 훌륭한 정치인이라는 것이 잘 드러난다.

TV 시리즈로는 NBC의 〈웨스트 윙The West Wing〉(일곱 시즌 156편), 넷플릭스Netflix로 송출된 〈하우스 오브 카드House of Cards〉(2013년 시즌 1 방송)가 대표적인 작품이다.

### 괴벨스

갑자기 웬 괴벨스?

영화는 직접적인 정치 도구로 사용될 때도 많다.

적당히 극적인 요소를 가미하고 인기 배우를 투입하면 영화만큼 정부나 정권이 대중에 전하고 싶은 메시지를 효과적으로 전달하는 매체가 없다. 어느 나라나 이를 활용한다. 특히 전시에는 필수 불가결한 수단이다. 찰리 채플린은 1940년에 파시즘과 반유대주의를 비판하는 〈위대한 독재자The Great Dictator〉를 제작했다. 자신은 히틀러의 패러디인 '아데노이드 힝켈'로 나온다.

영화를 정치적으로 이용한 대표적인 사례는 물론 나치 독일의 프로파간다 영화들이다. 히틀러는 집권 후 독일 국민의 계몽과 대내외 체제 선전을 담당할 부서를 설치하고 괴벨스를 장관에 임명했다. 괴벨스는 히플러, 리펜슈탈 같은 영화 제작자들에게 거의 무제한으로 재원을 지원해서 유대인을 비하하고 국가사회주의를 찬양하는 선전용 영화를 제작하도록 했다. 〈영원한 유대인Der ewige Jude, 1940〉 〈올림피아Olympia, 1938〉 같은 작품들이 그렇게 탄생했다.

리펜슈탈이 만든 〈의지의 승리Triumph des Willens, 1935〉도 대표적인 프로파간다 영화로 꼽힌다.

70만 명이 참가했던 1934년 나치의 뉘른베르크 전당대회를 그렸다. 히틀러도 사실상 제작자로 참여했는데 오프닝 타이틀에 이름이 나온다. 이 영화에 대해 당시 독일 육군 장성들이 육군의 비중이 지나치게 작다며 항의했는데, 히틀러가 직접 나름의 절충안을 제시했지만 리펜슈탈은 고집을 꺾지 않았다. 그 대신 독일 육군만을 소재로 한 영화를 나중에 따로 제작해주었다(〈자유의 날Tag der Freiheit, 1935〉이라는 영화로 1970년대에 발견되었다). 이 영화는 정치적 프로파간다지만 제작과 촬영 기술 등 여러 측면에서 탁월했던 것으로 평가되고 있고, 리펜슈탈은 독일뿐 아니라 미국, 프랑스 등 여러 나라에서 상을 받았다. 피터 잭슨, 리들리 스콧 감독도 이 영화를 깊이 연구했다고 한다.

역사상 가장 영향력이 큰 프로파간다 영화는 무성영화인 〈전함 포템킨Bronenosets Potemkin, 1925〉이다. 러시아 영화다. 괴벨스도 여기서 한 수 배웠을 것이다.

1905년 전함 포템킨의 수병들이 차르의 장교들에 맞서 반란을 일으킨 사건을 소재로 했다. 오데사 계단의 학살 신이 최고의 명장면으로 평가되는데 실제로 그런 사건은 일어난 적도 없다. 이 영화에는 원래 트로츠키가 서문을 써넣었는데 스탈린에게 숙청당한 후에 삭제되었다.

최근 할리우드에서는 하버드 대학교 출판부에서 나온 책 한 권이 큰 화제가 되었다. 벤 어원드Ben Urwand가 쓴 『협력—할리우드와 히틀러의 약속The Collaboration: Hollywood's Pact with Hitler, 2013』이라는 책이다. 할리우드가 사실상 나치 정권과 협력 관계에 있었다는 충격적인 주장을 정밀하게 뒷받침하는 내용이 담겨 있다.

독일에서는 히틀러가 집권한 1933년 이후 제2차대전이 끝날 때까지 250편 이상의 할리우드 영화가 상영되었다. 독일은 세계 2위의 영화 시장이었다. 나치는 독일의 이미지에 부정적인 내용이 조금이라도 포함된 영화를 제작한 스튜디오는 독일에서 배제한다는 방침을 정하고 LA 주재 독일 영사를 할리우드 감시 책임자로 앉혔다. 그리고 세계 각국의 대사관과 영사관을 통해 그러한 방침에 비추어 문제되는 영화를 찾아내 보고하도록 했다.

할리우드는 1940년까지 독일 외무성 관리들로부터 사실상 검열을 받고 히틀러나 독일의 유대인 정책에 대한 비판 등이 담긴 문제되는 장면과 대사를 자진 삭제했다. 1930년작 〈서부전선 이상 없다All Quiet on the Western Front〉의 무삭제 버전이 스페인과 엘살바도르에서 상영되고 있는 것이 드러나자 유니버설 스튜디오가 나치 정부에 사과를 하기도 했다.

히틀러와 괴벨스 부부의 최후는 〈다운폴Der Untergang, 2004〉에 생생하게 묘사되어 있다. 영화대로였다면 참 못 말리는 부부다. 아이들을 자신의 손으로 차례차례 독살하는 엄마. 남편은 당당하고 도도하게 서 있는 부인을 사살하고 자결한다. 하긴 인류 역사상 가장 사악하고 무소불위였던 권력을 누린 대가다.

나치 독일의 괴벨스와 히틀러가 영화를 정치적으로 이용했다는 주제는 홀로코스트 복수극인 〈바스터즈Inglourious Basterds, 2009〉에도 등장한다. 퀜틴 태런티노가 연출한 이 작품은 어찌 보면 황당한 내용이지만 할리우드에서 드물지 않은 카타르시스용 영화다. '유대인을 나치로 둔갑시킨' 괴력을 발휘했다는 평도 받았다. 이 영화를 통해 크리스토프 발츠가 스타로 발돋움했다. 발츠는 독일, 오스트리아, 미국 국적을 지녔고 독일어, 프랑스어, 영어를 쓴다. 〈바스터즈〉와 〈장고〉로 순식간에 두 번이나 아카데미 남우조연상을 받게 된다. 역시 독일계인 〈트로이Troy, 2004〉의 헬레네, 다이앤 크루거와 같이 출연했다.

### 영화와 정치적 자유

정치적 목적으로 만들 수도 있고 단순히 돈을 벌기 위해 만들 수도 있지만 모든 영화의 공통점은 뭔가 메시지를 전달한다는 것이다. 그냥 경치 좋은 관광지에서 재미있게 노는 내용의 영화라 해도 이미지의 선택, 이야기 전개 방식 등 여러 가지 요소들이 합쳐져서 보는 사람에게 뭔가를 전달한다. 영화는 글이나 음악, 그림처럼 창작자의 생각이나 개성을 표현하는 방식이다.

또한 딱 한 사람의 관객을 위해 제작되는 영화는 없으므로 영화는 사회 구성원들에게 그 생각이나 메시지를 널리 퍼뜨리기 위해 만들어진다. 다양한 영화를 통해 다양한 메시지가 사회에 퍼지면 즐거움은 별론으로 하더라도 사회 구성원들의 생각과 생활의 내용이 풍부해질 것이다. 영화가 공권력에 의해 규제를 당하면? 헌법이 보장하는 자유와 기본권이 제약당하는 것이다.

나중에 드림웍스 이야기를 할 때 다시 언급하겠지만 드림웍스 회장 제프리 카첸버그는 조지 클루니와 같이 오바마 대통령과 교분이 깊다. 2013년 11월에 오바마 대통령은 할리우드를 방문하면서 드림웍스 사옥에서 연설을 하는 것으로 자신의 후원자인 카첸버그와 유대를 과시했다. 오바마는 드림웍스의 대표 캐릭터인 '슈렉'이 사실은 자기의 큰 귀를 모델로 탄생한 것이라고 농담을 하기도 했다.

이 연설에서 오바마는 할리우드가 미국 경제의 엔진이고 민간외교에 큰 몫을 하고 있으며, 관용과 다양성과 창의성의 존중 같은 미국 문화의 독특한 가치를 전 세계에 전파하고 있다고 강조했다(세계 어디를 가나 '포스가 함께하길'May the force be with you이라는 말은 알아듣는다). 미국에 한 번도 가본 적이 없는 사람들도 할리우드 영화 때문에 미국이 어떤 나라인지 알고 있으며, 전 세계의 어린이들이 거기 등장하는 다양한 인종과 가치관의 사람들을 보며 문화적 다양성을 수용하는 미국적 정서를 기를 수 있다.

물론 할리우드 영화가 지나치게 폭력적이고 총기를 남용하는 문제에 대해서는 책임을 느껴야 한다는 유보도 달았다. 그러나 오바마는 마지막에 다시 한번 강조한다.

"어느 경우에도 우리는 표현의 자유라는 헌법적 가치를 양보해서는 안 될 것입니다."

# 벤허

오래전 일이다. 입학 전형 수험생 면접을 치르고 있었다. 한 학생의 면접을 진행하면서 점점 이상한 생각이 들었다. 이 학생이 로마제국, 즉 '로마'를 모르는 듯하다는 생각이 든 것이다. 그래서 혹시 모르는 것 아니냐고, 내 일생 가장 황당한 질문을 했다. 답은 "모르는데요"였다.

"학교에서 역사 공부 안 했어요?"

"세계사 선택 안 했는데요……"

"……"

세계사 선택이 문제가 아니라 자라면서 지금까지 책이든 TV든 어디서든 '로마', 바로 그 로마에 대해 들어본 적이 없다? 게다가 이 학생이 정녕 중학교, 고등학교를 우수한 성적으로 다니고 서울대에 응시한 학생이 맞나?

이 이야기를 주위에 하면 '그럴 수 있다'부터 시작해서 '요즘 입시 시스템이 그런 학생들을 키워낸다'까지 다양한 반응이 나오지만, '그럴 리가'는 한 번도 없었다. 그렇지만 나는 아직도 그 학생이 당황한 나머지 그렇게 답했지 정말로 로마가 금시초문이었다고는 생각지 않는다. 극장이나 TV에 넘쳐나는 로마 소재 영화를 못 볼 수가 없다. 이렇게 이야기하면 또 이런 반응도 나온다.

"극장 가고 TV 보면 요즘 서울대 못 가요."

**역사적인 역사 영화**

우리 세대는 모의고사가 끝나는 날 학교에서 단체로 영화 구경을 가곤 했다. 학교에서는 가급적이면 명화 반열에 드는 것으로 고르고 싶었겠지만 단체라 뭐든 끝물에 가야 되고 시험 날과 맞아야 되니 쉽지는 않았을 것이다. 그래서 꼭 보고 싶은 영화가 있으면 각자 보러 갔다.

내 또래 사람들에게 걸작 영화라면 그냥 〈벤허Ben-Hur, 1959〉다. 별 이론이 없을 것이다. 한국 영화 〈친구2001〉에서도 주인공들이 〈벤허〉 간판이 걸린 영화관 앞에 서 있는 장면이 나온다. 윌리엄 와일러 감독, 찰턴 헤스턴 주연의 〈벤허〉는 로마제국 소재 영화로도 1위다. 대한극장 건물을 세 번, 네 번 돌아서 표를 사려고 기다리던 사람들의 행렬이 장관이었다. 그 느낌은 '나도 과연 저 영화를 볼 수 있을까?'였다. 그래서 실제로 언제 이 영화를 처음 보았는지에 대한 기억이 없다.

기독교도들에게는 다른 장면들이 명장면으로 기억되겠지만 내게는 갤리선의 노예들과 전차 경기가 최고였다.

전차 경기 장면만 촬영에 꼬박 3개월이 걸렸다고 한다. 말도 일흔여덟 마리나 유고와 시칠리아에서 수입해 훈련했다. 이 말들은 결국 촬영 때만 해도 320킬로미터를 달리게 된다. 장면이 워낙 거칠고 위험해서 의사들도 대기했고 10만 달러짜리 고가 70밀리 카메라 렌즈 두 개가 파손되었다. 찰턴 헤스턴은 어린 아들을 세트에 데려와 마차를 태워주기도 했다. 그 장면은 〈벤허〉 50주년 기념 웹 사이트에서 볼 수 있다.

이 영화에는 34만 미터의 필름이 쓰였다. 편집도 보통 일이 아니었을 것이다. 완성작은 212분, '겨우' 5800미터다. 1만 명에 달하는 단역배우들 이야기는 나중에 다시 하기로 한다.

MGM 스튜디오는 당시로서는 거액인 300만 달러를 마케팅에 투입했다. 특별히 '벤허 연구 부서'를 두고 미국 내 47개 도시에서 2000곳 이상의 고등학교를 대상으로 영화에 대한 관심을 조사했다. 영화의 개봉을 전후해서 1959년과 1960년에 사탕, 단검, 경주 마차 모형, 향수 등 온갖 종류의 캐릭터 상품이 팔려나갔는데 그 액수가 무려 2000만 달러에 이르렀다.

〈벤허〉는 〈바람과 함께 사라지다Gone with the Wind, 1939〉에 이어 당시 역대 2위의 흥행작에 등극했다. 이 실적으로 거의 도산 위기에 몰려 있던 MGM이 극적으로 부활했다. 1959년 1차 개봉에서 2000만 달러, 1969년 재개봉에서 1000만 달러의 순수익을 거두었다.

20세기폭스의 서치라이트와 팡파르 사운드만큼 유명한 로고가 MGM의 사자다. 영화가 시작하면서 사자가 두 번 의젓하게 포효한다. 이 사자는 1924년에 처음 등장해서 지금까지 일곱 마리가 선을 보였고 현재의 사자는 공식적으로는 7대인 리오Leo the Lion다. 57년째 쓰이고 있다. 그런데 〈벤허〉에서는 사자의 포효가 영화의 성스러운 주제와 잘 맞지 않는다며 특별히 리오가 조용히 있도록 조치했다. 시작할 때 보면 사자가 어색하게 가만히 있기만 한다.

〈벤허〉는 원래 1925년에 무성영화로 만들어진 적이 있다. 윌리엄 와일러는 이 영화에서 조감독이었다. 이 무성영화는 390만 달러로 가장 제작비가 많이 들어간 영화 챔피언 자리를 거의 20년간 지키며 가장 비싼 무성영화로 기록되었다. 물론 2011년에 제작된 흑백 무성영화 〈아티스트〉가 더 제작비가 많이 든 셈이지만 그야 단순 숫자상 그런 것이다.

영화를 본 후에 비로소 원작인 문학작품을 찾아보게 되는 일이 많은데 〈벤허〉가 그랬다(루이스 월리스의 1880년작 동명 소설). 〈바람과 함께 사라지다〉는 영화를 먼저 봤는지 소설을 먼저 읽었는지 잘 기억나지 않고, 얼마 전 〈레미제라블〉을 본 후에 아주 옛날 옛적에 읽었던 소설을 다시 들춰보게 되었다. 그리고 뮤지컬에 푹 빠졌다.

**내 이름은 글래디에이터**

로마제국 영화로 〈벤허〉 다음은 역시 리들리 스콧 감독, 러셀 크로 주연의 〈글래디에이터Gladiator, 2000〉다.

초반의 전투 장면과 중간쯤에 나오는 원형경기장 검투 장면이 가장 인상적이다. 특히 막시무스가 투구를 벗고 돌아서면서 코모두스 황제에게 "내 이름은 글래디에이터"라고 말하는 장면이 압권이다.

한스 짐머의 음악도 빼놓을 수 없다. 작품상, 남우주연상 포함 다섯 개 아카데미상을 받았다. 시상식 무대에서 러셀 크로의 겸손한 수상 소감도 화제였다.

경기장 장면에 나오는 3만 5000 관중은 2000명의 실제 단역 배우들을 CG로 합성한 것이다. 촬영중에 올리버 리드(프록시모 역)가 심장마비로 타계하는 사고가 나자 CG로 리드를 합성해냈다고 한다. 리드의 얼굴이 나오는 2분 정도의 분량을 위해 320만 달러가 추가로 투입되었다.

이 영화는 리드에게 헌정되었다.

당시 70세이던 리처드 해리스가 마르쿠스 아우렐리우스 황제 역을 진짜 황제처럼 연기했다. 리처드 해리스는 이 영화 후에도 '해리 포터'의 호그워츠 교장 덤블도어 역을 두 번이나 더 했다. 노익장이 따로 없다. 하긴 〈사운드 오브 뮤직The Sound of Music, 1965〉의 폰 트라프 대령 크리스토퍼 플러머는 76세에 〈인사이드 맨Inside Man, 2006〉에서 맨해튼(체이스?) 은행장 역을 근사하게 소화하더니

82세에 〈비기너스Beginners, 2010〉로 최고령 아카데미 수상자가 되었다. 플러머보다 한 살 아래인 클린트 이스트우드도 78세에 〈그랜 토리노Gran Torino, 2008〉를 감독, 주연했고 여전히 활동중이다.

이야기가 샛길로 갔다.

최근까지도 학생들이 국사를 필수로 배워야 하느냐를 놓고 논란이 많았는데 사실 역사를 학교에서 제대로 가르치지 않으면 학생들은 드라마를 보고 배워버리는 수가 있다. 그런데 드라마는 여러 가지 이유에서 역사적 사실을 부정확하게 그리거나 알면서도 왜곡한다. 이런 사정은 할리우드에서도 마찬가지다. 역사적으로 고증을 철저히 거쳐 거기 맞추다보면 드라마가 살지 않는 일이 많다. 우리는 드라마를 보러 극장에 가는 것이다. 역사는 히스토리 채널로도 충분하다.

훗날의 세조인 수양대군이 한 유명한 관상가와 엮인 일은(《관상 2013》) 없다. 그런데 이 스토리가 없으면 영화도 없는 것이다.

스콧 감독도 이 문제로 고심했다. 여러 명의 역사학자를 자문역으로 초빙했는데 결국 그중 한 사람은 사퇴했고 다른 한 사람은 자기 이름을 넣지 말라고 주문했다 한다.

대표적인 경우가 코모두스의 아우렐리우스 살해 장면이다. 실제로 아우렐리우스 황제는 180년 오늘날의 오스트리아 빈 지역인 빈도보나에서 페스트로 사망했다. 영화에서와는 정반대로 아우렐리우스 황제는 문제가 많은 아들 코모두스를 후계자로 지명했다.

코모두스는 영화에서 그려지는 것처럼 검투에 열광했던 인물이다. 심지어는 검투사 복장을 하고 원형극장에서 경기를 치르기도 했다. 로마 사람들은 황제의 그런 행실을 불쾌하게 생각했고 코모두스가 아우렐리우스 황제의 아들이 아니라 한 검투사의 아들이라는 루머도 돌아다녔다. 코모두스는 경기에서 항상 이겼는데 상대 검투사들이 언제나 항복했기 때문이다. 그래서 죽이지는 않았다. 반대로 혼자 연습할 때는 언제나 상대방을 죽였다고 한다. 검투사가 황제를 죽일 수는 없으니 이는 살인 행위다.

코모두스는 동물을 죽이는 엽기 행각으로도 유명했다. 한번은 경기장에서 사자 100마리를 직접 죽이기도 했다. 그 밖에도 차마 옮기기 힘든 이상한 짓들도 많이 했다.

결국 코모두스는 정적들의 사주를 받은 자신의 레슬링 연습 파트너에게 목 졸려 죽는다. 로마 원로원은 코모두스를 즉시 공공의 적으로 선포하고 기록말살형damnatio memoriae에 처했다. 로마의 이름도 복원되었다. 코모두스는 재위 마지막 해인 192년에 자신을 건국신화의 주인공인 로물루스로 봉하고 로마의 이름을 자신의 이름을 따 '콜로니아 루치아 안니아 코모디아나Colonia Lucia Annia Commodiana'로 바꾸었더랬다.

〈로마제국의 멸망The Fall of the Roman Empire, 1964〉도 같은 배경을 그린다. 〈글래디에이터〉와 출발 설정도 같다.

아우렐리우스(앨릭 기니스 분)가 코모두스(크리스토퍼 플러머 분)에게 양위하지 않고 리비우스(스티븐 보이드 분) 장군을 후계자로 지명하려고 하자 코모두스는 황제를 독살한다. 이 영화에서는 자신이 황가의 혈통이 아닌 검투사의 아들이라는 것을 알게 된 코모두스가 절망하여 리비우스에게 왕위를 건 결투를 신청한다. 경기장이 아닌 로마 포럼에서 리비우스가 결국 승리를 거두지만 리비우스는 황위를 사양하고 떠난다.

패러마운트가 배급한 이 영화는 적자를 기록했지만 수작으로 평가된다. 스페인 마드리드 인근에 세웠던 로마 포럼 세트는 가로 400미터, 세로 230미터 규모로 당시 사상 최대의 야외 세트로 기록되었다. 〈전쟁과 평화War and Peace, 1956〉에서 안드레이 역을 맡은 멜 페러(당시 오드리 헵번의 남편)와 〈닥터 지바고Doctor Zhivago, 1965〉의 오마 샤리프도 나온다.

**쿠오 바디스**

로마제국이 아니더라도 배우들은 종종 왕이나 여왕 역할을 해야 한다.

최근 들어 가장 인상적이었던 역할은 영국 배우 헬렌 미렌이 〈더 퀸The Queen, 2006〉에서 연기한 엘리자베스 2세 여왕이다. 헬렌 미렌의 연기도 물론 탁월했지만 무엇보다 외모가 엘리자베스 여왕과 매우 흡사해서 발성 레슨을 받은 후에 여왕으로 분장을 하면 촬영 스태프들이 자신도 모르게 미렌의 앞에서 공손한 자세를 취했을 정도였다고 한다. 베니스 영화제에서 처음 상영된 후 미렌은 5분간 기립박수를 받았고 아카데미 여우주연상을 일찌감치

예약했다.

역시 영국 배우인 콜린 퍼스는 〈킹스 스피치The King's Speech, 2010〉에서 엘리자베스 2세의 선왕인 조지 6세를 연기했다. 〈킹스 스피치〉는 아카데미 작품상, 감독상(톰 후퍼), 남우주연상, 각본상을 받았다.

시간을 좀 거슬러올라가면 뮤지컬 영화 〈왕과 나The King and I, 1956〉에서 시암 왕으로 나온 율 브리너도 있다. 율 브리너는 러시아 블라디보스토크 태생인데 인상적인 외모와 탁월한 연기를 바탕으로 많은 작품을 남겼다. 이 영화는 성공작이었으나 태국에서는 상영이 금지되었다. 율 브리너는 이 영화로 아카데미 남우주연상을 받았다.

여왕이나 왕 역할을 잘하면 아카데미상을 받게 되는 모양이다.

또 한 사람 기억에 남는 왕 역할을 맡은 배우는 피터 유스티노프다. 〈쿠오 바디스Quo Vadis, 1951〉의 네로 황제이다. MGM이 배급한 이 영화에서 네로의 캐릭터는 유스티노프가 스스로 창조해냈다고 한다. 아카데미 남우조연상 후보에 올랐다. 그러나 유스티노프는 이 영화가 아닌 다른 영화로 두 번 남우조연상을 수상한다. 〈쿠오 바디스〉는 내가 학창 시절에 가장 여러 번 읽었던 폴란드의 노벨문학상 수상 작가 헨리크 시엔키에비치의 1896년 동명 원작 소설을 영화화한 것이다.

〈쿠오 바디스〉는 재미있는 화제를 많이 남겼다. 당초 리지아 역에는 엘리자베스 테일러, 비니키우스 역에는 그레고리 펙이 캐스팅되었는데, 제작 주체가 변경되면서 각각 데버러 커(여섯 번 아카데미 여우주연상 후보에 올랐고 1994년 공로상을 수상했다)와 로버트 테일러로 바뀌었다. 알 수 없는 이유로 엘리자베스 테일러는 경기장에 잡혀 나온 기독교도 단역으로 출연했다. 소피아 로렌도 리지아의 여자 노예로 잠시 등장한다.

이 영화는 한 작품에서 가장 많은 의상을 사용한 기록도 세운다. 무려 3만 2000벌. 중간에 네로가 로마를 불태워버리고 새로 건설할 로마의 모형 앞에 앉아 있는 장면이 나오는데, 이 모형은 원래 무솔리니 정부가 제작한 것이다. 제작진이 이탈리아 정부로부터 빌려 썼다고 한다. 〈쿠오 바디스〉는 1951년 최고 흥행작이었다.

1963년에는 역사상 기록적인 제작비가 투입된 영화들 중 하나인 〈클레오파트라Cleopatra〉가 나왔다.

엘리자베스 테일러가 클레오파트라 여왕이다. 리처드 버턴이 안토니우스, 렉스 해리슨이 카이사르 역을 했다. 제작비 4400만 달러가 너무 거액이었기 때문에 2600만 달러로 1963년 최고 흥행작이었지만 적자를 면치 못했다. 특정 연도 최고 흥행작이 그해 적자를 기록한 유일한 사례다. 4400만 달러는 2013년 가치로는 3억 2000만 달러라는데 20세기폭스를 거의 도산시킬 뻔했다. 제작비가 당초 예산을 초과해서 이렇게 불어난 이유는 엄청난 스케일의 세트를 런던과 로마에 두 번 지었기 때문이다(런던의 변덕스러운 날씨로 제작지를 변경했다).

영화에서 예순다섯 번 의상을 갈아입은 엘리자베스 테일러는 당초 100만 달러의 출연료로 세상을 놀라게 했는데, 이 액수는 제작이 지연되면서 나중에 700만 달러로 올라가버렸다. 700만 달러면 지금 가치로는 4700만 달러다. 러닝타임도 처음에 여섯 시간에 달하던 것을 네 시간짜리로 편집했으나, 스튜디오가 상영 횟수 때문에 결국 세 시간으로 줄여버렸다. 감독은 '카이사르와 클레오파트라' '안토니우스와 클레오파트라'로 두 편을 연속해서 개봉하자고 제안했으나, 그 당시 영화를 촬영하다 연인이 된 테일러와 버턴의 염문이 큰 (부정적) 화제였으므로 스튜디오는 너무 위험하다고 판단했다. 영화는 아카데미 작품상 후보에 올랐으나 영국 영화 〈톰 존스의 화려한 모험Tom Jones, 1963〉에 영예를 양보해야 했다.

로마제국 이야기에 마지막으로 스탠리 큐브릭의 〈스파르타쿠스Spartacus, 1960〉가 빠질 수 없다. 마이클 더글러스의 아버지인 커크 더글러스가 반란 노예 검투사 스파르타쿠스를 연기했다. 상대 역인 크라수스 역은 로런스 올리비에다. 커크 더글러스는 벤허 역을 맡지 못하게 되자 실망했는데, 그 덕분에 이 영화가 탄생했다. 노예상인 바티아투스 역을 한 피터 유스티노프가 아카데미 남우조연상을 받았다. 이 영화는 6000만 달러의 흥행 성공작이기도 했는데 유니버설 스튜디오 사상 최고 흥행작 타이틀을 1970년에 〈에어포트Airport〉가 나올 때까지 차지했다.

영화의 마지막에, 잡혀온 노예들이 누가 스파르타쿠스인지 신고하면 선처하겠다는 로마군에게 서로 "내가 스파르타쿠스다!"라고 외치는 장면이 나온다. 이 장면은 미국에서 매카시즘 광풍이 불 때 혐의를 받은 인사들이 다른 사람들의 이름을 대지 않고 불이익을 받은 사례를 극화한 것으로 알려졌다. 〈스파르타쿠스〉는 2010년에 TV 시리즈로 다시 제작되어 네 시즌 39편이 방영되었다.

커크 더글러스는 여러 번 아카데미상 후보에 올랐으나 수상은 하지 못했고 1996년에 공로상을 받았다. 스필버그가 시상했다. 앤서니 홉킨스가 열렬한 존경의 눈빛으로 서서 박수를 보내는 장면이 인상적이었다. 당시 커크 더글러스가 수상 소감중에 "저기 저의 네 아들이 보입니다. 저 친구들, 이 영감을 자랑스럽게 생각하고 있습니다"라고 하던 대목이 기억에 남는다.

커크 더글러스는 1991년에 헬기 사고를 당한 적이 있다. 동승했던 두 사람이 사망했는데 이 일이 인생에 큰 전기를 마련해주었다. 유대인으로서 자신의 정체성을 부정하면서 살아왔는데 그 사고 이후로 유대인이라는 자신의 정체성과 유대교를 받아들이게 되었다고 한다.

# 밴드 오브 브러더스

꽤 오래전 미국 워싱턴 출장 때 머물렀던 호텔 1층에서 이상한 모임이 열리고 있었다. 모임의 이름이 'Escape Society'였던 것이다. 참가자는 모두 백발의 노인들이었다.

'탈출협회? 뭐지?'

궁금한 나머지, 좀처럼 그러지 않는 성격인데 한 분에게 무슨 행사인지 물었다.

"이 행사는 제2차대전 때 노르망디에 투입됐던 미군 공정대 생존자들의 부부 동반 모임입니다." 그 할아버지가 친절하게 설명해주었다.

어릴 때 TV에서 〈전투Combat〉라는 드라마를 재미있게 보았다. 나와 같은 또래라면 무적의 '샌더스 중사'를 기억할 것이다. 당시 미국 전쟁 영화의 대부분이 그랬지만 독일군은 오합지졸이고 아무 생각도 전략도 없다. 그저 무기력하게 미군들한테 당한다. 심지어 미군 포로들을 주제로 한 영화에서도, 포로임에도 미군은 영리하고 용감하며 독일군은 멍청하고 무력하다. 〈호건의 영웅들 Hogan's Heroes〉이라는 같은 계열의 TV 시리즈도 있었다. 심지어는 스필버그조차 '인디애나 존스' 시리즈에서 그런 짓을 한다. 전쟁 영화의 클래식인 〈독수리 요새 Where Eagles Dare, 1968〉도 대체로 그 축에 들고 스티브 매퀸이 나오는 〈대탈주 The Great Escape, 1963〉 같은 영화는 그나마 좀 나은 편이다.

하지만 그럴 리가 있겠는가? 독일군은 당대 세계 최고의 과학기술을 보유했던 나라의 군대다. 첨단 무기로 무장하고 충분한 보급을 받고 사기도 높은 1급 군대였다. 세계에서 가장 무서운 정보기관과 정보부대의 지원도 받았다. 알렉산드로스 대왕의 군대 이래 역사상 가장 강력한 전쟁 기계였다. 우리가 월드컵 경기에서 보는 독일 국가대표 팀을 연상하면 된다. 사관학교에서 고안해낸 전략 교과서에 따라 탄탄하고 빈틈없이 몰아치고 방어한다. 사악한 목적을 지닌 지휘부 아래에 있었을 뿐이다.

진정한 독일 군인들은 지휘부에 반감이 심했다. 톰 크루즈 주연 영화 〈작전명 발키리 Valkyrie, 2008〉에 나오는 슈타우펜베르크 1907~1944 대령이 대표적인 인물이다. 히틀러 암살과 쿠데타를 시도했다가 실패한 뒤 베를린의 벤들러블록에서 처형당한다. 이곳은 실재하는 장소다. 독일 정부는 처음에는 난색을 표했다가 마음을 바꾸어 벤들러블록에서 촬영을 허가했다.

히틀러는 제1차대전 때 하사였기 때문에 대다수의 독일군 장성들은 히틀러의 상관이었던 셈이다. 〈뉘른베르크의 재판 Judgment at Nuremberg, 1961〉에서도 마를레네 디트리히가 "하사 출신이 군인의 명예를 알 리가 없지"라고 하는 대사가 나온다. 디트리히는 전범으로 처형당한 엘리트 장성의 당당한 미망인으로 출연했다. 남편이 군인으로서 명예롭게 총살당하지 못하고 범죄자로 낙인찍혀 교수형을 당한 것에 한이 맺힌 여자다. 그 대사에 동의할 수는 없지만 독일에서는 졸지에 정권을 장악한 세력에 대한 기득권 계층의 반발이 심했던 듯하다. 〈철십자 훈장 Cross of Iron, 1977〉에서도 귀족 출신 독일군 장교가 나치를 경멸하는 대사를 한다.

결국 승전한 미국의 입장에서 그때 일을 그리다보니 독일군은 형편없이 묘사되는 것이다. 노르망디에서 독일군의 완강한 저항으로 미군 공정대원 2500명이 목숨을 잃었다. 영국군과 연합군 전체를 합해서 약 9000명이 전사했고 독일군은 약 3000명이 전사했다.

초반부에 미군 공정대원들이(미 육군 제101공정단 제506낙하산 보병연대 제2대대 'Easy' 중대) 노르망디 후방에 투입되는 장면이 실감나게 그려지는 영화가 바로 내가 최고로 꼽는 TV 영화, 스티븐 스필버그와 톰 행크스가 제작에 참여한 10부작 〈밴드 오브 브러더스 Band of Brothers, 2001〉다. HBO 작품이다. 1억 2500만 달러 제작비로 당시 가장 비싼 TV 영화 기록을 세웠다. 지프차를 생산하는 크라이슬러가 영화에서 사용된 1000대에 가까운 지프를 모두 협

찬했다. 추가로 1500만 달러가 프로모션에 투입되었다. 아마도 탈출협회 회원들이었을 참전 용사 47인의 시사회 초청 비용을 포함한다. 우리는 대개 서울에서 다 해결하지만 미국에서는 시사회 한 번 가려면 보통 1박 2일 일정으로, 비행기를 타야 한다. 더구나 이 영화 시사회는 프랑스 노르망디의 유타 해변에서 열렸다.

사람에 따라서는 이 영화의 하이라이트가 후반부 독일 내 유대인 강제수용소 해방 장면이라고 한다. 아니면 미군의 네덜란드 에인트호번 해방 장면 또는 주당 닉슨 대위(론 리빙스턴 분)가 괴링의 와인 셀러를 개방하는 장면이라거나.

그러나 내가 꼽는 최고의 장면은 패전한 독일군 장성이 부하들에게 고향으로 돌아가서 오래오래 잘살라고 연설하는 대목이다. 영화에서 이 장면은 미군 하사관이 주인공 장교에게 독일군 장성의 연설을 통역해주는 형식으로 처리되어 있는데, 대부분의 사람은 그 내용을 영어 통역이나 아니면 한국어로 번역된 자막을 통해 알게 된다. 그렇지만 나같이 독일어를 오래 공부한 사람은 직접 느낄 수 있다.

미군들이 겪었던 것들을 독일군들도 똑같이 겪었음을 알게 된다. 참호 속의 공포, 전우애, 애국심 모든 것이 그대로 독일군에도 있으며 미군의 그것과 전혀 다르지 않음을 소름 끼치는 호소력으로 전달한다. 그 연설을 듣고 있는 지치고 다친 독일군 병사들은 독일 단역배우들을 골라 쓴 것으로 보였다. 〈월드 워 Z World War Z, 2013〉가 이스라엘 신에서 모두 이스라엘 사람들을 쓴 것과 같다.

나는 이 장면을 지극히 스필버그적인 터치라고 생각한다. 스필버그는 코믹한 요소가 많은 '인디애나 존스' 시리즈에서는 독일군을 희화하지만 실제로는 독일과 독일군, 독일어에 대한 이해가 깊은 감독이다.

우리는 할리우드 영화를 많이 보기 때문에 착시 현상을 경험하고 있다. 유럽에서 제2차대전은 독일과 서구 연합국의 전쟁이라기보다는 독일과 구소련 간의 전쟁이었다. 제2차대전에서 가장 큰 피해를 입은 나라는 구소련인데 군인 약 900만 명과 민간인 약 1900만 명이 사망했다. 즉 무려 2800만 명이 희생된 것이다. 독일은 군인 350만 명과 민간인 78만 명의 희생자를 냈다.

1942년 7월에서 이듬해 2월 초까지 전개된 스탈린그라드 전투에서만 구소련, 독일 양측 각각 112만 명과 84만 명의 사상자를 냈다. 한 전투에서.

스탈린그라드 전투는 독일 영화 〈스탈린그라드Stalingrad, 1993〉가 잘 그리고 있다. 이 영화를 보노라면 다분히 독일군이 할리우드 영화의 미군처럼 느껴지고 소련군이 독일군처럼 느껴진다. 물론, 당시 나치 체제에 대해서는 비판적인 시각이다.

스탈린그라드 전투를 소재로 한 또다른 작품으로는 〈에너미 앳 더 게이트Enemy at the Gates, 2001〉가 있다.

스탈린그라드에서 5주 동안 '프로' 저격수 열한 명을 포함, 독일군 225명을 저격한 전설적인 소련군 저격수 바실리 자이체프의 실화를 기초로 한 것이다. 영화에서 주드 로가 연기한다. 자이

체프는 어떤 때는 1킬로미터 밖의 목표물을 저격했다고 한다. '통산' 400명을 저격했다고 하는데 정작 본인은 76세까지 살았다. 본인의 마지막 희망에 따라 볼고그라드(옛 스탈린그라드)에 묻혔다.

이 영화에서 자이체프가 결국 쾨니히 소령(에드 해리스 분)을 사살하지만 소련군 자체는 신통치 않게 그려졌는지라 퇴역 소련 군인들이 러시아 의회로 몰려가 영화의 상영 금지를 요청하기도 했다는 일화가 전한다. 독일 관객들도 이 영화를 별로 곱지 않은 시선으로 보았다고 한다.

한편 러시아의 시각에서 제1차대전 당시 독일과의 전쟁을 그린 수작으로 러시아 영화 〈제독의 연인Admiral, 2008〉이 있다. 전쟁이 핵심 주제는 아니지만 초반에 해전을 아주 사실적으로 그려낸 영화다. 러시아의 영화 수준을 다시 보게 해준다. 3800만 달러로 러시아 영화 역대 흥행 3위를 기록했다. 러시아 영화계는 고르바초프 집권기부터 새로운 면모를 갖추기 시작해서 이제는 상당히 국제화되어가고 있다. 멜로 영화 〈운명의 아이러니 2Ironiya sudby. Prodolzhenie, 2007〉가 5500만 달러로 러시아 영화 흥행 기록 1위다. 〈아바타〉가 개봉하기 전 러시아 내에서는 최고 기록이었다고 한다.

레마르크의 소설 『서부전선 이상 없다Im Westen nichts Neues, 1929』는 독일의 시각에서 본 소련 전선 이야기다.

열아홉 살에 징집되어 제1차대전 서부전선에 참전한 병사의 고통과 귀향 후의 부적응을 그린다. 나치는 이 책을 금서로 지정했다. 이 책은 발표 바로 다음해에 미국에서 영화화되어 아카데미 작품상을 수상했다. 뮤지컬이 아닌 영화가 작품상을 수상한 것은 처음이었다. 1979년에 같은 이름으로 리메이크되기도 했다. CBS의 TV 드라마 〈월턴네 사람들The Waltons〉(아홉 시즌 221편)의 큰아들 '존보이' 리처드 토머스가 파울 바우머로 나온다.

미군과 독일군 양측을 그래도 균형 있게 묘사한 영화로는 〈레마겐의 철교The Bridge at Remagen, 1969〉가 있다.

1945년 3월에 연합군은 라인 강을 건너는 최후의 다리를 뺏기 위해 공세를 벌이고 독일군은 결국 그 다리를 폭파하기로 한다. 그러나 폭파는 실패하고 연합군은 다리를 점령한다(역사가들은 '레마겐의 기적'이라고 부른다). 다리는 10일 후에 결국 피로로 붕괴한다. 이 다리의 전략적 가치가 워낙 커서 아이젠하워는 이 다리를 가리켜 같은 무게만큼의 황금과 맞먹는다고도 했다. 히틀러는 다리를 내준 독일군 장교들을 모두 총살했다.

이 영화를 고등학교 때 본 것 같은데 놀랐던 것이 하나 있다. 영화에 나오는 독일군 장교가 사실은 전쟁 전에 레마겐의 학교 선생님이었다는 것이다. 어릴 때는 할리우드 영화 때문에 '독일군은 모두 나쁜 사람'이라는 도식이 머릿속을 지배했다. 그런데 학교 선생님이라니. 당시 세상일에 어두웠던 나로서는 이해가 잘 안 되는 설정이었던 것 같다. 〈라이언 일병 구하기〉의 밀러 대위 톰 행크스도 학교 선생님이었는데 그 점은 또 별 어색함이 없다.

레마겐은 내가 1년 넘게 공부했던 독일의 옛 수도 본Bonn 남쪽, 기차로 30분쯤 걸리는 위치에 있다. 라인 강가에 꺼멓게 변한 옛 루덴도르프 다리의 교각과 교탑이 달리는 기차 안에서 잘 보인다. 지나다니면서 수십 번은 본 것 같다. 그런데 처음 그 교각을 보았을 때 뭔가 영화에서 본 모습과 다르다고 생각했던 기억이 난다. 그랬다. 영화는 레마겐이 아니라 체코 어디에서 찍었던 것이다. 라인 강은 수운이 활발해서 배가 많이 다닌다. 다리를 놓고 싸우는 영화의 촬영이 불가능하다.

이 영화를 촬영하던 중에 구소련이 '프라하의 봄'을 짓밟고 군사개입을 했다. 스태프들은 모두 택시를 타고 부랴부랴 체코에서 도망 나왔다고 한다.

레마겐 전투가 있기 전인 1944년 9월 17일에서 25일 사이에는 연합군의 '마켓가든Market Garden' 작전이 전개되었다. 이 작전은 노르망디 상륙작전인 '디데이D-Day' 이래로 가장 큰 규모의 연합군 공세였다. 대대적으로 공수작전을 전개해서 네덜란드와 북부 독일의 중요한 다리 몇 곳을 장악하고 독일의 산업 중심인 루르 지역을 포위한다는 몽고메리 사령관의 계획이었다. 크리스마스 전에 전쟁을 끝낸다는 목표로 시작되었다. 약 4만 명의 연합군 병력이 투입되었는데 그중 최대 1만 7000명이 전사하는 최악의 결과가 났다. 독일 측 손실은 잘 알려지지 않고 있는데 최소 3300에서 최대 1만 3300명이다.

이 전투는 독일군의 승리로 끝났기 때문에 영화가 양측을 균형 있게 그리지 않을 수가 없다. 〈머나먼 다리A Bridge Too Far, 1977〉다.

이 영화는 극적인 요소가 거의 없어서 평범하지만 캐스팅 앙상블이 불만하다. 막시밀리안 셸이 독일군의 비트리히 중장, 마이클 케인이 아일랜드의 밴덜러 중령, 숀 코너리가 영국군의 어카트 소장, 진 해크먼이 폴란드 공정단 소장, 앤서니 홉킨스가 아른험에서 생포되는 프로스트 중령(지금 아른험의 다리에는 프로스트의 이름이 붙어 있다), 로버트 레드퍼드가 쿡 소령, 로런스 올리비에가 네덜란드인 의사로 등장한다. 영어, 독일어, 네덜란드어, 폴란드어 4개 국어가 사용되었다.

좀더 화려한 캐스팅 앙상블은 연합군의 노르망디 상륙작전을 담은 〈지상 최대의 작전The Longest Day, 1962〉에서 만날 수 있다. 존 웨인, 리처드 버턴, 헨리 폰다를 비롯한 미국 배우들과 영국, 독일, 프랑스의 유명 배우들이 대거 출연한다. 아이젠하워 대통령도 출연 의사를 비쳤으나 17년을 거슬러올라가는 분장이 불가능한 것으로 드러나 포기했다. 숀 코너리도 나오는데 그는 이 영화 바로 뒤에 제임스 본드가 되었다.

지금은 주로 노인 역할을 하는, 아직 생존하는 노배우들의 젊은 시절 화려한 모습을 여기서 다 볼 수 있다. 이런 영화를 보면 항상 느끼는 것은 '누구나 전성기가 있고, 그 전성기는 이르거나 늦거나 결국 언젠가는 끝난다'는 사실이다.

# 스필버그

## 할리우드 대표 브랜드

스티븐 스필버그 감독의 자산은 32억 달러로 알려져 있다. 스필버그가 감독한 영화 전체의 흥행 수입은 지금까지 단순 합계로 약 85억 달러라는 계산이 있다. 대학 입시에서도 두 번이나 미끄러진 사람이(USC, 남가주 대학이다. 나중에 USC는 명예 학위를 수여하고 재단 이사 자리를 제안했다) 자신의 재능만으로 한 생애에서 이 정도의 부를 쌓아올릴 수 있다는 것을 보여주니 미국은 역시 대단한 나라다.

월 스트리트의 한 애널리스트가 말하기를 영화 산업에는 브랜드가 딱 두 개밖에 없단다. 디즈니와 스필버그.

스필버그는 16세 때 500달러 예산으로 첫 영화를 제작했다. 제목은 'Firelight'. 140분짜리 이 SF 영화는 동네 극장에서 상영되었고 1달러의 수익을 남겼다고 한다. 첫 영화부터 흑자를 낸 셈이다. 나중에 UFO 영화인 〈미지와의 조우Close Encounters of the Third Kind, 1977〉로 발전된다. 2000만 달러를 들였는데 3억 4000만 달러를 벌어들였다.

내가 대학교 3학년일 때 국내에서 개봉했던 '인디애나 존스' 시리즈 1편 〈레이더스Raiders of the Lost Ark, 1981〉는 무한 몰입 그 자체였다. 4편 〈인디애나 존스—크리스털 해골의 왕국Indiana Jones and the Kingdom of the Crystal Skull, 2008〉을 보면서 매리언 레이븐우드 역의 캐런 앨런이 스크린에 툭 튀어나오는 것을 보고 반가워했으니, 인디애나 존스와 한 30년을 함께한 셈이 된다. 세상에, 영화를 보면서 누가 나오는 게 그렇게 반가울 수가…… 누가 그러는데 그게 나이를 먹은 거란다.

〈죠스Jaws, 1975〉 〈이티E.T. the Extra-Terrestrial, 1982〉 〈쥐라기 공원Jurassic Park, 1993〉을 찍는 사람이 〈쉰들러 리스트Schindler's List, 1993〉 〈뮌헨Munich, 2005〉 〈링컨〉을 찍는다. 참 믿기 어렵다. 스필버그는 내가 가장 좋아하는 감독 마이클 베이가 찍는 '트랜스포머' 시리즈에도 꼬박꼬박 제작자로 참여하고 있다.

나는 영화 전문가는 아니지만 내가 읽은 한 분석에 따르면 스필버그 영화의 저변을 흐르는 한 가지 주제는 가족과 어린이에 대한 애정이다. 때때로 순진무구하기까지 한 경탄과 믿음의 메시지가 거의 모든 영화에 들어 있다—〈이티〉와 〈후크Hook, 1991〉가 대표적이다. 스필버그는 이 메시지를 낮은 카메라 앵글을 주로 사용해서 전달한다. 이 낮은 카메라 앵글은 스필버그의 트레이드마크이기도 하다. 어린아이들이 나오는 영화뿐 아니라 일반 성인 영화에도 모두 적용된다. 따라서 스필버그의 영화는 대체로 낙관적이며, 일부 비평가들은 지나치게 감상적이라고 본다.

### 쉰들러 리스트

내가 스필버그 작품 중 가장 자주 돌려 보는 것은 〈뮌헨〉이다. 내가 뮌헨에서 공부한 추억이 있어서가 아니라 영화에 나오는 역사적인 베이루트 습격 신 때문이다.

1973년 4월 9일 밤부터 다음날 새벽까지 'Spring of Youth' 작전이 전개된다. 이 작전에서 팔레스타인해방기구 고위 간부 세 명이 사살되었다. 1972년 뮌헨 올림픽 테러 사건에 대한 이스라엘 측 보복의 일환이다. 이 작전에는 미래의 이스라엘 총리 에후드 바라크와, 베냐민 네타냐후 총리의 형이자 엔테베 공항 구출 작전의 영웅인 요나탄 네타냐후가 참여했는데 두 사람 다 영화에 실명으로 등장한다.

〈뮌헨〉은 픽션이지만 이렇게 실제 사건도 많이 포함되어 있다. 그러나 모사드 최악의 실패 작전으로 남은 1973년 릴레함메르 사건을 전혀 다루지 않았다는 비판을 받는다. 모사드 요원들이 노르웨이 릴레함메르의 한 식당에서 아무 관련 없는 모로코인 웨이터를 '검은 9월단' 수괴 살라메로 오인하고 살해한 사건이다. 이스라엘 정부는 관련성을 부인했지만 희생자의 가족에게 보상했다.

15인 팀에서 여섯 명이 체포되어 노르웨이 법정에서 살인죄로 유죄판결을 받았다.

그러나 스필버그 하면 뭐니뭐니해도 〈쉰들러 리스트〉다.

1994년 아카데미 시상식에서 작품상, 감독상을 포함해 일곱 개 부문에서 수상했다. 흑백영화가 작품상을 받은 것은 수십 년 만에 처음이었다.

이 영화는 스필버그의 오락, 흥행 영화 감독 이미지를 완전히 벗겨준 걸작이다. 처음에 비평가들은 마치 디즈니가 홀로코스트 영화를 만든다고 했을 때와 비슷하게 다소 맹맹한 기대를 했다고 한다. 그러나 막상 개봉되니 예상과는 전혀 다른 진지하고 심리적으로도 소재를 완벽하게 소화한 작품이 나타났다. 다만 수용소장을 그저 사이코패스로 묘사한 것이 나치에 대한 지나치게 관대한 평가가 아닌가 하는 비판이 있었을 뿐이다. 나치 전쟁범죄자들은 단순한 사이코패스들이 아니기 때문이다.

나는 이스라엘과 인연이 많다. 많은 이스라엘 학생을 가르친 경험도 있고 미국에서도 유대인 친구들이 많아서 제2차대전 영화와 홀로코스트 영화는 꼭 본다. 유대인들은 홀로코스트 영화를 엔터테인먼트가 아닌 교육으로 여긴다.

스필버그는 처음에 자신이 홀로코스트 영화를 만들 만큼 성숙했는지에 대한 확신이 없어서 이 작품을 로만 폴란스키 감독에게 넘기려고 했다. 폴란스키 감독은 홀로코스트 희생자다. 모친은 아우슈비츠 수용소 도착 직후 사망했고 배다른 누이는 생존했다.

부친은 폴란스키가 여섯 살 때 눈앞에서 독일군들에게 수용소로 끌려갔다. 어린 폴란스키는 한 가톨릭 가정의 도움으로 게토를 탈출할 수 있었다. 그러나 폴란스키는 스필버그의 제의를 고사했고, 대신 나중에 최연소 아카데미 남우주연상 수상자 에이드리언 브로디를 배출하기도 한 〈피아니스트The Pianist, 2002〉를 연출했다.

스필버그는 시드니 폴락 감독과 마틴 스코세이지 감독에게 이 영화의 제작을 넘길까도 고민하다가 결국은 본인이 짊어지기로 한다. 베를린장벽 붕괴 이후에 신나치주의가 대두되고 심지어는 홀로코스트가 조작된 것이라는 말들이 슬슬 나오기 시작하자 그런 움직임에 영향을 받았다고 한다. 유니버설은 한 가지 조건을 달았다. 〈쥐라기 공원〉 연출이 먼저다. 반대의 순서는 불가능하다는 것을 모두 다 알았다.

나치 당원 오스카 쉰들러Oskar Schindler, 1908~1974는 리엄 니슨이 연기했다. 워런 비티, 멜 깁슨, 케빈 코스트너도 물망에 올랐었다. 오스카 쉰들러의 특이하고 복잡한 캐릭터가 초점이었다. 나치 장교들이 뉴요커라면 오스카 쉰들러는 아칸소 주 출신이라는 말까지 나왔듯이 이방인에 가까운 독일인을 연기해야 했다.

수용소장 아몬 괴트는 셰익스피어 연극으로 유명한 영국 배우 레이프 파인스가 맡았다. 케이트 윈슬릿이 아카데미 여우주연상을 받은 〈더 리더—책 읽어주는 남자The Reader, 2008〉와 작품상 수상작인 〈잉글리시 페이션트The English Patient, 1996〉에서도 볼 수 있다. 수용소 유대인들을 재미 삼아 사냥하던 전범 괴트는 전쟁이 끝난 후 폴란드에서 재판을 받고 교수형에 처해졌다. 괴트의 딸은 2002년에 『그래도 나는 아버지를 사랑해야 되는 것 아닌가요?Ich muß doch meinen Vater lieben, oder?』라는 회고록을 출판했다.

아우슈비츠 수용소 바로 옆에 지어진 세트에서 71일간 촬영이 진행되었다. 연인원 3만 명의 단역배우들도 동원되었다. 독일인 배우들과 이스라엘인 배우들은 개인적으로야 묘한 감정이 생기지 않을 수 없었겠지만 아무런 문제 없이 잘 조화되었다. 나치 SS 친위대원 역할을 한 독일 배우들은 종종 스필버그에게 조상의 비밀스러운 과거를 청산할 수 있는 기회를 주어 감사하다는 말을 했다고 한다.

그러나 많은 이스라엘 스태프가 몇몇 장면을 외면했고 아우슈비츠에서 태어난 한 여배우는 샤워 신에서 쓰러졌다. 스필버그는 다섯 자녀를 모두 촬영장에 데리고 갔다. 로빈 윌리엄스는 2주에 한 번씩 스필버그에게 전화를 걸어 재미있는 얘기로 기분 전환을 시켜주었다. 촬영장에는 보통의 경우와는 달리 유머나 밝은 언행이 없었기 때문이다.

스필버그는 영화를 독일어와 폴란드어로만 찍고 자막을 쓰려고 했었다. 그러나 관객의 시선이 장면이 아닌 자막에 집중되는 것을 우려해서 영어를 섞었다. 영화에 시간 감각을 부여하지 않기 위해 스튜디오 측의 우려를 물리치고 흑백을 선택했다. 평생 컬러로만 모든 작업을 해온 스태프들에게는 새로운 도전이었다. 세트와 의상 모두 새 콘셉트에 맞춰 준비되었다. 단 한 컷에만 붉은 코트를 입은 소녀가 나온다. 이 소녀는 네 살 남짓한 소녀가 눈앞에서 사살되는 모습을 본 한 홀로코스트 생존자의 기억에 의해 재현된 것이다.

오스카 쉰들러가 구해낸 유대인 역할을 한 배우들은 나중에 모두 예루살렘에 있는 그의 묘소를 참배했다.

제2차대전 때 스웨덴에도 오스카 쉰들러 같은 사람이 있었다. 지금 우리나라의 삼성 그룹과 가까운 관계인 스웨덴 발렌베리Wallenberg 그룹의 라울 발렌베리다. 발렌베리가의 3대에 해당한다. 외교관으로 활약하면서 헝가리에서 유대인 수천 명을 구해낸 것으로 역사에 기록되어 있다. 1985년 NBC TV 영화 〈발렌베리Wallenberg: A Hero's Story〉로 제작되기도 했다. 리처드 체임벌린이 라울 발렌베리 역이다.

**홀로코스트**

〈쉰들러 리스트〉 다음으로 유명한 홀로코스트 소재 작품은 로베르토 베니니가 감독, 주연한 〈인생은 아름다워La Vita è Bella, 1997〉이다.

홀로코스트를 다소 희화했다는 비판이 있었지만 걸작으로 평가된다. '희비극'이라는 말도 나왔다. 아카데미에서 외국어영화상과 함께 로베르토 베니니가 남우주연상을 받았다.

베니니의 수상 순간은 가장 요란스럽고 가장 감동적인 장면으로 남았다. 베니니는 이탈리아 출신 배우 소피아 로렌이 외국어영화상 수상을 발표하자 객석 의자 위에 올라가 펄쩍펄쩍 뛰다가 계단을 깡충깡충 뛰어 무대로 올라왔다. 마지막으로, 부모님에게 자신이 열심히 일할 수 있게 '가난'이라는 가장 큰 선물을 남겨준 것에 감사한다고 해서 폭소를 자아냈다. 베니니의 부친은 나치의 베르겐·벨젠 수용소에서 3년을 보낸 홀로코스트 생존자다.

홀로코스트 영화는 큰 장르이기 때문에 무수히 많은 작품이 만들어졌다. 할리우드뿐 아니라 독일을 비롯한 유럽 여러 나라도 참여했다.

〈쉰들러 리스트〉와 〈인생은 아름다워〉 외에 기억에 남는 홀로코스트 영화는 더스틴 호프먼과 로런스 올리비에 주연의 〈마라톤 맨Marathon Man, 1976〉이다. 이 영화에서는 유독 많은 유대인이 뉴욕에서 다이아몬드 상인으로 살아가는 모습을 보여준다. 유대인들은 오랜 역사에 걸쳐 박해받고 재산을 빼앗겼기 때문에 언제든 정리해서 몸에 지니고 도망칠 수 있는 재산인 다이아몬드를 선호했다고 한다. 그리고 다이아몬드 외에, 몸에 지니고 도망 다닐 수 있고 다이아몬드와는 달리 남이 뺏을 수도 없는 '머릿속에 든 지식'이 있다. 유대인들의 교육열이 이를 반영한다.

그 밖에 〈소피의 선택Sophie's Choice, 1982〉 〈줄무늬 파자마를 입은 소년The Boy in the Striped Pajamas, 2008〉 〈더 리더〉 〈디파이언스Defiance, 2008〉가 있다.

소피의 '선택'은 나치가 인간에게 강요한 가장 참혹한 요구다. 소피 역을 맡은 메릴 스트리프는 그 선택 신에서 딱 한 번의 테이크만 연기하고 그 이상은 거부했다고 한다. 메릴 스트리프는 이 영화에서 최고의 연기, 특히 뛰어난 영어 악센트 연기를 보여준다. 거의 눈과 귀를 의심할 정도의 연기력이다. 물론 아카데미 여우주연상을 받았다.

미국 워싱턴에 가면 홀로코스트 박물관이 있다. 유대인들이 수용소로 끌려갈 때 탔던 기차 화물칸도 하나 전시되어 들어가 볼 수 있다.

이 박물관에 들어가면서 희생자 한 사람 한 사람의 간단한 사연이 적힌 종이 카드를 집게 되어 있다. 얇은 여권같이 생긴 것이다. 내가 집은 카드는 에노 카츠라는 이름이다. 1894년 헝가리 태생으로 1944년 아우슈비츠에서 사망했다고 적혀 있다. 이 카드는 아직도 내 책상 서랍 안에 있다.

**조피 숄**

소피라는 이름을 보면 자연스럽게 조피 숄Sophie Scholl, 1921~1943이 떠오른다. 나치 치하에서는 독일 군부 내부뿐 아니라 대학가에서도 저항운동이 있었다. 1942년에서 1943년 사이에 뮌헨 대학에서는 일단의 학생들이 '백장미'Die Weiße Rose라는 이름으로 주로 유인물 제작과 유포를 통해 반나치 운동을 벌였다. 이들은 1943년 초에 핵심 학생 다섯 명과 지원하던 교수 한 사람이 체포되어 처형당함으로써 와해되었다. 그 교수의 이름은 후버Kurt Huber이며 처형당한 학생들은 프롭스트, 슈모렐, 그라프, 조피와 한스 숄 남매다.

뮌헨 대학은 후버 교수 광장과 숄 남매 광장을 가운데 두고 건물들이 배치되어 있다. 대학 본관에는 1층에 자그마한 박물관 겸 기념관이 마련되어 이들을 기린다. 그 입구에는 언제나 흰 장미가 한 송이 꽂혀 있다.

조피 숄의 이야기는 1982년에 독일에서 '백장미'라는 제목으로 처음 영화화되었고 2005년에 다시 제작되었다. 〈조피 숄의 마지막 날들Sophie Scholl: Die letzten Tage〉이라는 2005년 작품은 아카데미 외국어영화상 후보에 올랐다.

**폴란드**

〈쉰들러 리스트〉〈소피의 선택〉 둘 다 폴란드가 배경이다. 아우슈비츠가 폴란드에 있다. 영국의 역사학자 노먼 데이비스에 따르면 1939년에서 1945년 사이에 나치에 희생된 유대인의 수는 약 600만 명인데 그중 절반인 300만여 명이 폴란드계 유대인이었다. 그만큼 폴란드는 비극의 땅이었던 것이다.

외국에 유학을 와 있는데 고국에서 전쟁이 일어나 가족들의 생사를 알 수 없게 되면 어떨까? 특히 요즘이 아니라 인터넷도 없고 국제전화조차 쉽지 않았던 1940년에.

하버드대 로스쿨에 루이스 손Louis Sohn이라는 교수가 있었는데 이 교수의 이야기를 잠시 옮겨본다. 손 교수는 유엔 창설 작업에 참여했고 하버드에서 세계 최초로 유엔법을 가르쳤다.

손 교수는 폴란드 르보프 대학 출신이다. 1939년 8월 말에 하버드에 유학생으로 도착했는데 며칠 후에 히틀러가 폴란드를 침공하면서 제2차대전이 일어났다. 손 교수는 갑자기 고국과 가족이 어떻게 되었는지 전혀 알 수 없는 처지에 빠졌는데 설상가상으로 자신을 초청해준 교수가 몇 주 후에 심장마비로 타계하는 일이 일어났다. 손은 무일푼으로 혼자 미국에 남겨지게 되었다. 다행히 학장으로부터 돈을 빌릴 수 있어서 1년에 약 100달러 정도의 생활비로 살며 그 상황에서도 『하버드 로 리뷰Harvard Law Review』에 논문을 발표하는 기적을 이루어냈다. 전쟁이 끝나고 바로 1946년에 하버드대 로스쿨의 국제법 교수가 되었다. 케네디 대통령을 위해 미국의 군비 축소안을 마련하기도 했고 보스니아 전범재판소 설립에도 참여했다.

손의 가족들은 제2차대전에서 희생되었고 손은 다시 폴란드 땅을 밟지 않았다고 한다. 출생지 르보프는 우크라이나공화국으로 편입되었다. 자신은 돌아갈 고향을 잃어서 세계시민이 되었다고 이야기하곤 했다.

할리우드에서는 정치적 망명이나 난민에 관한 영화도 종종 만들어진다. 대개 여론의 주의를 환기하기 위한 것들이다. 유엔에서는 매년 난민영화제도 열고 있다.

약간 코믹하게 이 소재를 다룬 영화로 스필버그, 톰 행크스 콤비의 〈터미널The Terminal, 2004〉이 있다. 동유럽에 있는 가상의 나라 출신인 주인공이 미국에 오는 동안 정권이 바뀌고 여권이 무효가 되는 바람에, 미국에 입국하지도 못하고 돌아가지도 못하는 국제미아가 되는 이야기다. 물론 영화의 초점은 난민 문제가 아니라이 사람이 공항에서 계속 산다는 설정이다. 실제로 파리의 드골 공항에서 17년을 산 한 이란 난민의 이야기를 기초로 했다.

### 뉘른베르크의 재판

인류 역사상 가장 끔찍한 일을 저지른 자들이 처벌을 받지 않을 수 없다.

전쟁이 끝난 후, 전쟁 전에 나치의 전당대회가 열렸던 바로 그곳 뉘른베르크에서 국제군사재판이 열렸다. 1945년 11월에 개정해서 1946년 10월 1일에 전범들에 대한 선고를 내렸다. 주요 피고인 스물두 명 중 열두 명이 '반인도적 범죄' 등의 죄목으로 사형선고를 받았다. "내게는 양심이 없다. 내 양심은 아돌프 히틀러라고 불린다!"며 제3제국 공군 사령관으로서 히틀러의 신임을 받았던 괴링은 교수형 집행일 하루 전에 음독자살했고, 나머지 전범들은 10월 16일에 처형되었다. 히틀러의 외무장관 리벤트로프, 제3제국 군 총사령관 카이텔 등이 그에 포함된다.

약 1년간 진행된 이 재판 과정을 통해 나치의 침략 전쟁과 유대인 말살이 얼마나 치밀하고 계획적으로 이루어졌는지가 전 세계와 독일 국민들에게 다 알려졌다. 재판 기록이 모두 42권의 자료집으로 정리되어 있다.

1961년에 영화 〈뉘른베르크의 재판〉이 나왔다. 이 영화는 전범 재판이 끝난 후에 진행된 후속 재판을 소재로 한다. 특히 나치 독일의 고위 법관들에 대한 재판이 초점이다. 아카데미 작품상 후보에 올랐고 배우 두 사람이 동시에 남우주연상 후보가 되는 기록을 세웠다. 판사 스펜서 트레이시와 변호사 막시밀리안 셸이다. 상은 셸이 받았다. 이 영화에는 거물급 배우들이 다수 출연하는데 모두 자발적으로 약소한 출연료만 받기로 했다고 한다. 영화의 사회적 의미 때문이다. 요즘 용어로 재능기부들을 한 셈이다.

손쉽게 '악법도 법이다'에 입각해서 나치의 악법을 충실히 집행했던 독일 판사들에게 종신형이 선고된다. 자신이 유죄라고 생각했던 에른스트 야닝(버트 랭커스터 분)은 마지막에 판사에 대한 존경을 표하면서, 자신은 유대인 학살 같은 일이 일어날 줄은 정말 몰랐다는 것을 믿어달라고 부탁한다. 그러나 판사는 이렇게 말하고 떠난다.

"당신이 죄가 없다는 것을 알면서 어떤 사람에게 사형을 선고했을 때 이미 그런 일이 일어날 것을 안 것입니다."

### 쉰들러 리프트

영화와는 관계없지만 쉰들러 이야기가 나온 참에 쉰들러 회장과의 추억담을 안 꺼내고 넘어갈 수 없다.

2004년 어느 날.

'인디애나 존스'(해리슨 포드)도 최근에 구입했다는 8인승 필라투스 경비행기가 스위스의 눈 덮인 산들 위로 힘차게 날아오른다. 저 아래 우리가 이륙한 시골 공항에는 우리를 안내하고 있는 이

비행기의 주인 쉰들러 회장이 타고 왔던 포르셰가 아직도 활주로에 서 있었다.

내가 유학생으로서 독일의 옛 서울 본을 떠난 지 거의 20년이 지난 이날 나는 행선지를 모르는 상태에서 이 자그마한 비행기에 몸을 실었다.

쉰들러 회장은 자기 회사가 최근에 개발한 초고속 무소음 엘리베이터를 우리 일행에게 보여주고자 직접 그 신제품이 설치되어 있는 곳으로 우리를 안내하는 중이었다. 그곳이 독일 어디라고만 들었는데 구체적으로 어느 지역인지는 그냥 묻지 않은 채 그러려니 하고 있었다. 우리가 이륙한 곳이 스위스 중부 지역이었기 때문에 남부 독일의 어디쯤이려니 하고 생각했다.

그러나 비행기는 거의 한 시간을 날았다. 그제야 착륙을 준비하려는 듯이 선회를 시작했다. 그러자 창밖 아래로 큰 성당 건물이 보였다. 설마…… 쾰른 대성당처럼 보였는데 너무 고도가 높아서 불확실했다.

잠시 후 비행기가 착륙하고 일행과 함께 활주로를 가로질러 전용기용 세관을 통과할 때 나는 우리가 쾰른·본 공항에 내린 것을 확실히 알게 되었다.

"어디로 향하는 겁니까?" 드디어 궁금해진 사람이 물었다.

"본으로 갑니다. 차로 20분 정도 걸립니다."

"……!!"

그제야 내가 건성으로 안내를 들었다는 것이 드러났다. 쉰들러 회장은 신제품 엘리베이터가 설치된 곳이 본에 있는 독일 연방 우체국 신청사라고 이미 이야기했던 것이다.

갑자기 흥분되었다. 거의 20년 만에 갑자기 본으로 오게 된 것이다. 물론 일정 때문에 다른 곳에 들를 수는 없을 것 같았다. 그래도……

"저는 오래전에 이 지역에서 공부를 했었습니다."

쉰들러 회장이 놀라는 표정을 지었다. 그러고는 "한 바퀴를 돌아오신 셈이로군요" 하고 나로서는 의미심장하게 들리는 말을 하는 것이었다.

내가 쉰들러 회장이 안내하는 비행기를 타게 된 원래 이유와 이날 있었던 일에 대해서는 업무에 관련된 내용이었기 때문에 더 이상은 이야기할 수 없다. 학생들에게 항상 강조하지만, 변호사의 가장 훌륭한 덕목 중 하나는 입이 무거워야 한다는 것이다. 어떤 부분은 법률적, 윤리적 의무에 해당한다. 의사나 다른 전문가들과 같다.

그런데 독자들은 궁금할 것이다. 지금 이야기하는 쉰들러 회장이 〈쉰들러 리스트〉에 나오는 쉰들러의 자손인지.

하도 여러 사람이 그 질문을 해서인지 회장은 모범 답변을 준비하고 있었다.

"아무 관련이 없습니다. 영화는 〈쉰들러 리스트〉이고, 우리는 쉰들러 리프트입니다."

리프트Lift는 독일어로 엘리베이터다.

사람은 누구나 사춘기 때의 환경과 사회 분위기에 평생 영향을 받는다고 한다. 그 시기가 가장 감수성이 예민하고 세상에 대한 시각을 처음 정립하는 때라서 그렇다. 그래서 나이가 들면 그때 듣던 노래를 찾게 되고, 그때 읽었던 소설을 다시 뒤적이기도 하며, 그때 찾았던 먼 곳을 다시 찾게 된다는 것이다. 영화도 마찬가지다. 내 경우는 독일 땅에 처음 발을 디뎠던 시기가 또하나의 사춘기인 것 같다. 적극적인 욕구는 없었지만 항상 그 시기를 생각하고 줄곧 일종의 향수에 갇혀 있었다는 생각이 든다. 쉰들러 회장이 전혀 뜻밖에 나를 그 시기, 그 장소로 데려다주었던 것이다.

그런 시기에 보았던 영화들 중 평생 뇌리에서 떠나지 않는 것이 있다.

바로 앤서니 퀸과 재클린 비셋이 나왔던 〈그리스의 대부The Greek Tycoon, 1978〉다. 내가 대학교 1학년 때 개봉했었다. 다른 장면은 모르겠고, 거부 토마시스가 결국에는 인생의 황혼에 필부들과 함께 바닷가의 선술집에서 한잔하고 외롭게 춤을 추는 마지막 장면이 압권이다. 약 25년 후에 맷 데이먼이 〈본 아이덴티티The Bourne Identity, 2002〉에서 마지막에 여자친구와 재회하는 장면을 찍은 바로 그 동네다. 에게 해 미코노스 섬의 리틀 베니스. 미코노스 풍차들로 특히 유명한 관광지다.

그런데 왜 지금도 아닌, 대학교 1학년 때 그 장면이 그렇게나 인상적이었을까?

그 무렵 본 영화들 중에 또하나 오래 기억에 남았던 것이 역시 앤서니 퀸이 연기한 〈25시La Vingt-cinquième heure, 1967〉다. 루마니아의 노벨문학상 수상 작가 게오르규의 소설을 영화화했다. 소박한 농부 요한 모리츠가 전쟁의 소용돌이 속에서 겪는 기구한 운명이 소재다. 마지막 앤서니 퀸의 표정이 영원한 명장면이다.

앤서니 퀸은 멕시코계 배우다. 〈희랍인 조르바Alexis Zorbas, 1964〉 〈길La Strada, 1954〉을 비롯해서 우리 세대에 사랑받은 많은 영화에 출연했다.

# 리틀 그린 맨

할리우드의 외계인 사랑이 못 말릴 정도라는 것은 누구나 다 아는 사실. 급기야 지구는 외계 로봇 간의 전장이 되기도 한다('트랜스포머' 시리즈).

어떤 포털 사이트에 뉴스가 떴다. 미국의 과학자들이 거액의 예산을 들여 수십억 광년 떨어진 곳의 은하를 볼 수 있는 초고성능 망원경을 제작해서 외기권으로 쏘아올릴 준비를 하는 중이라는 내용이다. 이 뉴스에 달린 댓글 하나가 눈에 띄었다.

"저쪽 애들은 핸드폰에 탑재되어 있다."

## 외계인은 있는가

'지구 밖에도 생명체가 존재하는가'는 우리의 오래된 의문이다. 많은 과학자가 끈질기게 찾고 있다. 숨은 보석 같은 영화 〈콘택트Contact, 1997〉에서 애로웨이 박사(조디 포스터 분)도 그 일에 평생을 바친다. 그런데 사실은 단순히 미생물이 있는지 궁금한 것이 아니라 우리보다 지능이 뛰어나거나 문명이 앞선 존재가 있는지가 궁금한 것이다. 그리고 우리가 지구 출신인지, 아니면 지구가 아닌 어디 다른 데서 왔는지도 끝없는 호기심의 대상이다. 유력한 곳이 화성이다. 할리우드가 사람들의 호기심 1호 주제를 다루지 않을 수 없다.

〈맨 인 블랙Men in Black, 1997〉은 간단히 답한다. 외계인은 물론 있고, 우리보다 앞서 있으며, 심지어 우리와 같이 섞여 살고 있다. 거리를 지나다니는 지구인들 중에 외계인들이 섞여 있는 것이다.

이는 미국의 영향력 있는 영매가 말하는 바와도 동일하다. 실비아 브라운은 자기가 도저히 읽을 수 없는 사람을 만난 경험이 있다고 했다. 이 외계인들이 지구에 와서 그러고 있는 이유는 잘 알 수 없지만 여러 가지일 것이다. 우리가 다른 나라에 놀러가듯이 관광 온 외계인도 있을 테고 살던 곳에서 도망쳐 지구에 망명 중인 외계인도 있을 것이다. 기술이 극도로 진보한 나머지 불교에서 말하는 윤회 방법을 터득해서 지구에 실습 나온 외계인도 있겠다. 그런 아이디어를 약간 기계적으로 표현한 영화가 워쇼스키 남매의 〈매트릭스The Matrix, 1999〉 아닌가.

말 된다. 인간이 전기를 발견해서 지금 인터넷을 쓰기까지 약 100년밖에 걸리지 않았다. 이 추세로 1억 년이 지난다면 우리도 그 정도 기술 수준은 가볍게 이룰 것이 분명하다. 우주의 나이는

137억 년이고 지구의 나이는 45억 년이다. 1억 년은 시간도 아니다. 조지 루카스가 보여준 '스타 워즈'는 지구가 생겨나기도 전에 은하계 어디선가 일어났던 일이라는데……

문제는 머리 좋은 사람이 반드시 성품이 훌륭한 사람은 아니듯이(반대가 많다) 형편없이 막돼먹은 외계인들이 있다는 것이다. 뭐, 자기들끼리야 예의바르게 행동하며 사회생활을 하는지 어쩌는지는 몰라도 지구의 우리 인간들을 벌레같이 여기는 자들이다.

스필버그 감독, 톰 크루즈 주연의 〈우주 전쟁War of the Worlds, 2005〉이 가장 끔찍하다. 외계인 영화의 저류에는 대부분 그런 인식이 깔려 있다. 그래서 외계인 문제는 안보 문제다. 군이 등장하는 대목이다. 대개 외계인은 지구를 '습격'하고 파괴하지 친선 방문은 안 한다. 영화가 안 되므로. 기껏해야 이티처럼 조난을 당한다.

반면 인간이 외계를 방문하면 그곳의 외계인은 인간에 비해 전지전능하고 자애롭기도 하다. 관악산에 기어다니는 개미가 서울시의 행정을 알게 되려면 세월이 얼마나 지나야 할까. 그래도 그네들은 수십억 년 앞서 있다. 감독이나 작가가 하고 싶은 말이 외계인을 통해 나오기도 한다. 애로웨이 박사가 베가에 가서 만난 외계인은 참 근사한 말을 해주었다. 물론 칼 세이건Carl Sagan, 1934~1996의 말이다.

"당신들 인간은 흥미로운 종족이야. 재미있는 조합이지. 그토록 아름다운 꿈도 꿀 줄 알고, 끔찍한 악몽도 꾸지. 너희는 완전히 길을 잃었어. 너무 고립되어 외로워해…… 우리가 오랜 연구 끝에 깨달은 것은, 참을 수 없는 이 공허함을 채워줄 수 있는 것은 결국 서로의 존재each other라는 사실이야."

애로웨이 박사는 외계인에게 더 알고 싶은 것이 너무나 많다며 떠나지 않으려 하지만, 외계인은 다음에 또 기회가 있을 거라고 말한다.

"우리는 수십억 년 동안 이런 식으로 해왔어. 아주 조금씩……"

이 대사들이 칼 세이건의 지성의 산물인지, 아니면 그가 채널링을 통해 정말로 외계인으로부터 받은 것인지는 모르겠다.

스탠리 큐브릭 감독의 〈2001 스페이스 오디세이2001: A Space Odyssey, 1968〉가 채널링으로 만들어진 것이라는 소문이 그럴싸하게 퍼져 있다. 지금 보니 1968년 영화치고는 지나치게 많은 것을 알고 있기 때문이다.

**왜 외계인은 난폭한가**

외계인들이 폭력적 성향을 지닌 이유에도 공통점이 있다. 살아남을 식민지가 필요해서다. 〈인디펜던스 데이Independence Day, 1996〉 〈배틀십Battleship, 2012〉에서 가장 최근의 〈맨 오브 스틸Man of Steel, 2013〉까지. 소행성 때문이든 기상이변 아니면 전쟁 때문이든 어떤 문명이 1억 년간 지속되기는 쉽지 않을 것이다. 공룡은 문명을 이루지는 않았지만 1억 년간 종족을 보존했으니 대단하다. 그런 공룡도 소행성을 막을 수는 없었다.

유럽 나라들이 심심해서 식민지 개척에 나선 것이 아니었다.

자국의 시장이 포화 상태가 되었고, 그 사회가 싫어진 사람들, 사회가 싫어하는 사람들이 많아졌다. 그런데 스페인 사람들이 잉카 사람들을 어떻게 했던가? 그렇다. 〈우주 전쟁〉은 지구에서 이미 여러 번 일어났던 일이다. 〈트랜스포머Transformers, 2007〉에서 옵티머스의 부하 로봇이 인류는 원시적이고 파괴적이라며 비난하자 옵티머스가 한마디한다.

"우리는 별달랐었나?Were we so different?"

영화에 등장하는 외계인들은 다 밉게 생겼다. 얼굴도 그렇고 체격도 그렇다. 괴물 수준까지는 아니더라도 대개 작은 머리에 문어같이 길고 가는 팔다리, 얼굴에는 찢어진 눈 두 개. '아름다운 외계인'이 영화에 등장한 일은 아직 없다. 왜? 인간은 인간보다 아름다운 모습을 그려낼 수가 없다.

지구에서 빛의 속도로 250만 년을 가야 도착하는 안드로메다의 한 행성에 외계인들이 살고 있는데 영화 산업을 부흥시켜서 우리처럼 외계인 영화를 많이 만들고 본다면, 거기서 외계인 모습은 우리 인간의 모습일지도 모르겠다. 그리고 그네들은 지구 대표 선수 트로이의 헬레네를 데려다 보여도 못생겼다고 할 것이다.

〈혹성 탈출Planet of the Apes, 1968〉의 침팬지 코닐리어스 박사가 찰턴 헤스턴에게 "당신은 너무 못생겼어요"라고 했듯이.

### 영화의 교육적 가치

인간은 알고 싶어하는 존재다. 산 너머에 뭐가 있을까? 바다

건너에는? 이런 욕구는 인간의 DNA에 들어 있어서 우리 스스로 어떻게 할 도리가 없다. 끝없이 궁금해하고 답을 찾는다. 우리는 어디에서 왔으며 누구인가? 어디로 가는가? 수천 년 동안 하늘을 쳐다보면서 같은 의문을 품었다. 우리 각자는 인생의 상당 시간을 이 의문을 풀기 위해 쓴다. 꼭 학문적 연구일 필요는 없다. 평범한 여행도 그 과정이다. 이제 어느 정도 과학이 발달해 우리 인간에게는 제네바의 유럽원자핵공동연구소CERN도, 허블 망원경도 있다. 안드로메다 애들이 허블을 핸드폰에 탑재하고 있어도 그건 그쪽 사정이다. 우리도 나름 열심히 하고 있다.

영화는 그 결실을 극적인 방식으로 우리에게 보여준다.

비단 외계인 영화뿐 아니라 우주 SF 영화들이 보여주는 영상들이다. 〈스타 트렉 다크니스Star Trek into Darkness, 2013〉 〈그래비티〉가 아이맥스 3D로 펼쳐놓는 우주의 모습은 인간의 외계 관측 기술과 영상 기술의 결합으로 우리가 볼 수 있게 된 최고의 것들이다.

이렇게 영화는 가장 효율적인 교육 방식의 하나다. 인터넷의 발상지이자 결국 힉스 입자의 존재를 검증해낸 CERN은 〈천사와 악마Angels & Demons, 2009〉 도입부에서 볼 수 있다. 영화 덕분에 평범한 관객 한 사람 한 사람은 앉아서 CERN에도 들어가볼 수 있고 교황청의 교황 집무실도 구경할 수 있다. 교통비, 관람료 합해서 만 원이다. 실제로 구경하는 것보다 접하는 정보의 양은 적지만 비용 대비 최고다.

또 영화는 우리를 남극, 사하라 사막으로도 데려다준다. '아이언맨' 로버트 다우니 주니어는 〈온리 유Only You, 1994〉에서 우리를 그림 같은 이탈리아 전원으로 데려간다. 뉴욕 맨해튼의 엠파이어스테이트 빌딩을 헬기를 타고 내려다볼 수 있게 해주고, 평생 직접 타볼 수 없을 핵항공모함 위와 핵잠수함 안에도 놓아준다. 우주왕복선 발사도 아주 가까이서 볼 수 있다. 세계 각국의 유적지 안팎과 휴양지에도 데려간다. 기자의 피라미드 정상에도 올라갈 수 있다. 관광객으로서는 허가되지 않는 곳들이다. 그리고 이런 것들은 세트나 CG가 아니고 진짜다.

나는 독일 유학길에 당시 중국과 러시아 상공을 통과하지 못하던 때여서 알래스카의 앵커리지를 경유해 북극 항로로 이동했다. 비행기 창으로 북극을 내려다보았던 것이다. 그런데 조그만 비행기 창밖으로 멀리 내려다본 북극의 모습은 실제 체험이었지만 대형 스크린으로 보는 영화 속 북극보다 나에게 더 많은 정보를 주었다고 할 수 없다. 영화는 우리가 직접 체험할 수 있는 것들조차도 더 나은 체험을 할 수 있게 도와준다.

할리우드를 대표하는 블록버스터 제작자 제리 브룩하이머는 언젠가 영화 산업이 운송업이라고 말한 적이 있다.

"우리의 임무는 관객들을 이곳저곳으로 데려다주는 것입니다."

### 달

지구와 가장 가까운 천체인 달은 유사 이래 우리 인간의 온갖 상상의 대상이었다. 화성은 그다음이다. 달은 실제로 지구상의 생명체에 큰 영향을 끼친다. 거대한 바다를 움직일 정도의 힘이니 조그만 인간의 몸과 마음이 영향을 받지 않을 리 없다(《문스트럭 Moonstruck, 1987》). 실제로 보름달과 관련한 온갖 이야기가 있고 병원 응급실이 보름달 밤에 특히 바빠진다고 들은 것 같다.

인간은 결국 달에 갔다. 그런데 그 이유를 두고 상상의 나래가 펼쳐진다. 굳이 힘들게 거기까지 간 것은, 외계인이 달에 불시착했는데 소련보다 먼저 외계 비행선을 가져와야 하기 때문이라든가(《트랜스포머 3 Transformers: Dark of the Moon, 2011》).

달의 크기와 위치를 놓고 지나치게 '인위적'이라는 말이 많았다. 예를 들면, 일식 때 달은 완벽하게 태양과 맞아떨어지는데 이 정도의 기적은 자연스럽게 일어나기 어렵다는 것이다. 움직임도 이상하다. 달은 왜 한쪽 면만 지구를 향한 채로 공전할까? 뭔가를 감추기 위해서? 달이 속이 비어 있고 우주 전쟁 때 쓰던 인공물이라는 상상도 있다. 〈스타 워즈〉에 나오는 '데스스타'같이.

그러더니 급기야 나치의 잔당이 달의 뒷면에 망명했다가 권토중래한다는 영화가 나오기에 이르렀다. 〈아이언 스카이 Iron Sky, 2012〉. 별로 권할 만한 작품은 아니지만 첫 장면에서 달에서 바라보는 은하수를 아주 멋지게 재현해냈다.

### 화성

외계인 하면 원래 화성인이었다. 그리고 화성인은 항상 지구를 침공한다. 〈우주 전쟁〉 〈화성 침공 Mars Attacks!, 1996〉 등등.

고대 이래로 화성은 인류에게 공포의 대상이었다. 그래서 로마 신화 전쟁의 신 이름도 화성을 뜻하는 마르스다. 옛날 사람들의 육안에는 화성이 뚜렷하게 보였을 것이다. 약간 붉은빛을 띠는 화성 표면에 그어진 무시무시한 '칼자국'도 보였을지 모른다(마리네리스 협곡Valles Marineris으로 길이 4000킬로미터, 깊이 7킬로미터에 달한다. 그랜드캐니언은 동네 개울이다). 그런데 그것만으로는 왜 화성이 관심과 공포의 대상이 되었는지 잘 설명이 되지 않는다. 뭔가 다른 이유가 있을까?

나사의 외계 생명체 탐사도 화성이 그 대상이다. 화성은 달 다음으로 인간의 우주선이 착륙한 곳이기도 하다.

1976년에 화성 탐사선 바이킹 1호가 전송한 사진 한 장이 전 세계를 발칵 뒤집어놓았다. 시도니아라 불리는 지역에서 직경 1.5킬로미터의 거대한 사람 얼굴 형상이 찍힌 것이다. 그후 이 사진을 놓고 엄청난 논란이 벌어졌다. 〈미션 투 마스Mission to Mars, 2000〉는 그 얼굴을 방문하는 영화다. 화성인들은 일종의 식민지로 지구를 개척했고 지구의 원주민들에게 자신들의 DNA를 이식했다. 인류는 화성인의 변종인 것이다. 그런데 화성이 살 수 없는 곳이 되자 화성인들은 다른 은하계로 떠나버렸다. 우리 지구인들만 남겨두고…… 화성의 얼굴은 지구에 사는 종족에게 작별 선물로 남긴 메시지다.

2001년에 글로벌서베이어호가 찍어 보낸 얼굴 사진으로 이 논란은 가라앉았지만 시도니아에 대한 연구는 계속되고 있다. 그런데 이상한 점이 있다. 그렇게 논란이 많은 곳이라면 왜 집중적으로 촬영해서 의문을 풀지 않는가?

우리가 흔히 잊고 있는 것이, 달이든 화성이든 우주선을 쏘아 올려서 대충 눈에 보이는 대로 촬영하는 게 아니라는 점이다. 수백, 수천억 원의 예산이 투입되는 프로젝트다. 당연히 수년 동안 정밀한 사전 계획이 수립된다. 어디서 무엇을 찍을지. 과학자들의 요청도 수천 건씩 들어온다. 어디서 무엇을 찍는가는 큰돈과 책임이 달린 문제다. 즉흥적으로 정할 수 없다. 이 점은 허블 망원경도 마찬가지다.

외계인이 지구에 탐사선을 보내서 대충 사진을 찍으면 사하라 사막이나 태평양이 찍힐 확률이 가장 높다. 지구에는 생명체가 살지 않는다고 본부에 보고될 것이다. 사람이 사는 곳이 외계인의 카메라에 잡힐 확률은 극히 낮다.

인간은 결국 머지않아 화성을 식민지로 개척할 것이다. 다시 돌아올 수 없는 편도 화성 여행에 희망자가 넘친다는 보도도 나왔다. 왜 우리는 화성에 그리 집착할까? 정말로 우리 뿌리가 화성이라서 그런가?

〈토털 리콜Total Recall, 1990〉은 2084년에 화성 식민지에서 벌어지는 일을 그렸다. 아널드 슈워제네거와 샤론 스톤이 주인공이다. 아카데미 시각효과 부문 특별공로상을 받았다. 콜린 패럴과 제시카 빌 주연의 〈토털 리콜2012〉은 화성과 관계없다. 호주가 식민지로 등장한다.

〈존 카터—바숨 전쟁의 서막John Carter, 2012〉도 무대가 화성이다. 에드거 라이스 버로스의 SF 소설 『화성의 공주A Princess of Mars, 1917』가 원작이다. 화성은 지구보다 중력이 약하기 때문에 체중이 100 킬로그램인 사람은 38킬로그램이 된다. 즉 같은 근력이면 슈퍼맨처럼 붕붕 날아다닐 수 있다. 디즈니가 제작한 이 영화는 할리우드에서도 제작비가 많이 들어간 작품들 중 하나다. 무려 2억 5000만 달러. 간신히 적자를 면했다.

흥미롭게 여기서도 팔이 네 개 달린 초록색 화성인이 할리우드 대표 훈남 존 카터(테일러 키치 분)에게 못생겼다고 하는 장면이 나온다.

### 할리우드의 주술

외계인 영화, SF 영화에서 반복적으로 등장하는 또하나의 설정은, 미국 정부가 뭔가를 숨기고 있다는 것이다. 외계인의 존재든, UFO 선체나 심지어 외계인의 사체 같은 물증이든. 달에 대해서도, 화성에 대해서도 등등 끝이 없다. 〈트랜스포머〉 〈인디펜던스 데이〉의 기본 설정이다. 국방장관, 급기야는 대통령도 모르는 장소와 연구 프로젝트가 있다는 것이다. 이 설정의 발단은 미국에서 가장 끈질기게 논란이 되고 있는 로즈웰Roswell 사건이다.

1947년 뉴멕시코 주 로즈웰이라는 곳의(데미 무어가 이 마을에서 태어났다) 농장에 UFO가 추락해서 탑승한 외계인들이 사망했다는 주장이다. 그 외계인의 사체 해부 장면을 담았다는 사진이 문제가 되었다. 영화에서 단골로 그리는 외계인의 모습이 이 사진에서 유래한다. 이제 음모론은 미국 정부가 '51구역Area 51'이라는 곳에서 외계인들과 합작으로 다양한 과학 실험을 하고 비행체를 개발하고 있다는 데까지 나아갔다. 디스커버리채널이나 히스토리 채널에서는 이에 관련된 다큐멘터리를 종종 볼 수 있다. 최근에 51구역이 U2 같은 고성능 항공기를 비밀리에 개발하는 곳이라는 CIA 보고서가 공개되었지만 음모론자들은 믿지 않는다.

만일 이 음모론들이 맞는다면 왜 미국 정부는 그 많은 돈을 들여서 지극히 단순한 사실을 숨기는 것일까? 아마도 파장 때문일 것이다. 인류가 그동안 유지해온 모든 종교의 기반이 흔들릴 수도 있다. 할리우드가 재미로든 돈벌이로든 끊임없이 제기하는 의문은 알고 보면 엄청난 정치적, 사회적 파괴력을 지니고 있는 것이다.

레이건 대통령은 외계인의 존재를 믿었던 것으로 유명하다. 실제로 그에 관한 정보를 보고받았던 것인지는 알 수 없으나 레이건은 항상 그 대목을 '나의 판타지'라고 불렀고 참모진은 그 의미를 알았다. '스타 워즈' 우주방위군 구상이 레이건 행정부에서 나온 것은 우연이 아닐 수도 있다.

미국 다음으로 많은 정보를 보유하고 있을 러시아의 전 대통령 메드베데프 총리는 이와 관련해 한바탕 소동을 일으켰다. 2012년 12월 7일에 메드베데프는 TV 방송사들과 회견을 가진 후 몇 가지 사담을 나눴는데 그 장면이 그대로 녹화되어서 세상에 나가버렸다.

한 기자가 대통령이 되면 핵무기 가방과 함께 외계인에 관한 파일도 받는지 물었는데, 메드베데프는 지구에 와 있는 외계인에 대한 비밀문서 폴더를 같이 받는다고 답하며 이들 외계인을 다루는 비밀기관에 대한 보고서도 넘겨받는다고 했다. 공황이 일어날까봐 지구에 외계인이 얼마나 와 있는지에 대해서는 말할 수 없다고 덧붙였다. 그리고 그 비밀기관에 대한 내용은 〈맨 인 블랙〉에 나온다고 말한다. 그래서 사람들은 메드베데프가 장난 같은 질문에 진지한 농담으로 답한 것이라고 해석한다. 과연 농담일까? 사람은 가끔 농담을 가장하고 책임을 피하면서 진심을 말한다. 아무리 조심해도 알고 있는 것이 무심코 입에서 나오기도 한다. 그래서 어떤 사실은 아예 모르는 편이 좋을 때가 있다. '너무 많이 알면 다치기' 때문에. 어쨌든 메드베데프가 〈맨 인 블랙〉을 상당히 진지하게 본 것만은 분명하다.

어느 날 오바마, 푸틴 대통령이 긴급 공동 기자회견을 열고 외계인이 존재하며 우리와 같이 살고 있고 대부분 우리보다 똑똑하며 개중에는 외계 인격 파탄자도 있다고 발표하면 어떤 일이 일어날까? 좀 소란스러워지겠지만 집단 자살 사건이나 폭동, 약탈 같은 것이 일어날 성싶지는 않다. 우리는 할리우드 영화에 이미 충분히 세뇌되어 있다. 외계인은 있다고. 정부가 새삼스럽게 발표한다고 해서 뭐 크게 달라질 것도 없다.

역사적 진실 중에는 나치 독일이 사악했다는 것, 미확인 진실

중에는 외계인이 있다는 것, 할리우드는 이 두 가지를 확실하게 인증한다. 그리고 할리우드 역사상 최고의 흥행 기록을 세운 영화는 외계인 영화다. 그 외계 종족의 이름은 판도라 행성의 '나비Na'vi'다.

# 아 바 타

"헤이, 여기!"

멀리 극장 입구에서 니코가 손을 흔들어대며 부르는 모습이 보인다. 손에 벌써 플라스틱 포장에 담긴 3D 안경을 들고 있다. 꼭 놀이동산에 온 어린애 같은 분위기다. 극장에 가서 영화 구경을 한 지 10년이 넘었단다.

나는 〈아바타〉를 미국 앤아버 교외에 있는 극장에서 봤다. 빅토리아와 니컬러스 모건 부부, 래리 크로퍼드, 학생 둘, 나 이렇게 한 팀이었다.

니코는 월 스트리트의 큰 로펌인 스캐든압스에서 파트너로 일하다가 미시간대 로스쿨 교수로 왔다. 중국통인데, 중요한 것은 휴 그랜트보다 조금 더 잘생겼다는 사실이다. 할머니가 이탈리아 사람이었다고 항상 자랑한다. 토리는 역사학 교수고 래리는 백악관에서 오바마 대통령의 과학기술혁신 특별보좌관으로 일하다 학교로 막 돌아온 참이었다. 프로 수준의 바이올리니스트이기도 하다.

"그 영화 인종주의적이야."

미리 본 친구가 이미 경고했었다. 언제나 인종 문제. 미국 사회의 영원한 숙제다. 따지고 보면 우리는 인종이 다르다고 2012년작 〈장고〉가 보여주듯이 사람을 동물보다 못하게 다루었던 역사는 없다. 우리가 미국, 독일보다 더 문명국이다.

〈아바타〉는 오랫동안 〈타이타닉〉이 지키고 있던 역대 흥행 성적 1위 자리를 차지했다. 두 영화 다 제임스 캐머런 감독이 만들었으니…… 캐머런 감독은 59세인데 자산이 9억 달러 대로 알려져 있다. 1조 원가량 된다는 말이다. 스필버그 감독은 67세로 더 나이가 많기도 하지만 자산이 32억 달러 대에 이른다. 하긴 두 숫자 사이에는 실질적으로 아무런 차이가 없다. 무슨 수를 써도 그 돈을 자기가 다 못 쓰기는 마찬가지다. 우리 모두 열심히 일해서 돈을 많이 벌려고 발버둥치지만 정작 '묘지에서 가장 큰 부자'가 되는 것이 목표인 사람은 아무도 없다.

〈아바타〉는 개봉 첫날 약 2700만 달러를 벌어들였고, 19일 만에 10억 달러(1조 1000억 원)를 넘기더니 결국 약 28억 달러라는 대기록을 세운다. 영화 한 편이 3조 원을 거둬들였다는 말이다. 〈타이타닉〉은 약 22억 달러였고, 007 시리즈 23편 합이 104억 달러다. 2013년에 디즈니가 세운 한 해 흥행 신기록이 40억 달러다.

2010년 제82회 아카데미상 아홉 개 부문 후보에 올라 세 개 부문에서 수상했다. 작품상과 감독상은 놓쳤는데 재미있게도 캐머런 감독의 전 부인 캐스린 비글로 감독이 만든 〈허트 로커〉가 작품상과 (여성 최초) 감독상을 가져갔다.

나중에 설명하겠지만 〈아바타〉는 영화 산업을 새로운 차원으로 이끈 기술적 진보의 결집체다.

영화의 60퍼센트가 CG 기술이고 40퍼센트가 실제 연기다. CG 부분은 LA에서 한 달 동안, 연기 부분은 뉴질랜드에서 한 달 동안 촬영했는데 총 1000명이 넘는 인력이 투입되었다. 배우들은 활쏘기, 말타기, 격투기 같은 훈련을 받았고 전 배역이 하와이 열대우림 체험을 다녀오기도 했다.

〈아바타〉에서 사용된 CG 기술은 실제 연기와 CG 요소를 촬영 시에 실시간으로 합성할 수 있는 모션캡처motion-capture라고 불리는 첨단 기법이다. 배우의 연기가 끝나고 배경을 덧입히는 종래의 방식보다 두 요소를 결합하는 데 효과적이다. 게임기 같은 시스템이라고 한다. 캐머런은 이 시스템을 스티븐 스필버그와 피터 잭슨에게도 테스트해보게 했고, 스필버그와 조지 루커스는 실제 촬영장을 찾아와 한 수 배우고 가기도 했다. 스필버그는 모션캡처 기술이 마치 디지털 분장술 같다고 평했다. 3D 비디오게임에서 사용되는 버추얼 카메라 시스템도 특별 제작해 투입했다.

〈아바타〉는 프로모션 측면에서도 배울 것이 많은 영화다.

먼저 사진이 한 장 공개되었다. 다음에 영화 잡지 『엠파이어

Empire』가 단독으로 여러 장의 사진을 싣는다. 그러고는 제작진과 시거니 위버가 한 홍보 행사에 나서 영화를 소개하고 25분짜리 돌비 3D 영상을 공개한다. 캐머런과 위버는 계속해서 행사에 나타나고 '아바타 데이'도 선포된다. 이 아바타 데이에 처음으로 예고편이 뿌려지고 PC 게임과 캐릭터 장난감 라인이 세상에 나왔다. 다음으로 129초짜리 예고편이 인터넷에 등장하고 210초짜리 예고편이 드디어 극장에서 선보인다. 이 예고편은 곧이어 야후 웹 사이트에서도 볼 수 있었다. 소비자들의 반응이 나오기 시작하자 각 매체의 평론가들이 일제히 리뷰를 쓰기 시작한다. 〈아바타〉의 티저 예고편 영상은 온라인에서 영화 역사상 가장 많은 조회 기록을 세웠다.

베트남에서 첫번째 3D 영화관이 오픈했는데 거기서 16분짜리 영상이 기자들에게만 공개되었다. 2009년 11월 1일, 텍사스 댈러스 카우보이 풋볼 경기에서 3분 30초짜리 예고편이 처음으로 상영된다. 이 예고편은 경기를 보던 모든 TV 시청자들에게 전달되었다. 물론 배급사인 20세기폭스의 계열사 폭스TV를 통해서다. 역사상 가장 많은 관객이 본 영화 예고편이다. 폭스TV가 여러 프로그램에서 〈아바타〉 홍보에 열을 올렸음은 물론이다.

소비자들과 가까운 기업들이 홍보에 가세했다. 20세기폭스는 코카콜라를 파트너로 정하고 전 세계적인 마케팅을 개시했다. 특별한 웹 사이트가 개설되었다. 맥도널드는 유럽에서 '직접 아바타가 되어보세요Avatarize yourself'라는 카피로 광고를 송출했다. 이 광고를 보고 소비자들은 한 웹 사이트에 들어가서 자신의 사진을 이용해 나비족 전사로 둔갑할 수 있었다.

영화가 끝나자 니코가 자리에 앉은 채로 감탄사를 연발한다.

"재미있네! 재미있어!"

한 10년 만에 극장에 와서 본 영화가 〈아바타〉 3D였으니 당연하지. 〈크로커다일 던디'Crocodile' Dundee, 1986〉가 맨해튼에 온 격이다.

아직도 니코는 만나면 같이 〈아바타〉 본 이야기를 한다.

캐머런 감독은 2013년 8월에 〈아바타〉의 속편 세 편을 동시에 제작해서 2016, 2017, 2018년 겨울에 각각 개봉할 계획이라고 발표했다.

이렇게 최고의 걸작을 만들어내는 캐머런이지만 할리우드에서 그에 대한 평판은 대체로 별로다. 특히 같이 한 번이라도 일해본 경험이 있는 스태프들은 고개를 젓는다고 한다. 좋게 보면 완벽주의자지만 지나치게 같이 일하는 사람들을 혹사하고 자신의 감정을 주체하지 못하면 평판이 좋을 수가 없다. 캐머런은 자동으로 못을 박는 기계를 가져와서 작업중에 불필요하게 벨이 울린 스태프들의 휴대전화를 빼앗아 벽에 박아버린 일화도 있다. 이 일화는 샘 워싱턴이 〈제이 리노 쇼〉에서 소개한 것인데 칭찬으로 한 말이라지만 글쎄……

세상일이 다 이렇게 공평한 것이다. 예외가 없다.

# 월 스트리트

내 강좌 중에 'Investment Banking'이라는 게 있다. 투자은행에서 하는 일들을 소재로 학생들에게 이론과 실무를 가르치는 과목이다. 처음에 월 스트리트와 유럽의 금융 산업 역사를 같이 살펴보고 2008년에 발생한 글로벌 금융 위기로 들어선다.

이 대목에서 두 편의 영화가 등장한다. 〈인사이드 잡Inside Job, 2010〉과 〈마진 콜Margin Call, 2011〉이다. 둘 다 같이 보고 싶지만 시간 관계상 한 편을 선택하라고 학생들에게 주문하면 예외 없이 〈마진 콜〉이다. 극영화이기 때문이다. 그래서 〈마진 콜〉은 DVD를 빌려줄 테니 수업에서는 〈인사이드 잡〉을 같이 보자고 한다. 실망과 불평이 터져나온다.

〈인사이드 잡〉은 다큐멘터리다. 2011년 아카데미 장편다큐멘터리상을 받은 수작이다. 오프라 윈프리가 수상작을 발표했다.

"기분이 안 좋거나, 나쁜 뉴스가 들리거나, 사람들에게 상처를 받으면 뭘 하나요? 영화를 보러 가죠. 탈출하는 겁니다. 그런데 우리가 탈출하는 것을 허용하지 않는 영화들이 있습니다" 하고 후보작들을 소개했다.

맷 데이먼이 차분한 목소리로 내레이션을 한 이 영화는 글로벌 금융 위기라는 어려운 주제를 상당히 전문적이고 상세하게 다루었다. 내용도 적지 않은데 108분 동안 집중력을 잃지 않고 지루하지도 않게 담아낸 것이 놀랍다. 그래서 수업 교재로 손색이 없다. 물론 시각은 신자유주의에 대한 비판이다. 찰스 퍼거슨 감독은 수상 소감을 말하러 올라와서 "월 스트리트의 금융 거물들 중에 아직 아무도 감옥에 간 사람이 없다"는 첫마디로 그 생각을 대변했다.

소니픽처스클래식이 배급했는데 200만 달러의 제작비로 약 800만 달러의 수입을 냈다.

〈마진 콜〉은 월 스트리트 영화에 국한하지 않고 내가 아는 모든 영화 중에서 가장 수준 높은 내용의 대사가 나오는 작품이다. 물론 그 대사들이 제러미 아이언스, 케빈 스페이시의 입을 빌려 나오기 때문에 더 훌륭해 보이는지도 모르겠다. 월 스트리트 영화들 중에서 전문적인 내용을 가장 정확하게 전달한다.

2008년 9월 15일.

미국 4대 투자은행이었던 리먼브러더스가 도산한 날이다. 어떤 책의 표현을 빌리자면 리먼이 '살해'된 날이다. 도산 당시 리먼브러더스의 자산 규모는 6390억 달러, 은행 부채는 6130억 달러, 회사채 부채는 1550억 달러였다. 원화 환율이 1200원이라고 할 때 우리 돈으로 767조, 736조, 186조 원이다. 삼성 '그룹'의 자산 규모가 2009년에 193조 원이었다—내가 있는 학교의 한 교수가 계산해보니, 태조 왕건이 고려를 창건한 때부터 지금까지 하루에 300만 원씩 용돈으로 쓸 수 있는 돈이 1조 원이다.

전 세계가 휘청거렸다. 다우존스가 4.4퍼센트 하락했는데, 9·11 사건 이후 최대 낙폭이었다.

이 영화의 모델은 리먼 사태인데 리먼이 도산하지 않고 살아남는 것으로 설정하면서 금융 위기가 폭발하기 하루 전에 어떤 일이 있었는지를 보여준다. 제러미 아이언스는 리먼의 회장이었던 풀드Fuld역으로 툴드Tuld라는 이름을 쓴다.

여러 명장면이 있지만 툴드가 자신이 천문학적인 보수를 받는 회장 자리에 있는 이유는 단 하나, 앞날을 예측하는 역할을 맡았기 때문이라고 일장 훈시하는 심야의 긴급회의 장면이 압권이다.

"이 비즈니스에서는 머리가 좋거나, 남을 속이거나, 아니면 가장 먼저 움직여야 성공한다"고 하면서 회사가 쓰러지기 전에 부실 채권을 모두 헐값에 팔아치우기로 결정한다. 그렇게 되면 경제 위기가 촉발될 것이라는 로저스(케빈 스페이시 분)의 경고에 툴드가 답한다.

"우리가 위기를 촉발하면 우리는 위기에서 벗어나는 거요."

영화의 후반부에서 툴드는 로저스에게 금융자본주의에 대한 자신의 견해를 피력한다. 결국 인간들은 돈을 둘러싸고 싸움을 벌이며 살아가고 있지만, 이 싸움은 만일 돈이라는 것이 없었다면 생명과 신체에 직접적인 폭력을 행사하는 형태로 지속되었을 것이라고.

라이언스게이트와 로드사이드어트랙션이 배급했다. 제작비는 350만 달러에 불과하다. 아카데미 남우주연상 수상 배우가 둘이나 나오는데 그게 어떻게 가능했는지 모르겠다. 어느덧 50대에 접어든 데미 무어도 나온다. 박스오피스 기록은 1600만 달러.

영화의 마지막 부분에 채권 중개인들이 대형 트레이딩 룸에서 전화 통화로 매매계약을 체결하는 장면이 나온다. 이 또한 좋은 수업 교재다. 트레이딩 룸은 투자은행의 얼굴 역할을 한다. 지금은 한 중개인이 컴퓨터 스크린을 아홉 개까지 켜놓고 일한다. 세계에서 가장 큰 트레이딩 룸은 미국 코네티컷 주 스탬퍼드에 있는 UBS의 트레이딩 룸이다. 거의 축구장 하나 크기다. 겨울에도 낮은 온도를 유지하고 산소를 계속 공급한다. 라스베이거스에 있는 카지노도 같은 방식으로 일하는(?) 사람들의 각성도를 높인다.

월 스트리트 영화의 원조는 뭐니뭐니해도 마이클 더글러스가 고든 게코 역할을 했던 올리버 스톤 감독의 〈월 스트리트Wall Street, 1987〉다. 게코는 아이번 보스키나 칼 아이컨 같은 월 스트리트의 거물 투자자들이 모델이다. 게코가 주주총회에 나와서 주주들에게 "탐욕은 좋은 것이오Greed is good"라고 일갈하는 말이 전설적인 명대사로 남았다. 스톤 감독은 아이번 보스키가 한 "탐욕은 옳은 것이다Greed is right"라는 말에서 이 대사를 생각해냈다고 한다. 2008년 글로벌 경제 위기가 닥치자 『포천Fortune』에서는 마이클 더글러스를 표지에 등장시키면서 '아직도 탐욕이 좋은 것이라고 생각하시오?'Is greed still good?라는 제목을 뽑기도 했다.

이 영화의 소재는 내부자거래다. 미래를 남보다 먼저 알면 돈을 벌 수 있듯이 미래가 아니더라도 남보다 먼저 정보를 입수하면 큰돈을 벌 수 있다. 회사에서 월급을 받고 일하는 사람이 회사 일을 하다가 알게 된 고급 정보로 주식을 사거나 파는 것이 내부자거래다. 내가 주식을 살 때 파는 사람은 우리 회사의 주주'님'이다. 내가 팔 때 사는 사람도 우리 회사의 주주님이다. 즉 나 때문에 주주님이 돈을 벌거나, 벌 기회를 놓치는 것이다. 그래서 내부자거래는 형사처벌 대상이다. 찰리 신이 연기한 버드 폭스는 블루스타 주가를 조작하다가 경찰에 체포되고, 형량을 줄이기 위해 경찰이 고든 게코를 잡아들이는 데 협조한다.

이 영화의 속편 〈월 스트리트머니—네버 슬립스Wall Street: Money Never Sleeps〉가 23년 후인 2010년에 나왔다. 마이클 더글러스의 출소 장면에서 시작된다. 5대 투자은행이었던 베어스턴스가 도산하는 과정을 그린다. 금융 위기를 수습하는 과정에서 행크 폴슨 재무장관이 월 스트리트의 주요 은행장들을 모아놓고 강제로 구제금융 신청서에 서명하게 하는 역사적인 장면도 재현했다. 역시 스톤, 더글러스 콤비다. 1편에서는 찰리 신이 야심만만한 젊은 증권맨으로 나왔는데 2편에서는 샤이아 러버프가 그 역할을 맡았다.

찰리 신은 중간에 얼굴을 잠깐 비친다.

이렇게 속편이 아주 오랜 시간이 지난 후에 나오면 보면서 은근히 놀란다. 23년이라는 세월이 지나버린 것을 깨닫기 때문이다.

이 영화는 프로모션 과정에서 월 스트리트의 여러 경제지 기자들을 초청해 특별 시사회를 여는가 하면 몇몇 배우가 나스닥을 방문해서 그날의 벨을 울리는 행사를 갖기도 했다.

영화와는 관계없지만 월 스트리트 같은 금융 분야에 진출하고 싶은 독자들에게 귀띔해주고 싶은 것이 있다. 죽도록 일할 각오가 되어 있어야 한다. 그런데 사람이 하루이틀도 아니고 몇 년씩 어떻게 죽도록 일할 수 있을까? 돈 때문이다. 아무리 돈이 좋아도 정말 그렇게 될까? 답은 월 스트리트의 보수 체계에 있다.

단순하게 말하면 투자은행에서는 월급이 없는 셈이다. 한 해 자기가 벌어들인 돈에서 일부를 받는 시스템이 기본이다. 자신이 회사를 위해 얼마를 벌어들였는지 대개 계산이 가능하며 매일매일 계산할 수도 있다. 같은 부서 사람들끼리는 동료가 오늘 얼마를 벌었는지 쉽게 알 수 있으며, 자랑도 하고 축하도 하고 시기도 한다. 이런 식으로 연말에 합산을 한다. 크리스마스 때가 되면 모두 한 해 수입을 계산하느라 정신이 없다. 다만 1년 동안 먹고살아야 하기 때문에 통계적인 추정 평균치를 12로 나누어서 매달 월급처럼 받는다. 일종의 가불인 셈이다. 연말에 정산해서 덜 받은 돈을 받는다. 이 돈은 마치 보너스처럼 보이지만 실제로는 보너스가 아니다. 받은 돈보다 못 벌었으면 차액이 회사 장부에 부채로 기재된다. 내년에 갚아야 된다. 그리고 회사는 다음해에 안전하게 매달 주는 액수를 우선 낮춘다.

이러다보니 사람이 노예처럼 살더라도 이른바 매일매일의 인센티브를 바라보며 죽도록 일할 수 있는 것이다. 그 스트레스는 어떻게 해소할까? 가장 흔한 방법이 돈을 마구 쓰는 것이다. 그다음으로는 여러 가지 문제가 많은 방법들이 동원된다. 〈인사이드 잡〉에 잘 소개되어 있다.

월 스트리트 사람들뿐 아니라 미국 사람들은 이상하게도 궂은 날에 대비를 잘 하지 않는다. 미국이라는 나라에서는 원래 '절약'이라든지 '저축' 같은 관념이 강하지 않았다. 미국인들은 '에너지 절약형' 가전제품이나 '연비 우수' 자동차 같은 것도 몰랐다. 부족한 것이 없고 건강만 하면 언제든지 취업을 할 수 있는 나라였기 때문이다. 다들 수입에 비해 지나치게 큰 집에 살고 지출이 많다. 빚을 얻기가 쉬워서다. 그래서 수입이 늘어나면 거기 맞추어서 돈을 다 쓰고 경제 위기 같은 큰일을 당해서 수입이 줄어들면 돌이킬 수 없는 파국을 맞곤 한다. 좀 극단적인 사례이기는 하지만(그러니까 영화다) 〈블루 재스민Blue Jasmine, 2013〉의 케이트 블란쳇이 환상적인 캐릭터와 연기를 통해 보여주는 모습과 같다.

사람은 돈이 많아야 행복해지는 것이 아니다. 액수에 관계없이 어제보다 오늘 돈이 많아야 행복을 느낀다. 그러나 내일이면 다시 원점이다. 그래서 돈이 주는 행복이 인생의 목표일 수가 없다. 목표를 달성할 수가 없기 때문이다. 미국에서 연봉이 3만 달러인 사람들에게 동료는 10만 달러를 받고 당신은 5만 달러를 받는 것과 둘 다 지금 그대로인 것 중 어느 쪽을 택하겠느냐는 설문 조사를 했더니 다수가 후자를 택했다는 소식도 있다.

# 템플 기사단

내가 가장 좋아하는 주제다.

템플 기사단Knights Templar, 1119~1312년경은 중세의 무장 수도사 단체다. 리들리 스콧 감독, 올랜도 블룸, 에바 그린 주연의 〈킹덤 오브 헤븐Kingdom of Heaven, 2005〉에서 제러미 아이언스가 이 기사단의 단장으로 나온다.

이 기사단은 1119년에 처음 역사에 등장한다. 아홉 명의 기사가 프랑스를 떠나 예루살렘왕국으로 향한다. 예루살렘 왕(보두앵 2세, 1118~1131년 재위)을 만나 무슨 대화가 오갔는지는 알려져 있지 않으나 왕은 얼마 전에 멋지게 리노베이션을 마친 템플 산의 알아크사 모스크 건물을 이들에게 내준다.

이들은 템플 산에서 뭔가를 찾기 위해 9년을 보낸다. 결국 이들이 무슨 보물을 찾았는지는 몰라도 기사단은 그로 인해, 1307

년 10월 13일(금요일) 프랑스 왕 필리프 4세와 교황 클레멘트 5세에 의해 단원 대부분이 체포되며 와해될 때까지 로마 교황청조차도 함부로 하지 못한 엄청난 영향력을 행사한다.

전성기 때는 전 유럽에 걸쳐 약 870곳의 성채와 지부를 보유했으며 단원 수가 7000명에 이르렀다. 이 단체의 종교적, 비의적 의미는 움베르토 에코가 『푸코의 진자Il pendolo di Foucault, 1988』에서 잘 묘사하고 있다. 댄 브라운 원작의 〈다빈치 코드The Da Vinci Code, 2006〉는 이 기사단이 성배Holy Grail를 찾은 것으로 설정하는데, 그 때문에 템플 기사단은 역사의 한구석에서 세상으로 나와 대중에 알려지게 되었다.

〈인디애나 존스—최후의 성전Indiana Jones and the Last Crusade, 1989〉에 등장하는 노기사도 템플 기사단 옷을 입고 있는데 역시 성배를 지킨다.

텔아비브는 중세 유럽의 메시나에서 순례자들이 배를 타고 도착했던 항구도시 야파Jaffa가 북쪽으로 확장되면서 형성된 도시다. 이스라엘의 정치적 수도는 예루살렘이지만 경제 수도는 텔아비브다. 이스라엘 방위군과 모사드 본부가 텔아비브에 있다.

야파 항구에서 예루살렘까지는 약 80킬로미터 거리이므로 아마도 걸어서 하루 정도가 꼬박 걸렸을 것이다. 초기 템플 기사들의 공식적인 임무는 그 길에서 순례자들을 도적이나 다른 위험으로부터 지키는 것이었다. 스웨덴 영화 〈아른Arn, 2007〉이 그 임무를 잘 그려냈다.

그런데 기사 아홉 명이 그 일을 할 수 있었을까? 아마도 그 임무는 위장용이었을 것이다. 게다가 이렇다 할 관련 기록도 없다. 순례자들 중 누군가가 그들의 도움을 받고 고향으로 돌아와 감사 편지를 썼다든지 교회에 가서 경험담을 이야기했다든지 하는 흔적이 전혀 없다. 이들에게는 무슨 다른 목적이 있었을 것이다.

예루살렘의 겟세마네 공원을 거쳐 올리브 산에 오르면 템플 산이 한눈에 들어온다. 템플 기사들이 머물던 알아크사 모스크 아래에서 아직도 고고학자들의 발굴 작업이 진행되고 있는 모습이 잘 보인다. 그레이엄 핸콕은 이 아홉 기사가 모세가 시나이 산에서 받은 십계명(《십계The Ten Commandments, 1956》, 세실 B. 데밀 감독, 찰턴 헤스턴, 율 브리너 주연)을 넣은 상자인 성궤Holy Ark를 찾았을 것으로 추측한다. 〈레이더스〉에서 인디애나 존스가 찾아다니던 바로 그 물건이다. 고고학자들이 검증한 바에 따르면 템플 기사들이 머물렀던 알아크사는 솔로몬 왕의 성전이 있던 바로 그 자리에 세워진 것이다. 솔로몬 왕의 성전은 유대 제1성전이며 바로 그 성궤를 봉안하기 위해 세워졌다. 그래서 템플 기사단의 정식 명칭은 '그리스도와 솔로몬 성전의 가난한 기사단Poor Knights of Christ and the Temple of Solomon'이다.

성서의 가장 큰 미스터리는 어느 시점에서 이 중요한 물건이 흔적도 없이 사라졌다는 것이다. 누가 가져갔다, 파손되었다, 이런 말이 없고 그냥 언급이 중단되어버린다. 그래서 템플 기사들이 옛 솔로몬 성전 아래에 성궤가 묻혀 있으리라 추측했다고 보는 것은 상당히 논리적이다. 기원전 586년에 바빌론인들이 예루살렘과 성전을 파괴했기 때문이다.

템플 기사단은 국제금융의 시조이자 최초의 글로벌 금융기관으로 여겨진다. 유럽 전역과 중동에 걸친 막대한 재산과 조직망, 그를 통해 축적된 지식과 정보를 이용해 이들은 최초의 글로벌 금융기관 역할을 했고 십자군 원정중 자금이 떨어진 유럽의 왕들에게 융자도 제공했다. 제2차 십자군 원정 당시 프랑스 왕 루이 7세가 그중 한 명이다.

기사단에 엄청난 빚을 지고 있던 필리프 4세는 채권자를 없애버리는 방법으로 채무를 해결했다. 신성모독 등의 죄목을 내세워 기사단원들을 고문해 허위 자백을 받아낸 다음 처형했다.

그러나 템플 기사단이 보유했던 막대한 재산과 인적 네트워크가 하루아침에 사라졌다고는 믿기 어렵다. 나아가 그 정도의 인적, 물적 자원을 가진 단체가 정보력이 부족해서 자신들을 와해시키려는 교황과 프랑스 국왕의 계획을 사전에 인지하지 못했다는 것도 믿기 어렵다. 템플 기사단에 대한 공격은 당시 전 유럽에 걸쳐 이루어졌으므로 준비 기간이 길었을 테고 동원된 인력도 보통이 아니었을 것이다. 이 경우 보안은 유지되기 어렵다고 보아야 한다. 무엇보다도 이 단체는 사회봉사와 지식 추구를 목적으로 설립되었으므로 사람들의 존경을 받고 있었다.

유럽 각국의 폭군들은 이 단체의 눈치를 보아야 했다. 리들리 스콧 감독, 러셀 크로와 케이트 블란쳇 주연의 〈로빈 후드Robin

Hood, 2010〉에서 그려지는 영국의 존 왕도 포함된다. 기사단이 민주주의의 발전에도 기여한 것이다. 물론 존 왕이 마지못해 받아들였던 1215년의 마그나카르타는 당시에는 귀족들의 권익을 위한 문서였을 뿐 일반 국민들과는 관계가 없었다.

사정이 이러니 체포령에 대한 제보자가 있었을 것이다. 연구자들이 이 미스터리를 풀기 위해 애쓰고 있으나 아직은 이런저런 가설만 떠돌 뿐이다.

가장 널리 받아들여지고 있는 설은 기사단이 스코틀랜드로 탈출해서 프리메이슨의 시조가 되었다는 내용이다. 이 가설은 대대로 프리메이슨의 최고위 인사들을 배출한 가문 출신인 로버트 템플이 자신의 책 『시리우스 미스터리The Sirius Mystery, 1976』에서 밝혔기 때문에 신빙성이 높고 또 가장 널리 받아들여지고 있다. 런던 플리트 스트리트에 템플 기사들의 묘비가 있는 템플 교회가 있다. 부근에는 'Knights Templar'라는 레스토랑도 있다.

지금은 미국 어느 도시나 마을을 여행하더라도 곳곳에서 프리메이슨의 템플을 볼 수 있다. 이 단체는 중년 남성들의 별난 취미생활로 간주되는 경우가 많지만, 사실은 조지 워싱턴 대통령을 포함해 미국 건국의 아버지들이 프리메이슨이었다.

글로벌 금융 질서의 초석인 미합중국 1달러 지폐의 뒷면에는 의문의 피라미드가 등장하고 상층부에 눈동자가 그려져 있다. 프리메이슨의 상징이다. 댄 브라운의 소설 『로스트 심벌The Lost Symbol, 2009』과 '케 서방' 니컬러스 케이지 주연의 〈내셔널 트레저National

Treasure, 2004〉가 이를 잘 보여준다. 〈내셔널 트레저〉에서는 주인공 벤저민의 할아버지의 눈동자와 1달러 지폐에 있는 눈동자가 오버랩되는 것으로 이 메시지를 전한다. 벤저민을 쫓는 FBI 팀장은 프리메이슨의 상징인 제도기가 그려진 반지를 끼고 있다.

빌 클린턴 대통령도 자서전에서 자신이 어린 시절에 드몰레 클럽Order of DeMolay에서 활동했다고 밝혔다. 이 클럽은 프리메이슨이 유소년들을 위해 조직한 것이므로 프리메이슨의 축소 버전이라고 보면 된다. 드몰레는 바로 23대, 마지막 템플 기사단장 이름이다.

드몰레는 처형될 때 필리프 4세와 교황이 신의 심판을 받으리라고 저주한 것으로 기록되어 있다. 실제로 두 사람 다 1년이 지나지 않아 사망한다. 교황은 병사했고 프랑스 왕은 사냥터에서 사고로 죽는다. 저주는 여기서 그치지 않는다. 300년간 지속되던 카페 왕조는 필리프 4세 사후 세 아들이 차례로 왕위를 계승하다가 드몰레의 저주 이후 14년 만에 완전히 몰락해버린다. 이 시대를 그린 프랑스 TV 시리즈가 두 편이나 있다.

# 엘리자베스 여왕

중세를 배경으로 한 영화들은 영상이 언제나 매력적이다. 숀 코너리의 〈장미의 이름Der Name der Rose, 1986〉, 찰턴 헤스턴과 소피아 로렌의 〈엘 시드El Cid, 1961〉—스코세이지 감독이 가장 좋아하는 영화, 피터 오툴의 〈겨울의 라이언The Lion in Winter, 1968〉, 커크 더글러스와 토니 커티스의 〈바이킹The Vikings, 1958〉이 있다.

중세를 소재로 한 영화들은 전투 장면이 많고 그러다보니 단역배우들을 많이 쓴다는 공통점이 있다.

CG 기술이 없었던 시절에는 대형 역사극을 찍을 때 수천 명의 단역배우를 포함한 인력이 실제로 투입되어서 조직적으로 촬영을 진행해야 했다. 휴대전화도 없던 그때 어떻게 작업을 했을지 항상 궁금하다. 우선은 감독의 지시가 벌판 멀리 있는 그 많은 사람에게 제대로 전달되어야 한다. 이때 사용되었던 도구가 메가폰이다. 초기의 메가폰은 전기장치도 없이 그냥 깔때기처럼 생긴 것으로 목소리를 증폭해주는 역할을 했다. 그래서 영화감독을 맡는다는 말을 '메가폰을 잡는다'라고 했다. 세실 B. 데밀 감독의 〈십계〉가 처음으로 감독이 메가폰을 사용했던 영화다.

중세 시대의 가장 인기 있는 캐릭터는 전설의 영국 왕 아서다. 아서 왕은 할리우드의 상상력을 지속적으로 자극해왔다.

클라이브 오언 주연의 〈킹 아서King Arthur, 2004〉, 숀 코너리와 리처드 기어의 〈카멜롯의 전설First Knight, 1995〉, 콜린 퍼스와 벤 킹즐리의 〈마지막 군단The Last Legion, 2007〉이 있고, 더 거슬러올라가면 로버트 테일러와 에바 가드너의 〈원탁의 기사Knights of the Round Table, 1953〉, 로버트 테일러와 엘리자베스 테일러의 〈아이반호Ivanhoe, 1952〉가 있다. 〈엑스칼리버Excalibur, 1981〉는 아서 왕의 검 이름이다. 종종 바위에 꽂혀서 아무도 뽑지 못했던 검과 같은 것으로 혼동되는데 사실은 다른 검이다. 엑스칼리버는 호수의 레이디가 호수 위로 손을 뻗쳐서 마법사 멀린에게 준 검이다.

아서 왕의 전설은 서구 문화에 지속적인 영향을 미쳤고 아서 왕을 본격적으로 다루지 않은 할리우드 영화 속에서도 그 흔적을 찾아볼 수 있다. 〈스타 워즈 에피소드 4—새로운 희망Star Wars, 1977〉의 오비완 케노비는 아서 왕의 기사와 마법사 멀린을 합쳐놓은 캐릭터이고, TV 시리즈 〈스타 트렉〉에도 기사를 상징하는 인물인 커크 선장과 그 옆의 멀린을 상징하는 인물인 미스터 스폭이 등장한다[Matthews, King Arthur, 114]. 실제로 아서 왕과 마법사 멀린의 이야기는 지극히 신비적인 데가 있어서 이들을 외계인과 관련 짓는 시각도 심심찮게 볼 수 있다. 또 전설의 아발론이었다거나 아서 왕의 무덤이 있다고 알려진 영국 브리스틀 남쪽의 작은 마을 글래스턴베리는 뉴에이지의 성지 비슷하게 되었다. 매년 부근에서 유명한 음악 축제가 열린다.

미국 캘리포니아에는 '창조적 아나크로니즘 협회Society for Creative Anachronism'라는 국제단체가 있다. 중세의 역사를 공부하고 교육하는 단체다. 가끔 사람들이 중세 군인 복장과 무기를 갖추고 모의 전투를 벌이는 장면이 TV에 나오는데 이 단체 회원들이다. 이 단체에서 힌트를 얻어 〈모터사이클의 기사들Knightriders, 1981〉이 제작되었다. 기사들이 말이 아니라 모터사이클을 타고 다닌다. 에드 해리스가 분한 주인공 빌리는 자신을 아서 왕의 현신으로 생각하고 행동하면서 순회공연 밴드를 이끈다.

멜 깁슨의 〈브레이브하트Braveheart, 1995〉는 아카데미 작품상, 감독상(멜 깁슨)을 받았다. 잉글랜드 왕 에드워드 1세 치하에서 처음으로 스코틀랜드 독립 전쟁을 일으킨 윌리엄 월리스?~1305를 모델로 했다. 소피 마르소가 이저벨 공주로 나온다. 촬영은 스코틀랜드와 아일랜드에서 했고, 아일랜드 예비군들이 단역배우로 활약했다. 스코틀랜드와 아일랜드 관광 붐을 일으키기도 했다.

스코틀랜드는 1314년 6월 24일에 로버트Robert the Bruce가 그 유명한 배녹번Bannockburn 전투에서 승리하며 독립을 쟁취하게 된다. 여기서 잉글랜드는 약 1만 명의 병력을 잃었으나 스코틀랜드는 단 두 명의 기사가 전사했을 뿐이다. 이 전투에 프랑스에서 탈출해 스코틀랜드로 온 템플 기사들이 스코틀랜드 편으로 참전했다는 풍문이 있다. 템플 기사들이 워낙 유능했기 때문에 1307년 이후 범상치 않은 일만 생기면 개입설이 나온다.

1315년에 잘 훈련되지 않은 1500명 남짓한 스위스 농부들이 3000 내지 5000명에 이르는 강력한 합스부르크 군대를 모르가르텐Morgarten이라는 곳에서 전멸시키는 설명하기 어려운 사건이 일어났는데 여기서도 템플 기사 개입설이 등장한다. 이 설은 한술 더 떠서 스위스가 금융 특성화 국가가 된 이유가 템플 기사들이 스코틀랜드가 아닌 스위스로 옮겨갔기 때문이라고 주장한다.

그 이후로, 스위스 군대가 어디 가서 졌다는 기록은 찾아보기 어렵고, 스위스 군인들은 유럽 최고의 전사들로 인정받아 바티칸의 교황청도 1506년 이래 스위스 군인Pontifical Swiss Guard들이 지킨다. 이 스위스 근위대는 댄 브라운의 소설 『천사와 악마』에 아주 자세히 소개된다. 군복이 화려해서 다소 우스꽝스러워 보이지만 최정예 군인들이다. 가톨릭 신자의 입장에서 교황을 지키는 일보다 더 영광스러운 일이 없다. 경쟁이 아주 치열하다.

〈킹덤 오브 헤븐〉의 마지막 장면에서 예루살렘으로 향하던 영국 왕이 발리안(올랜도 블룸 분)에게 예루살렘의 수호자 발리안을 아느냐고 묻는다. 발리안은 자신은 대장장이라고 답한다. 〈로빈 후드〉에서는 프랑스의 성을 함락하는 전투에서 왕이 전사한다. 이 왕이 리처드 1세1157~1199다. 〈리처드 사자심왕Richard: The Lionheart,

2013〉으로 불린다. 제3차 십자군 원정을 주도했던 왕으로 월터 스콧의 『아이반호1820』와 세실 B. 데밀의 〈십자군The Crusades, 1935〉을 비롯해서 문학작품과 영화에 자주 등장하는 왕이다. 케빈 코스트너 주연의 〈로빈 후드Robin Hood: Prince of Thieves, 1991〉에서는 숀 코너리가 사자심왕으로 잠시 나온다. 이 리처드 1세의 동생이 바로 존 왕이다. 존 왕은 로빈 후드와 항상 같이 등장하기 때문에 실제 역사적 평가가 어떻든 할리우드에서 삼류 왕으로 전락해버렸다.

〈킹덤 오브 헤븐〉은 살라딘이 예루살렘을 탈환하는 이야기다. 리처드 1세는 레반트로 원정해서 살라딘을 격파했다. 그러나 예루살렘을 재탈환하지는 못했다. 예루살렘은 1967년 육일전쟁에서 이스라엘 공정대가 재탈환하기까지 약 800년간 이슬람 지배하에 있었다.

근세로 접어들면 엘리자베스 1세 여왕1533~1603도 할리우드의 단골손님이다.

그런데 할리우드는 호주 출신 여배우 케이트 블란쳇이 가장 여왕과 닮았다고 보는 모양이다. 두 번 영화를 찍었다. 1998년작 〈엘리자베스Elizabeth〉와 그 속편인 2007년작 〈골든 에이지Elizabeth: The Golden Age〉다. 1998년 작품은 블란쳇의 출세작이다. 처음으로 아카데미 여우주연상 후보에 올랐다. 블란쳇은 러시아어 억양 연기를 잘하기로도 유명하다. 〈인디애나 존스—크리스털 해골의 왕국〉에서 유감없이 실력을 발휘한다. 미국 남부 지방 사투리는 〈벤저민 버튼의 시간은 거꾸로 간다The Curious Case of Benjamin Button, 2008〉에서 선보인다. 〈밴디츠Bandits, 2001〉도 아주 재미있고 유쾌한 영화였고, 〈에비에이터The Aviator, 2004〉에서는 캐서린 헵번을 연기해서 아카데미 여우조연상을 받는다.

〈셰익스피어 인 러브〉는 감히 여왕을 조연으로 만들어버렸다. 그래도 MI6의 M, 주디 덴치는 여왕 역으로 아카데미 여우조연상을 수상했다.

여섯 번이나 결혼하고 왕비를 죽이기로 유명했던 헨리 8세1491~1547도 만만치 않다. 엘리자베스 1세는 헨리 8세와 그의 첫 왕비의 시녀였던 앤 불린 사이에서 태어났다.

〈사계절의 사나이A Man for All Seasons, 1966〉는 『유토피아Utopia, 1516』의 저자이자 셰익스피어의 실제 배후 작가라는 소문도 끈질기게 돌고 있는 토머스 모어1478~1535에 대한 영화다. 로버트 쇼가 헨리 8세로 나온다. 작품상, 감독상, 남우주연상(폴 스코필드)을 포함해서 여섯 개의 아카데미상을 받았다. 오스트리아 출신 프레드 진네만 감독은 게리 쿠퍼와 그레이스 켈리 주연의 〈하이 눈High Noon, 1952〉을 연출한 바로 그 감독이다.

마크 트웨인의 원작을 영화화한 〈왕자와 거지Crossed Swords, 영국에서는 The Prince and the Pauper, 1977〉에는 헨리 8세와 엘리자베스 1세가 같이 등장한다.

올리버 리드가 마일스 경이고 찰턴 헤스턴이 헨리 8세다. 영화의 초입에 등장하는, 찰턴 헤스턴이 헨리 8세의 초상화와 똑같은 모습으로 서 있는 장면이 인상적이다. 헨리 8세와 제인 시모어 사이에서 나서 6년간 재위하고 15세에 병사한 에드워드 6세가 외모가 같은 소년 톰 캔티와 잠시 바뀐다는 설정이다. 〈광해 2012〉와 비슷하다. 사진조차 없던 시대에 누가 누구인지 알 수 있는 방법은 주위 사람들의 대화에 의지하는 것뿐이었을 터이다.

역사상 왕족의 외모가 가장 많이 이야기의 소재가 된 경우는 1917년 러시아혁명 이듬해에 살해된 니콜라이 2세의 막내 공주 아나스타샤다.

그 유해의 소재가 알려지지 않았기 때문에 끊임없이 생존설이 돌았다. 심지어는 자신이 공주라고 주장한 여성들도 있었는데 차이콥스키와 라흐마니노프도 관련되었던 애나 앤더슨 사건이 대표적이다. 이 문제는 2007년에 이르러서야 종결되었다. 1956년에 헬렌 헤이즈(우표에도 나오는 유명한 브로드웨이 배우로 아카데미 여우주연상도 받았다), 잉그리드 버그먼, 율 브리너 주연의 〈아나스타샤 Anastasia〉라는 영화가 나왔고, 1997년에는 멕 라이언의 목소리 주연으로 동명의 애니메이션이 나왔다. 둘 다 20세기폭스 작품이다.

〈아나스타샤〉의 대사 한 구절이 인상적이다.

"가난의 한 가지 이점은 누가 사랑한다고 말하면 그대로 믿어도 된다는 것"이란다.

에드워드 6세 사후 약간의 혼란을 거쳐 메리 여왕이 즉위하고 5년 뒤 메리 1세가 사망하자 엘리자베스 1세가 즉위한다. 엘리자베스 1세는 45년 동안 영국을 통치했는데 여왕 서거 2년 전에 셰익스피어의 〈햄릿 Hamlet〉이 초연되었다.

〈햄릿〉은 1996년에 영화화된 것이 가장 수작으로 평가된다. 멜 깁슨이 햄릿 왕자를 연기한 영화는 1990년작이다. 프랑코 제피렐리가 연출했다. 깁슨의 햄릿 왕자 캐스팅은 파격이었다. 더구나 이 영화에는 셰익스피어 배우로 유명한 이언 홈, 앨런 베이츠, 폴 스코필드가 같이 출연한다. 깁슨은 마치 마이크 타이슨과 링 위에 올라간 기분이었다고 말했다.

디즈니의 〈라이언 킹The Lion King, 1994〉도 〈햄릿〉의 영향을 많이 받았다. 1996년 영화는 1800만 달러를 투자해서 500만 달러를 거둬 적자를 기록했는데, 〈라이언 킹〉은 거의 10억 달러에 달하는 흥행 실적을 올려서 잠시 동안 〈슈렉 2〉에 이어 역사상 두번째로 흥행한 애니메이션에 올랐다.

# 트 로 이

앞에서 로마제국과 중세, 근세까지 갔으니 이제 다시 고대로 돌아가보자.

〈글래디에이터〉의 플롯과 〈300 2007〉의 분위기를 연상시키는 〈레전드 오브 헤라클레스 The Legend of Hercules, 2014〉와 헤라클레스를 주인공으로 다룬 애니메이션들을 제외하면 그리스 신화를 소재로 한 영화들은 그다지 많지 않다. 영화도 산업이기 때문에 산업 전체에 매몰비용 Sunk Cost이 있어서 장르별로 유행이 존재한다. 속편이 제작되는 이유도 같다. 〈아바타〉를 제작하는 데 투입된 기술, 장비, 사람들의 경험을 그 한 편으로 끝낸다면 아까울 것이다. 그리스 신화는 오래전에 유행이 지나갔고 판타지로 분류되는 〈타이탄 Clash of the Titans, 2010〉 정도가 있다. 샘 워싱턴이 페가수스를 타는 페르세우스이고, 〈쉰들러 리스트〉에서 함께했던 리엄 니슨과 레이프 파인스가 각각 제우스, 하데스다.

바로 역사로 넘어가면, 트로이 전쟁이 할리우드가 가장 많이 다룬 소재다. 트로이의 목마처럼 극적인 요소를 갖춘 이야기도 드물다.

볼프강 페터젠 감독의 〈트로이Troy, 2004〉는 아킬레우스 브래드 피트와 헥토르 에릭 바나의 대결이 하이라이트다. 문제를 일으킨 파리스 왕자는 올랜도 블룸, 헬레네는 다이앤 크루거다. 피터 오툴이 트로이의 프리아모스 왕이다. 촬영은 지중해의 몰타에 지은 세트에서 했다(〈글래디에이터〉도 몰타에서 많이 찍었다). 거의 5억 달러를 벌어들인 흥행 성공작이다.

〈트로이〉 전에는 〈트로이의 헬렌Helen of Troy, 1956〉이 워너브러더스에서 만들어졌다.

미케네 왕 아가멤논에게는 동생이 있었는데 스파르타 왕 메넬라오스다. 메넬라오스의 부인이 헬레네다. 헬레네가 트로이의 파리스 왕자에게 '유괴'당하자 메넬라오스는 이타카의 왕 오디세우스와 함께 트로이를 방문해서 외교적으로 문제를 풀려고 했으나 실패했다. 이에 아가멤논은 그리스의 모든 왕에게 협조를 구해 복수의 전쟁을 일으킨다. 그러나 트로이는 쉽게 함락되지 않았고, 거의 10년이 흐른 후에 오디세우스가 생각해낸 목마를 이용한 속임수로 비로소 끝을 볼 수 있었다. 용장 아킬레우스는 아킬레스건에 화살을 맞고 죽는다.

이 이야기는 고대 이래로 호메로스기원전 7~8세기경의 『일리아드』와 그 속편인 『오디세이』를 포함한 많은 문학작품의 소재였지만 신화와 섞여 있기도 해서 단순한 전설로 여겨졌다. 그러다가 19세기 말에 하인리히 슐리만Heinrich Schliemann이 트로이의 유적을 발굴해 내면서 상당 부분 역사적인 사실로 밝혀졌다. 언제 전쟁이 일어났는지에 대해서는 이론이 분분하지만 대체로 기원전 1100년에서 1300년 사이로 본다. 10년간의 트로이전쟁은 『일리아드』에서 다루고, 『오디세이』는 오디세우스가 이 전쟁이 끝난 뒤 집으로 돌아오는 10년간의 여정에서 겪은 모험담이다.

사람은 자기가 직접 보고 경험한 것이 아니면 잘 믿으려 하지 않는다. 심지어 사물을 볼 때도 보고 싶은 것만 본다. 그래서 신화와 전설을 허구로 받아들인다. 그런데 신화와 전설은 문자가 없던 시절의 이야기들이다. 문자가 없으니 구전으로 내려온다. 이때 인류가 문자를 발명한 이래로 기억력이 현저히 나빠졌다는 사실을 명심해야 한다. 내가 대학생일 때는 친구들 전화번호를 다 외워야 했다. 지금은 친구들 전화번호를 누가 외는가? 신화와 전설은 선조들의 탁월한 기억력에 의해서 보전된 것들이다. 호메로스의 작품들 같은 긴 이야기도 정확히 구전으로 보전될 수 있다는 것을 학자들이 입증했다.

멜 깁슨이 감독한 〈아포칼립토Apocalypto, 2006〉에는 할아버지 대의 이야기가 손주들 대로 어떻게 전승되는지를 잘 보여주는 장면이 있다. 해가 지면 특별히 할 일이 없던 옛사람들은 한 얘기를 하고 또 하면서 아이들에게 전해주었다.

사람들은 지구상에 공룡이라는 거대한 생물체가 살았었다는 이야기에 20세기 중반까지만 해도 코웃음을 쳤다. 라켈 웰치 주연의 〈공룡 100만 년One Million Years B.C., 1966〉이 나왔을 때 이미 학계에서는 공룡에 대한 연구가 상당히 진척된 상태였지만 대중들은 SF로 여겼다. 물론 영화에서처럼 사람이 공룡과 같이 살았던 시대는 없다.

〈300〉은 기원전 480년에 스파르타의 레오니다스 왕이 이끈 그리스 연합과 크세르크세스 1세의 페르시아 사이에 벌어진 테르모필레 전투를 소재로 한 영화다.

배경은 페르시아의 두번째 그리스 침공이다. 첫번째 침공은 기원전 490년에 일어나 아테네가 마라톤 전투에서 승리하면서 끝났다. 테르모필레 협곡은 끝자락이 바로 좁은 해안 지역과 연결되어서 전략적으로 훌륭한 방어지였다. 구글 어스를 켜서 보면 안다. 지금은 바다를 간척해서 넓은 평지가 자리잡고 있다. 약 7000명의 그리스 전사가 10만이 넘는 페르시아군을 7일 동안이나 막아냈다. '300'이라는 제목은 최후의 결전에서 모두 전사한 스파르타 군인들의 숫자다. 1962년에 20세기폭스가 제작한 영화의 제목—300 스파르탄The 300 Spartans—에도 나온다.

테르모필레 방어선이 뚫리자 아르테미스에서 해전을 벌이고 있던 아테네의 테미스토클레스는 살라미스로 퇴각한다. 아테네는 함락되었지만 살라미스에서는 페르시아가 대패했다. 귀로가 차단될 것을 겁낸 크세르크세스는 부랴부랴 귀국했고, 이듬해 플라타이아이 전투에서 그리스가 승리해 페르시아 전쟁기원전 499~449은 종결되었다. 아르테미스 해전은 이 영화의 후속편 〈300—제국의 부활300: Rise of an Empire, 2014〉에서 그려진다.

〈300〉은 페르시아인들에 대한 왜곡된 묘사로 많은 비판을 받았다. 전형적인 오리엔탈리즘이라는 것이다. 영화의 어떤 대목에서 페르시아인은 악마와 동급으로 묘사된다. 특히 이란에서 들끓었다. 이란 정부가 불쾌감을 표시했음은 물론이고 이란 예술원은 유네스코에 영화가 이란의 역사적 정체성을 훼손했다는 이유로 정식 이의를 제기했다. 〈300〉은 이란에서는 물론 상영이 금지되었고 프랑스 등지에서는 이란 대사관의 항의를 받았다.

마지막으로, 할리우드가 인류 역사상 가장 유명한 영웅을 빼놓을 리 없다. 알렉산드로스 대왕기원전 356~323이다.

할리우드는 큰 나라의 왕으로 태어나 큰 나라의 왕으로 죽은 인물에는 별 관심이 없다. 그리스의 아주 작은 나라 마케도니아의 왕이 대국 이집트, 페르시아, 인도를 정벌했다? 헬레니즘을 전 세계에 퍼뜨리고 정복지의 문화적 다양성을 포섭해서 오늘날 미국이 표방하는 용광로 사회를 지향했고 그로써 세상을 바꾸었다? 1차 섭외 대상이다.

리처드 버튼이 주연한 1956년 영화 〈알렉산더 대왕Alexander the Great〉이 있었고, 2004년에 〈알렉산더〉가 올리버 스톤의 손에서 탄생한다. 콜린 패럴이 알렉산드로스, 앤젤리나 졸리가 올림피아스 여왕, 발 킬머가 마케도니아의 필리포스 2세, 크리스토퍼 플러머가 알렉산드로스의 스승 아리스토텔레스, 스톤 감독은 마케도니아 병사 카메오로 나오고, 프톨레마이오스 왕 역인 앤서니 홉킨스가 알렉산드리아 도서관에서 시작하는 내레이션으로 진행된다.

잠시 딴 얘기. 프톨레마이오스 왕은 수학자 유클리드를 후원한 것으로도 유명하다. 그런데 왕이 수학Elements이 너무 어려우니 쉽게 풀어달라고 하자 유클리드는 유명한 말을 했다.

"폐하, 기하학에는 왕도가 없습니다."

요즘에는 '공부의 왕도' '수학의 왕도' 같은 제목의 책들이 넘쳐난다.

〈알렉산더〉에서는 왕이 동성연애자로 묘사되고 있다. 그 때문에 스물다섯 명의 그리스 변호사들이 올리버 스톤과 워너브러더스를 제소하려고 했다. 동성연애 때문이 아니라 영화가 역사를 왜곡한다는 이유였다. 이 변호사들은 영화를 미리 볼 기회를 얻은 후에 소송은 하지 않기로 결정한다. 그러나 이 영화는 역사적인 사실에 잘 부합하지 않는다는 비판을 많이 받았다. 특히 영화에서는 알렉산드로스가 가우가멜라 전투기원전 331 한 번으로 다리우스 3세를 궤멸한다. 올리버 스톤은 여러 전투를 가우가멜라 전투에 녹였다고 밝혔다. 한 영화에 모든 전투를 다 담을 수는 없지 않은가?

영화의 전투 장면에서는 팔랑크스Phalanx라고 불리는 그리스의 밀집 장창 부대가 재현된다. 이 정사각형의 중보병 전투대형은 스파르타에서 처음 고안해냈는데 필리포스 2세와 알렉산드로스가 창의 길이를 늘이고 창끝의 무게를 늘리는 형태로 업그레이드했다. 영화가 아니었다면 우리는 이런 장관을 결코 볼 수 없었을 것이다.

영화의 앞부분에서 필리포스 왕이 아들에게 제왕학을 가르친다.

"왕은 태어나는 것이 아니다. 칼과 고통으로 만들어지는 것이다. 왕은 자기 혈육도 죽일 수 있어야 한다."

이 말은 동서고금의 역사에서 쉽게 증명된다. 그래도 왕이 되고 싶은가?

# 스핑크스

〈알렉산더〉에서 내레이션을 하는 앤서니 홉킨스는 이집트의 프톨레마이오스 왕조를 창건한 파라오다. 알렉산드로스 대왕 사후에 이집트를 맡았다. 프톨레마이오스 왕조의 마지막 파라오가 클레오파트라다. 즉, 클레오파트라는 고대 이집트의 마지막 파라오였다. 클레오파트라는 자신을 이집트 여신 이시스의 현신으로 여겼다.

프톨레마이오스 왕조는 인류의 문화사에 큰 기여를 했다. 그리스 뿌리를 고집해서 그리스어와 이집트어를 공용했고 그 결과 로제타석이 남게 되었던 것이다. 로제타석이 없었다면 우리는 아직도 이집트의 상형문자를 해독하지 못해서 이집트에 대해 아무것도 몰랐을지 모른다.

클레오파트라에 대해서는 앞서 많이 얘기했으니 넘어가고.

세계 최고의 유적이라 해도 손색없는 기자의 피라미드와 스핑크스가 있는 이집트를 할리우드가 가만둘 리 없다. 제리 브룩하이머가 영화 산업을 운송업이라고 했듯이 영화는 우리를 고대 이집트로 데려다준다.

무수히 많은 영화가 기자와 룩소르에서 일부라도 촬영을 했기 때문에 특별히 한 영화를 꼽기가 어렵다.

그러나 피라미드를 가장 가까이서 보여준 영화는 〈트랜스포머—패자의 역습Transformers: Revenge of the Fallen, 2009〉이다. 디셉티콘들이 피라미드 하나를 아예 부순다. 피라미드 안에 '선하베스터Sun Harvester'라는 장치가 숨겨져 있기 때문이다. 약 150명의 스태프가 이집트 정부의 허가를 받아 피라미드 옆에서 3일간 촬영했다. 기자 유적 관리 총책임자인 자이 하와스 박사가 마이클 베이 감독의 어깨를 껴안고 "내 피라미드 다치지 마시오"라고 했다는 이야기가 유명하다.

나는 어렸을 때부터 이집트 기자의 피라미드에 관심이 많았기 때문에 그와 관련된 것이라면 아마도 안 읽은 책이 거의 없을 것이다. 특히 그 건축물의 수학적, 공학적 신비에 끌린다. 단순히 말해 인간이 만든 구조물로 보기 어렵다. 그 정도의 수학적 정확성을 그 정도로 큰 규모의 실제 건축으로 구현하는 일은 불가능하다. 100분의 1짜리 모형이라면 혹시 모를까. 더구나, 일단 철골로 구조를 짓고 나머지를 완성한 것이 아니라 돌을 하나씩 쌓아나갔다. 스핑크스 신전 사진을 보면 200톤짜리 돌들을 두부 다루듯이 해놓았음을 알 수 있다. 이런 일이 설사 가능하다 해도 그다음 의문에 답이 안 나온다. 왜? 왜 그렇게 어려운 일을 했을까?

그러나 유감스럽게도 아직 피라미드 근처에 가보지 못했다. 이집트가 저렇게 되어서 앞으로도 어떨지 모르겠다. 근처인 이스라엘에 자주 들락거렸지만 다음에, 다음에, 하다가 이렇게 된 것이다. 마이클 베이의 영화가 큰 위안이다. 그리고 실제로 가본다 해도 영화가 보여주는 정도로 가까이는 어림없을 것이다. 15미터짜리 크레인 위와 공중에서 내려다보며 근접 촬영을 했다. 옛날에는 아무나 피라미드 정상까지 기어올라갈 수 있었다고 한다. 사진이 많이 남아 있다. 인명 사고가 몇 번 나고 금지되었다. 그레이엄 핸콕은 현지 경비원들에게 뇌물을 주고 어두울 때 정상까지 기어올라갔던 얘기를 책에 썼다. 요즘은 그조차 어려울 것이다.

피라미드를 어떻게 지었는지는 아직 아무도 모른다. 그래서 외계인설이 등장하는 것이다.

'상한 토마토Rotten Tomatoes'에서 8퍼센트 신선도로 악평을 받은 롤런드 에머리히의 〈10,000 BC2008〉에 피라미드 건조 장면이 나오는데 큰 의미는 없다. 단지 영화에서 피라미드가 거의 다 완성된 것으로 나오는데 그 시점이 기원전 1만 년이므로 대안 이집트학 학자들의 시각을 따른 것으로 보인다. 학계의 통설은 기자의 대피라미드가 이집트 4왕조 쿠푸 왕 시대에 건조되었다는 것이다. 그러면 기원전 2560년경에 완공된 셈이 된다. 1955년작 〈파라오Land of the Pharaohs〉가 그 얘기를 다룬다.

그런데 나도 이 통설을 믿지 않는다.

이집트학 학자들이 연구를 많이 했겠지만 나같이 평범한 사람도 설득하지 못했다. 여기에 관해서는 히스토리채널, 디스커버리채널에 좋은 프로그램이 많이 나온다. 실비아 브라운은 외계인이 반중력 장치를 사용해서 지었다고 하는데, 그 정도로 이해가 안 가는 건축물이다.

피라미드 앞에 있는 스핑크스는 더 수수께끼투성이다. 스핑크스가 주인공인 영화는 나온 적이 없는 것 같은데, 1993년에 찰턴 헤스턴이 내레이션을 맡은 NBC의 〈스핑크스의 수수께끼Mystery of the Sphinx〉가 에미상을 받은 일이 있다. 이 다큐멘터리는 사실 이단 학자 존 웨스트의 이론을 소재로 하고 있다. 스타의 위력이 이런 것이다. 역사학자는 아니지만 영화 스타가 내레이션을 하면 그 내용을 왠지 신뢰할 수 있는 느낌이다.

웨스트의 이론은 1994년에 BBC에서도 〈스핑크스의 나이Age of the Sphinx〉라는 프로그램으로 방영되었다. 웨스트의 이론이란 스핑크스에 나 있는 물에 의한 침식 흔적을 연구해보니 기원전 1만 년에서 5000년 사이가 건조 시기라는 것이다. 즉, 일반적으로 이집트학에서는 스핑크스의 건조 시기를 기원전 2500년 전후로 보므로 최소한 두 배 이상 나이가 든 것이다. 실질적으로 무슨 차이냐고? 큰 차이다. 기원전 5000년 이전이라면 지구상에 그 정도의 문명이 없었던 선사시대에 해당한다. 수메르의 점토판 설형문자가 기원전 3700년으로 거슬러올라가고 영국의 스톤헨지가 기원전

3000년에 지어지기 시작했다.

따라서 기원전 5000년에 건조된 것이라면 인간이 한 일이 아니라는 결론이 되어버린다. 아니면 아틀란티스 생존자들의 '사라진 문명'이 지었든지, 외계인이 선사시대인들을 부려서 지었든지……

세트 촬영이기는 하지만 가장 아름다운 이집트 영상은 〈미이라 2The Mummy Returns, 2001〉에서 볼 수 있다. 이집트 벽화를 재현한 네페르티티와 아낙수나문의 단검 결투 장면이 압권이다. 세티 1세가 보는 앞에서 전개된다. 이 영화는 4억 3000만 달러의 흥행작이고 드웨인 존슨 주연의 〈스코피언 킹The Scorpion King, 2002〉으로 이어졌다. 물론 이 작품들은 단순한 오락, 모험 영화들이어서 이집트에 대한 깊이 있는 내용 대신 볼거리를 제공한다.

이집트 여행을 하는 것 같은 영화는 〈나일 살인 사건Death on the Nile, 1978〉이다. 피터 유스티노프와 베티 데이비스가 나온다. 우리 때 큰 인기를 끌었던 애거사 크리스티의 추리소설을 영화로 만든 것이다. 7주 동안 이집트 각지에서 촬영했는데 54도까지 올라가는 날씨 때문에 모두 새벽 4시에 일어나서 아침 6시에 촬영을 시작했다고 한다. 기자의 피라미드와 스핑크스, 아부심벨, 카르나크가 잘 보인다.

피라미드는 이집트에만 있는 것이 아니다. 중남미에도 피라미드가 많다.

가장 규모가 크고 유명한 피라미드는 멕시코의 테오티우아칸에 있는 것이다. 테오티우아칸은 멕시코시티 가까운 곳이다. '죽은 자의 거리'에 태양의 피라미드와 달의 피라미드가 서 있다. 이곳의 건물들은 가장 오래된 것이 기원전 200년 정도이고 태양의 피라미드는 서기 100년경에 완공된 것으로 본다.

이 피라미드들 옆에서 찍은 영화가 게리 쿠퍼와 버트 랭커스터 주연의 〈베라 크루스Vera Cruz, 1954〉다. 당시만 해도 지금만큼 번잡한 관광지는 아니었을 테니 때묻지 않은 유적의 모습을 그대로 볼 수 있다.

멜 깁슨의 〈아포칼립토〉에는 마야의 지구라트가 나온다. 지구라트는 피라미드와 약간 다른 계단식 건축물이다. 영화에 나오는 지구라트는 과테말라의 티칼에 있는 것이다. 티칼은 테오티우아칸에 정복당한다. 영화에 나오는 모습은 아쉽게도 세트로 지어진 것이다.

피라미드와 지구라트 말고도 오래된 유적들은 촬영지로 많이 쓰인다.

〈툼 레이더Lara Croft: Tomb Raider, 2001〉는 캄보디아의 앙코르와트에서 찍었다. 앙코르와트는 수리야바르만 2세가 1113년에서 1115년 사이에 지은 것이다. 라라 크로프트 역인 앤젤리나 졸리는 이 영화를 찍으면서 캄보디아의 인권 상황에 관심을 가지게 되었다. 그 후 세계 여러 곳을 돌면서 관련 활동을 이어가게 된다.

남미의 페루로 내려가면 그 유명한 마추픽추 유적이 있다. 마추픽추는 해발 2430미터에 위치한 15세기 잉카 유적이다. 우리가 늘 접하는 사진으로는 돌로 지은 가옥들이 늘어선 마을 뒤로 삐죽 솟은 돌산이 보인다. 사진을 아주 자세히 보면 그 돌산의 정상 가까운 비탈에 계단식 밭이 있다. 어떻게? 그리고 왜? 옛날 사람들은 참 이해하기 어려운 일들을 많이 했다.

찰턴 헤스턴의 〈잉카의 비밀Secret of the Incas, 1954〉을 여기서 찍었다. 패러마운트 작품인 이 영화는 처음으로 쿠스코와 마추픽추에서 촬영했다.

그런데 마추픽추 하면 항상 생각나는 일화가 있다. 영화와는 관계없다.

내가 아는 한 선배 교수가 유적 탐사를 갔는데 마침 홍수로 관광객들이 다 고립되어버렸다고 한다. 기약 없이 기다리고 있는데 미군 해병대 헬기들이 날아왔다. 미국 여권을 보여주면 탑승시킨다는 것이었다. 그래서 미국 사람들만 태우고 야속하게 가버리더란다. 아마도 위급 상황이 아니었던 만큼 다른 나라 국민들에게까지 정부의 돈을 들여서 호의를 베풀 수는 없었던 모양이다.

# 2

# 할리우드 영화의 이모저모

# 2012년

외계인 영화와 SF 영화 사촌이 지구 멸망 영화들이다. 우리가 살고 있는 지구가 파괴되거나 인류의 문명이 끝나는 이야기다. 이미 지난 일이지만 마야의 정교한 달력이 2012년 12월에 끝난다는 이야기가 퍼져서 2012년 지구 멸망설이 기승을 부렸고, 급기야는 〈2012 2009〉라는 영화까지 나왔다.

지구가 멸망해서 사람들이 다 죽고 문명이 파괴되어도 우리 개개인에게는 그냥 병들거나 사고를 당해서 죽는 것과 차이가 없는데 왜 인간은 인류 전체의 멸망을 두려워할까? 윌 스미스처럼 자기 혼자 남게 될까봐?(〈나는 전설이다 I Am Legend, 2007〉)

아마도 인간의 DNA에는 집단에 대한 집착과 연속적인 진화를 추구하게 하는 코드가 들어 있는 모양이다. 또는 세계 어느 문화권에나 공통적으로 나타나는 전 지구적인 홍수 재난 신화(〈노아Noah, 2014〉)와 아틀란티스 논쟁이 보여주듯이, 아주 오래전에 인간들에게 어떤 무시무시한 일이 일어났고 그것이 집단적인 무의식 속에 남아 있는 것인지도 모르겠다. 냉전 시대에는 이런 두려움이 핵 공포로 이어졌다(〈터미네이터The Terminator, 1984〉). 아직도 미국에는 핵전쟁이나 자연재해가 일어났을 때 꽤 오래 버틸 수 있는 지하 안전시설을 마련해 계속 관리하는 사람들이 있다.

그러나 이렇게 재난을 두려워하면서 다른 한편으로는 스크린 속에서 재난이 일어나고 세계가 파괴되는 모습을 보며 즐긴다. 현실만 아니라면 다 스펙터클의 범주에 들어가는 것이다.

우선, 소행성이 가장 치명적이다.

1970년대 말에 지질학자들이 멕시코의 유카탄 반도와 인근 해역에서 직경 180킬로미터짜리 운석공을 찾아냈다. 구글도 없었을 때인데 대단한 업적이다. 내가 직접 찾아가 보았던 미국 애리조나의 지름 1200미터짜리 운석공은 그에 비하면 애들 장난이다. 6600만 년 전 칙술루브Chicxulub라는 그 지역에 최소한 직경 10킬로미터짜리 소행성이 떨어졌던 것이다. 핵폭탄 수백만 개가 한꺼번에 폭발하는 것과 맞먹는 에너지의 충격으로 공룡을 포함한 지구상의 모든 생명체가 멸종했다. 이 이론은 20년 이상의 검증을 거쳐서 2010년에 학계의 정설로 자리잡는다.

소행성 재난 영화는 미미 레더 감독의 〈딥 임팩트Deep Impact, 1998〉와 마이클 베이의 〈아마겟돈Armageddon, 1998〉이 대표작이다. 거의 동시에 개봉되었다. 뉴욕과 파리는 초토화되지만 영웅들의 희생으로 지구는 살아남는다. 다음은 지구를 구하는 수고의 대가로 아마겟돈의 한 승무원이 제시하는 조건이다.

"앞으로 세금을 안 내게 해주시오."

소행성 다음은 기후변화다. 재난 영화의 거장인 롤런드 에머리히의 〈투모로우The Day after Tomorrow, 2004〉와 〈2012〉, 봉준호 감독의 〈설국열차〉도 이 범주에 든다. 〈투모로우〉의 생존자들은 시립 도서관에 몸을 숨기는데 불을 때기 위해서 급한 대로 도서관의 책들을 쓴다.

세법 책들이 가장 먼저 땔감이 된다.

니체의 책은 사서가 결사적으로 지킨다.

우리를 존재하게 하는 태양이 우리를 없애버릴 수도 있다. 대개 재난 영화들은 결국 지구와 인류를 살려준다. 그런데 〈노잉Knowing, 2009〉은 지구를 없애버린다. 약간 섭섭하다. 전염성 바이러스는 지구는 가만히 두고 인간만 파괴한다(〈컨테이젼Contagion, 2011〉과 〈아웃브레이크Outbreak, 1995〉). 인간들이 다 좀비로 변해도 인류가 멸망하기는 마찬가지다(〈월드 워 Z〉).

소행성처럼 지구 전체를 파괴하지는 않지만 그다음으로 무서운 자연재해가 지진이고, 최근에 들어서는 쓰나미다. 이 부류의 영화들은 한결같이 재난을 당했을 때 사람들이 발휘하는 휴머니즘과 가족애를 주제로 한다. 찰턴 헤스턴의 〈대지진Earthquake, 1974〉이 고전이고 화산 폭발을 다룬 〈단테스 피크Dante's Peak, 1997〉도 좋다. 쓰나미 영화는 최근의 〈디 임파서블Lo imposible, 2012〉이 감동적이었다. 해일로 배 한 척이 재난을 당하는 영화의 고전은 〈포세이돈 어드벤처The Poseidon Adventure, 1972〉이고 폭풍에 사고를 당하는 더 작은 배 이야기로는 〈퍼펙트 스톰The Perfect Storm, 2000〉이 있다. 물론 〈타이타닉〉이 이 장르에서는 왕좌에 있다.

그다음으로 우리가 걱정하는 것이 비행기 사고다. 영화감독들은 기차 다음으로 비행기를 좋아하는 것 같다. 가장 잘 알려진 시리즈가 〈에어포트〉다. 1970, 1975, 1977, 1979년 네 번 만들어졌다. 1979년작에서는 미사일을 피하려고 콩코드기를 전투기처럼 조종하는 이야기가 나온다. 불쌍한 승객들.

제목이 생각나지 않는 한 영화에서는 미사일이 여객기를 관통해서 추락하지는 않지만 승객들이 모두 질식해 사망한다. 문제는 지상에서는 상황을 알 수가 없다는 것이다. 자동 운항하는 비행기는 대도시 공항을 향해 계속 날아온다. 자, 이 비행기를 어떻게 해야 할까? 전투기로 격추해야 할까, 아니면 끝까지 희망을 잃지 않고 기장이 착륙시키기를 기도해야 할까? 보험회사는 격추 쪽이다. 비행기 사고가 다른 교통수단 사고보다 관심을 많이 받고 영화의 소재가 되는 이유는 우선 사상자가 많이 나기 때문이고 다음으로는 경제적 파급효과가 크기 때문이다. 일단 공항이 폐쇄되면 연쇄반응이 일어난다. 보험회사의 이해관계와 직결되고 항공기 제조사와 항공사의 주가가 크게 출렁인다.

항공기 조난 사고는 기후나(〈터뷸런스Turbulence, 1997〉) 기체機體 문제로 발생하기도 하지만 테러리스트들 때문에도 일어난다. 한때 비행기 하이재킹이 '유행'했다. 1968년에서 1977년 사이에는 연평균 41건의 비행기 하이재킹이 발생했다. 너무 잦았기 때문에 미국의 한 항공사에서는 하이재킹 피해를 당한 승객들에게 해당 거리만큼 보너스 마일리지를 주기도 했다. 1971년에 D. B. 쿠퍼Cooper로 통하는 납치범은 포틀랜드에서 시애틀로 가는 비행기를 납치해서 20만 달러를 받아낸 다음 낙하산으로 비행기에서 뛰어내렸는데 생사나 행방이 알려지지 않고 있는 것으로 유명하다. 물론 영화로 나왔다(〈이중 추적The Pursuit of D. B. Cooper, 1981〉).

〈패신저 57Passenger 57, 1992〉은 웨슬리 스나입스를 정상급 액션 배우 반열로 이끌었다. 〈다이 하드 2Die Hard 2, 1990〉도 시종 비행기와 공항에서 이야기가 전개된다. 〈에어 포스 원Air Force One, 1997〉은 테러 영화지만 나중에 비행기 사고 영화로 바뀐다. 비행기 조난 영화의 단골 메뉴는 평범한 사람이 지상의 도움을 받아서 대형 여객기를 조종한다는 설정이다. 여기서는 미국 대통령 해리슨 포드가 그 역할을 했다.

내가 탄 비행기의 기장이 음주 비행을 하고 있다면 어떨까? 비행기에서 도망쳐 나올 수도 없고. 이 설정은 〈플라이트Flight, 2012〉에서 다룬다. 로버트 저메키스 감독, 덴절 워싱턴 주연이다. 그런데 여기서는 음주 비행을 한 기장이 사고를 내는 것이 아니라 경이로운 조종 실력으로 문제가 생긴 비행기를 무사히 착륙시켜 승객들을 구하는 영웅이 된다. 이 영화에는 기장이 대형 여객기를 곡예비행에서 볼 수 있는 것처럼 뒤집어서 비행하는 장면이 나오는데,

2000년에 있었던 알래스카 항공기 추락 사건에서 모티브를 가져온 것이다.

비행기 사고가 나오기는 하지만 사고가 초점이 아닌 비행기 영화도 있다. 〈에비에이터〉다. 스코세이지 감독 작품이다. 리어나도 디캐프리오가 하워드 휴스를 연기한다. 비행기에 미쳐서 평생을 비행기와 함께하고 항공기 산업, 항공운송 산업에 큰 족적을 남긴 억만장자다. 케이트 블란쳇은 캐서린 헵번을 연기해서 아카데미 여우조연상을 받았다. 휴스는 영화제작에도 열을 올렸기 때문에 할리우드에서도 존재감이 컸던 사람이다. 이 영화에는 헵번뿐 아니라 에바 가드너와 당대 유명했던 배우들도 여러 명 등장한다.

어밀리어 에어하트도 등장했는데 마지막에 편집되었다고 한다. 에어하트는 최초로 대서양을 무착륙비행한 전설의 여성 조종사다. 1937년 세계 일주 비행중 태평양에서 실종되었다. 〈어밀리어—하늘을 사랑한 여인Amelia, 2009〉에서 힐러리 스왱크가 연기한다. 1994년 영화인 〈창공의 여왕Amelia Earhart: The Final Flight〉에서는 다이앤 키튼이다.

맨 마지막에 비행기가 활주로에서 파괴되는 좀 특이한 비행기 영화로, 조디 포스터가 항공기 엔지니어로 나오는 〈플라이트플랜Flightplan, 2005〉도 있다. 숀 빈이 악역이 아닌 진중한 성격의 기장으로 나온다. 에어버스 A380을 모델로 한 여객기 세트에서 촬영한 것이다. 이 영화는 우리가 보통 볼 수 없는 비행기 내부를 구석구

석 보여주는데 실제 A380과는 좀 거리가 있는 가상의 비행기라고 한다. 여승무원 하나가 테러리스트와 공모하면서 이야기가 펼쳐진다. 또 영화 전반에 걸쳐서 승무원들이 주인공에게 불손하고 무례하게 군다. 그 때문에 미국 항공승무원협회에서는 승무원에 대한 왜곡된 이미지를 전달하는 영화라는 이유로 보이콧을 결의했다. 좀 밋밋한 영화 같은데 흥행에는 성공했다.

비행기 사고에서 한 단계 더 나아가면 우주선 사고다. 〈아폴로 13Apollo 13, 1995〉은 미국의 세번째 유인 달착륙 우주선 아폴로 13호의 실패한 미션을 그린다. 아폴로 13호는 1970년에 발사되었다. 짐 러벌 선장을 톰 행크스가 연기했다. 실제 러벌 선장은 캡슐 회수선 항모 이오지마호의 함장으로 출연했다. 배우들은 모두 앨라배마주 헌츠빌에 있는 우주 조종사 훈련원에서 훈련을 받았고 약 500개의 버튼과 스위치로 구성된 우주선 조종 장치를 다루는 교육도 받았다고 한다.

〈아마겟돈〉의 첫 부분에 우주왕복선이 유성우에 맞아 폭발하는 장면이 잠깐 나온다. 우주에 왕복선을 타고 나갔는데 왕복선이 부서져버리면 어떻게 지구로 돌아오지? 누가 데리러 갈 수도 없고……

『타임』이 선정한 2013년 최고의 영화 〈그래비티〉가 그 얘기를 한다. 거의 조지 클루니와 샌드라 불럭 딱 두 배우만 출연하는 영화다. 에드 해리스는 휴스턴 관제 센터의 목소리로만 나온다. 〈해리 포터와 아즈카반의 죄수Harry Potter and the Prisoner of Azkaban, 2004〉를 연출한 멕시코 출신 알폰소 쿠아론 감독의 작품이다. 이 영화에는 우주왕복선과 정거장 등 우주의 여러 인공물들이 파괴되는 모습이 담겨 있다. 특수효과의 최고봉이라고 해야 할 것 같다. 쿠아론은 롱테이크로 유명한 감독인데 우주 공간에서 벌어지는 희대의 사고를 초반 20분을 포함한 긴 숏으로 멋지게 잡아냈다.

그러나 이 영화의 가장 큰 기술적 성공은 우주 공간의 모습보다는 무중력상태를 재현한 것이다. 샌드라 불럭의 연기 또한 새로운 장을 열었다고 평가된다. 불럭은 세트에 설치된 박스에 들어가 통신으로만 외부와 연결되었는데 들어가고 나오는 작업이 고되었기 때문에 하루에 아홉에서 열 시간씩 계속해서 내부에 머물렀다고 한다. 그 속에서 철저한 고립과 침묵을 경험했다고 나중에 털어놓았다. 매일 불럭이 촬영장에 도착하면 스태프 전원이 축제 분위기로 환영하는 소란을 피워 심리적인 지원을 했다.

〈그래비티〉는 두 영화에 나오는 캐릭터가 서로 대화하는 장면을 담은 특이한 작품으로도 기록될 것이다. 우주 공간에서 표류하면서 죽기만을 기다리는 스톤 박사가 라디오를 통해 어떤 언어를 쓰는지 알 수 없는 지상의 한 사람과 교신하게 되는데, 이 사람은 〈아닌가크Aningaaq, 2013〉라는 단편영화에서 표류하는 우주선의 우주인과 교신하는 바로 그 사람이다.

우리는 지구에 살면서 여러 가지로 이해관계가 부딪히거나 소란하고 복잡한 환경에서는 다른 사람들을 귀찮고 방해만 되는 불필요한 존재로 여기는 일이 많지만, 막상 모든 사람으로부터 떨어지게 되면 다른 사람이 절실히 필요해진다는 것을 보여준다. '사람이 그립다'라는 말처럼.

이 영화는 또 스톤을 살리고 우주 공간으로 영원히 사라져버린 조지 클루니가 깜짝 귀환해서 샌드라 불럭에게 착륙선을 움직이는 비책을 가르쳐주고 다시 사라지는 설정을 통해 할리우드의 뉴에이지 성향을 잠깐 보여주기도 한다. 뉴에이지는 조금 후에 따로 다루기로 한다.

# 피터 잭슨

## 킹콩

내가 피터 잭슨을 좋아하는 것은 '반지의 제왕' 시리즈 때문이 아니라 〈킹콩King Kong, 2005〉 때문이다.

누구나 어떤 영화에서 가장 좋아하는 장면이 있기 마련인데 이제는 DVD로 몇 번이고 반복해서 볼 수 있다.

잭 드리스콜(에이드리언 브로디 분)은 칼 데넘(잭 블랙 분)에게 속아넘어가 별수없이 해골섬으로 가는 배 'SS 벤처'에 머무르게 된다. 내가 좋아하는 장면은 바로 SS 벤처가 뉴욕 항을 서서히 벗어나면서 배 뒤로 옛(1933년) 맨해튼의 야경이 장엄하게, 그러나 향수를 자극하는 톤으로 펼쳐지는 신이다. 제임스 하워드의 무게 있는 음악이 깔린다.

유니버설 스튜디오는 잭슨에게 〈킹콩〉의 감독을 의뢰하면서

2000만 달러의 보수를 선불했다. 이 액수는 할리우드에서 아직까지 깨지지 않은 기록이다. 여기에 더해서, 배급사에 돌아가는 극장 수입의 20퍼센트를 받기로 약정했다는 것이다. 이 영화는 5억 5000만 달러의 흥행 수입을 거두었으므로 잭슨의 몫은 대강 계산이 나온다.

〈킹콩〉은 1933년에 처음 제작되었는데 잭슨은 킹콩이 엠파이어스테이트가 아닌 월드트레이드센터 빌딩을 기어오르는 1976년의 첫번째 리메이크(패러마운트) 작품을 보면서 영화감독이 되기로 결심했다고 한다—잭슨은 나보다 한 살 아래고, 나도 고등학생 때 그 영화를 보았지만 뭐가 되겠다고 특별히 결심했는지는 기억나지 않는다.

이 영화는 제작비가 당초의 예산을 훨씬 초과해 2억 달러를 넘어서 한때 가장 비싼 영화가 되기도 했다. 그래도 유니버설의 경영진이 중간 결과물을 보고 아주 마음에 들어했기 때문에 예산 초과를 승인해주었다고 한다. 그러나 마케팅 비용이 6000만 달러에 이르고 영화의 러닝타임도 애초의 135분에서 200분으로 늘어나자 유니버설 경영진은 다시 촬영지인 뉴질랜드로 날아갔다. 물론 제작중인 영화를 보고는 또 아주 마음에 들어하며 다 오케이 해주었다.

사실상 주인공인 킹콩은 100퍼센트 특수효과로 완성되었다. 킹콩의 모션캡처 가죽을 입고 동작을 담당했던 앤디 서키스는 런던 동물원에 가서 고릴라의 움직임을 연구하다가 마음에 들지 않자 아프리카 르완다로 날아가서 야생 고릴라의 움직임을 관찰하고 돌아왔다고 한다. 완벽한 동작으로 재현했다. 서키스는 '반지의 제왕' 시리즈에서 골룸 역할도 맡았던 배우다.

이 영화는 킹콩과 바스타토사우루스(티라노사우루스의 조상)가 싸우는 장면을 포함해서 그때까지 역사상 가장 많은 특수효과를 사용한 기록을 세운다. 물론 아카데미 시각효과상을 받았다.

**반지의 제왕**

피터 잭슨 이야기를 꺼냈으니 '반지의 제왕' 얘기를 안 하고 넘어갈 수는 없겠다.

톨킨J. R. R. Tolkien의 원작 『반지의 제왕The Lord of the Rings, 1954~1955』을 바탕으로 한 3부작 〈반지 원정대The Fellowship of the Ring, 2001〉 〈두 개의 탑The Two Towers, 2002〉 〈왕의 귀환The Return of the King, 2003〉이다. 뉴라인시네마가 배급했다. 영화 역사상 가장 야심만만한 작품으로 꼽힌다.

제작에 8년이 걸렸고 총제작비도 약 2억 8000만 달러에 달한다. 한 편씩 제작해서 개봉하는 시리즈가 아니라 세 편을 동시에 찍었다. 그래서 〈킹콩〉 한 편의 제작비가 2억 달러였던 데 비하면 의외로 제작비 규모가 작다. 다른 시리즈 영화에서는 출연 배우들이 바뀌거나 나이가 들어가는 모습을 보게 되는데 여기서는 그런 것이 없다(우리는 '해리 포터' 대니얼 래드클리프가 성장하는 모습을 지켜봤다). 러닝타임은 총 558분, 블루레이 특별확장판은 726분이다. 잭슨의 고국인 뉴질랜드에서 100퍼센트 제작되었다. 잭슨은 세 편 모두에 카메오로 출연했다. 흥행 수입은 약 30억 달러. 3부작 영화들 중 가장 좋은 흥행 실적이다. '스타 워즈'와 '대부' 3부작을 추월했다.

〈왕의 귀환〉은 작품상, 감독상을 포함 열한 개의 아카데미상을 받는 신기록을 세운다.

잭슨은 '반지의 제왕'의 성공으로 할리우드의 거물이 되었다. 〈킹콩〉 프로젝트도 따내고 개인 제작사도 차린다. 프리퀄 '호빗' 시리즈도 시작되었다. 더불어 뉴질랜드의 국민적 영웅이 되었다. 뉴질랜드 기사 작위도 받았다. '반지의 제왕' 때문에 뉴질랜드의 관광산업이 다시 일어섰다는 평가도 있다. 에어뉴질랜드는 이 영화의 광고로 기체 전체를 감싸고 날아다녔다.

2012년에 나온 〈호빗—뜻밖의 여정The Hobbit: An Unexpected Journey〉은 최초로 48프레임을 쓴 HFRHigh Frame Rate 장편영화다. HFR에 대해서는 나중에 이야기하기로 한다.

잭슨은 〈왕의 귀환〉 이후에 집중적으로 다이어트를 해서 체중을 무려 23킬로나 줄였는데, '비포'와 '애프터'가 거의 알아볼 수 없을 정도로 다르다. '비포'는 후덕한 서양 아저씨였는데, '애프터'는 거의 영화배우 수준이다. 햄버거를 즐겨 먹던 습관을 버리고 요구르트와 뮤즐리로 바꾸었다고 한다.

# 톰 행크스

하버드대 교수 로버트 랭던, 톰 행크스는 다른 것을 떠나서 역사상 가장 흥행에 성공한 배우다.

지금 57세인 행크스는 2012년 기준으로 약 85억 달러의 글로벌 흥행 기록을 보유하고 있다. 최고 흥행작은 보안관 우디의 목소리 연기를 맡은 〈토이 스토리 3Toy Story 3, 2010〉다. 10억 달러가 넘었다. 애니메이션 한 편의 수입이 1조 원을 넘은 것이다.

톰 행크스는 스펜서 트레이시 이후 처음으로 2회 연속 아카데미 남우주연상을 받았는데, 첫번째가 〈필라델피아Philadelphia, 1993〉다. 이 영화의 주제와는 거리가 있으나 나는 직업상 가장 중요한 장면을 여기서 발견했다.

앤드루 베킷(톰 행크스 분)은 법정의 증인신문대에 앉아 자신의 변호사인 덴절 워싱턴에게 "나는 법률을 사랑한다I love the law"고 말한다.

흔히 돈과 유명세에만 열중한다고 인식되는 대형 로펌의 변호사였던 베킷은 자신이 법률을 사랑하고 법률가로서의 생활을 좋아하는 이유를 "법률 일을 하면 가끔 정의를 실현하는 데 일조한다는 느낌이 드는데, 그 느낌이 너무나 좋아서"라고 설명한다. 이 영화의 명대사다.

나는 학생들에게 이 장면을 인용하면서 반드시 법관이나 검사가 아니더라도 법률가라는 직업은 정의의 실현에 기여하는 일이며, 반드시 헌법이나 형법이 아니더라도 법률의 모든 분야가 정의의 실현에 기여하는 것이라고 강조한다. 그리고 "정의의 실현은 바로 평화의 실현이다If you want peace, work for justice"(교황 요한 바오로 2세).

행크스는 2005년에 미국 영화예술과학아카데미의 부회장으로 선출된다. 스필버그와 마찬가지로 민주당 지지자이고 동성 결혼을 적극 찬성했다. 오바마 대통령 후보를 공개 지지하는 영상을 제작하기도 했다. 오바마 대통령 당선 기념 공식 축하행사에서 덴절 워싱턴, 제이미 폭스, 스티브 카렐과 함께 한 순서를 맡았다. 환경문제에도 목소리를 높이며 전기 자동차 팬이기도 하다.

행크스는 원래 우주 비행사가 되려는 꿈을 품었다고 한다. 그래서 나사 유인우주선 프로그램을 지원한다. 우주개발에 관한 여러 가지 프로그램에 참여하기도 했다. 행크스에게 〈아폴로 13〉 출연은 각별했을 것이다. 소행성 '12818 톰행크스'는 그의 이름을 붙인 것이다.

행크스의 두번째 아카데미 수장작은 〈포레스트 검프Forrest Gump, 1994〉다. 열세 개 부문에서 후보를 배출해 작품상, 감독상(로버트 저메키스), 남우주연상 포함 여섯 개를 수상했다.

이 영화에는 검프가 케네디 대통령, 닉슨 대통령과 만나는 특이한 CG가 등장한다. 또 검프가 '무슨 과일 회사'인 애플컴퓨터로부터 편지를 받는 장면이 나오는데, 그 편지의 작성 일자가 1975년 9월 23일이다. 회사가 잘되어서 주주들에게 고맙다고 보낸 편지인데 문제는 애플이 1976년 4월 1일 만우절에 설립되었다는 것이다. 요즘은 네티즌들이 이런 옥의 티를 다 잡아낸다.

이 영화에 정치색은 없다는 것이 행크스의 입장이지만 비평가들은 극도로 정치적인 영화로 본다. 우선 검프의 보수적인 생활방식과 1960년대의 반문화 사조를 체현한 제니의 리버럴한 인생이 극명하게 대비된다. 결국 제니는 그 여파로 얻은 것으로 추정되는 병으로 죽는다. CNN은 이 주제로 토론 프로그램까지 제작한 일이 있다. 전반적으로 공화당 지지자들과 정치인들에게 많은 영감을 준 것으로 평가받는 듯하다.

또 특이한 장면이 한 군데 있다.

어린 검프의 다리를 살피면서 진료하는 의사가 계속 담배를 피우는 것이다. 영화 속 그 시기만 해도 담배가 몸에 해롭다는 생각이 없었다. 심지어 카멜이라는 브랜드의 담배 광고에 '의사들이 가장 많이 피우는 담배'라는 카피가 있었을 정도다. 내가 대학원생일 때만 해도 우리나라에서도 비행기 안에서 담배를 피울 수 있었다. 따라서 비행기에 라이터나 성냥을 가지고 탔다. 〈러시—더 라이벌Rush, 2013〉에는 주인공 제임스 헌트가 비행기 안에서 담배를 피우며 라이터를 만지작거리는 장면이 나온다.

# 하버드 대학의 공붓벌레들

지금은 해외여행이 별 대수로운 일이 아니다. 대학생들도 배낭여행으로 지구 곳곳을 다닌다. 그러나 내가 대학생이었던 시절에 해외여행은 드문 호사였다. 더구나 대학생은.

요새 학교에 나가면 학교 전체가 승용차로 가득해 주차할 곳이 없다. 학생들 차도 많다. 내가 대학교 1학년 때는 학교에 총장차 단 한 대가 주차되어 있었다. 그런데 어느 날 학생이 차를 몰고 학교에 왔다는 소식이 퍼졌다. 모두들 구경하러 갔다. 그 찬란한 포니 한 대는 약학대학 근처에 주차되어 있었다.

그런 시절이었다.

대학생 해외 연수 프로그램이라는 것도 있었다. 대학생들을 모집해 함께 유럽 여행을 떠나는 것이다. 잘사는 집 아들딸들이 참여하는 것으로 여겨졌고 언론도 관심을 가졌다. 한번은 큰 사고도 나서 연일 신문을 장식하기도 했다. 해외여행을 나가기 전에는 '소양 교육'이라는 것을 받아야 했는데 당시 중앙정보부, 지금의 국정원에서 나와 여러 가지를 교육했다. 특히 북한 사람을 만나게 되면 어떻게 대처해야 하는지.

당연히 외국 유학은 드문 일이었다. 누가 외국에서 박사 학위를 받고 귀국하면 조그맣게 신문에 보도가 되었다. 그러니 세계 최고의 대학이라고 알고 있던 하버드 대학에 대한 이야기는 가히 천상의 이야기였다.

그런 때 TV에서 드라마가 한 편 방영되기 시작했다.

〈하버드 대학의 공붓벌레들The Paper Chase〉.

학생들 사이에서는 단연 인기 최고의 드라마가 되었다. 1970년에 하버드대 로스쿨을 졸업한 존 제이 오즈번이 쓴 소설을 원작으로 1973년에 영화가 먼저 나왔다. 그리고 그뒤를 이은 것이 바로 TV 시리즈 〈하버드 대학의 공붓벌레들〉이다.

"아인슈타인의 상대성이론은 내 학기말 리포트를 베낀 거야."

반신반인 같은 수재들이 모여 서로 치열하게 경쟁하면서 공부한다. 엄청난 공부 부담과 경쟁 때문에 정신이 돌아버리거나 자살하는 학생이 나온다. 1950~1960년대에는 많은 학생이 졸업을 못하고 탈락했기 때문에 영화에 나오는 그런 장면들이 사실이었다고 한다.

영화와 드라마의 주인공은 학생인 하트지만 사실 무시무시한 킹스필드 교수가 중심 캐릭터다. 실제 모델이 누구인가를 놓고 항상 논쟁이 벌어진다. 원작자 오즈번은 2012년 10월에 하버드 대학교에서 열린 출간 40주년 기념 대담에서 킹스필드는 여러 교수를 합쳐놓은 가상인물이라고 밝혔다. 그런데 그것은 원작자의 생각에 불과하다. 캐릭터는 한번 창조되면 스스로 살아 움직이고 스스로 배경을 더해간다.

할리우드는 미국에 대학교가 딱 하나밖에 없는 줄 안다. 하버드대. 특히 로스쿨. 〈어 퓨 굿 맨A Few Good Men, 1992〉과 〈야망의 함정The Firm, 1993〉에서 톰 크루즈가 연기한 주인공은 하버드대 로스쿨 졸업생이다. 숀 코너리가 연기한 〈함정Just Cause, 1995〉의 주인공도 역시 그 학교 교수다. 〈크림슨 타이드Crimson Tide, 1995〉의 핵잠수함 앨라배마호 부함장(덴절 워싱턴 분)도 하버드대 출신(군 위탁 교육?). 단역조차도 하버드 출신들이다. 〈피스메이커The Peacemaker, 1997〉에서 다리에 매달려 있던 테러리스트, 〈그래비티〉에서 우주정거장에 매달려 장난을 치던 우주비행사도 하버드 출신이란다. 〈금발이 너무해Legally Blonde, 2001〉는 할리우드 지역 학교 출신 리스 위더스푼을 아예 그 학교로 보낸다. 하버드대를 다니다 그만둔 맷 데이먼은 〈굿 윌 헌팅Good Will Hunting, 1997〉으로 화려하게 복귀한다. 그리고……

앨리 맥그로 주연의 〈러브 스토리Love Story, 1970〉.

앨 고어 부통령은 〈러브 스토리〉가 자기 부부의 이야기를 바탕으로 했다고 이야기했다가 곤욕을 치르기도 했다. 앨 고어의 하버드대 1학년 기숙사 룸메이트 토미 리 존스(1969년 졸업)가 이 영화로 데뷔했다. 아카데미 음악상 수상작이다. 토미 리 존스는 영문학과를 나왔고 〈블랙 스완Black Swan, 2010〉의 내털리 포트먼은 2003년에 심리학과를 졸업했다.

〈소셜 네트워크The Social Network, 2010〉는 당연히 하버드가 무대다. 아카데미 작품상, 감독상, 남우주연상 후보에 올랐다. 4000만 달러를 들여서 2억 5000만 달러를 벌었다. 페이스북 창업자 마크 저커버그와, 저커버그가 자신들의 아이디어를 훔쳤다고 주장하는 쌍둥이 형제의 법적 분쟁을 다룬다. 형제는 거액의 합의금을 받고 사건을 종결지은 것으로 알려져 있지만 여전히 저커버그를 비윤리적으로 생각하고 있다는 후문이다. 이 문제를 어떻게 보아야 할지는 사람마다 생각이 다르겠지만, 내 생각은 그 형제가 어지간히 운좋은 사람들이라는 것이다. 아이디어만 가지고 돈이 벌리는 것이 아니기 때문이다. 페이스북 아이디어가 저커버그가 아닌 다른 사람의 손에 들어갔다면 과연 지금만큼의 경제적 성공이 가능했을까? 같은 시나리오라도 제작자와 감독, 배우, 스태프, 그 외 모든 다른 요소에 따라 흥행 결과가 달라진다. 남이 내 아이디어를 훔쳐서 돈을 번 듯 보여도 거기에는 그 아이디어를 돈으로 연결시키는 그 사람 고유의 능력이 결부되어 있다. 물론 아이디어에 대해서는 보상이 이루어져야 하겠지만, 아이디어를 훔쳐간 게 성공의 전부는 아닐 것이다. 저커버그가 성공하지 못했다면 형제는 한 푼도 받지 못했을 것이다.

〈뷰티풀 마인드A Beautiful Mind, 2001〉는 1994년 노벨경제학상을 수상한 수학자 존 내시의 이야기를 다뤄 프린스턴 대학이 무대가

된 영화다—내시는 프린스턴 대학원 재학중에 연구한 게임이론으로 나중에 노벨상을 받게 된다—내시는 하버드에서도 입학허가를 받았지만 펠로십을 제안한 프린스턴을 선택했다. 그런데 영화 마지막 부분쯤 노벨위원회에서 나온 사람과 차를 마시는 장면에서 내시가 자기 아들이 하버드에 다닌다고 자랑한다. 실제 내시가 그랬을 리 없으므로 이 장면 또한 할리우드의 못 말리는 하버드 중독을 보여준다.

미국은 다양한 인종과 배경을 가진 사람들이 모여 사는 큰 나라다. 사회에서 생기는 문제는 법과 소송으로 해결한다. 한 통계를 보면 미국에서는 2초에 한 건씩 소송이 발생한다. 그러다보니 미국 사람들은 소송을 그저 사회생활의 일부로 여기는 것 같다. 영화나 TV 드라마에 법정이 항상 나오고 모두 그를 보고 즐긴다. 실제 소송 사건 중계나 관련 TV 프로그램 시청률도 대단히 높다. O. J. 심프슨 사건이 대표 격이다. 전 미국이 거의 실시간으로 시청했다.

내가 기억하는 가장 충격적인 법률 영화는 NBC의 TV 시리즈 〈LA 로 L.A. Law, 1986~1994〉(여덟 시즌 172편) 가운데 1편이다. 독일 유학 시절 TV에서 본 것이다. 3개월 시한부 인생을 살고 있던 한 흑인 여성이 망나니 재벌 2세에게 폭행을 당한다. 망나니는 경찰에 체포되어서 재판을 받게 된다. 재판중에 망나니의 변호사는 피해 여성이 시한부라는 것을 알게 되고 합의를 종용한다. 그러나 여성은 처벌을 원한다. 그러자 그 변호사는 '갈고닦은 실력으로' 순식간에 그 여성을 꽃뱀으로 만들어버린다. 망나니는 풀려나고 피해 여성은 비참하게 죽음을 기다리게 된다. 이 영화는 나중에 하버드 대 로스쿨에서 법조 윤리 시간에 교재로 사용되기도 했다.

『미국변호사협회지』는 2008년에 '법률 영화 베스트 25'를 발표했다. 1위는 역시 〈앵무새 죽이기To Kill a Mockingbird, 1962〉. 그레고리 펙이 시골 변호사 핀치 역이다. 아카데미 남우주연상을 받는다. 로버트 듀발이 이 영화로 데뷔했다. 1960년에 하퍼 리가 발표한 퓰리처상 수상 소설을 영화화했다. 미국의 고등학교에서 가장 많이 리딩 과제로 주어지는 책이다. 2위는 〈12인의 노한 사람들12 Angry Men, 1957〉, 8위는 〈필라델피아〉였다.

9위는 줄리아 로버츠가 아카데미 여우주연상을 받은 〈에린 브로코비치Erin Brockovich, 2000〉다. 변론 실력보다 사건의 사실관계 파악과 자료 조사가 소송의 승패를 좌우함을 보여준다.

브로코비치는 실존 인물이며 나와 동갑이다. 영화에서 보여지는 것처럼 전혀 법학 교육을 받은 일이 없다. 그럼에도 불구하고 1993년 PG&E 환경오염 소송 사건에서 원고 측이 승소하는 데 결정적인 역할을 한다. 영화 개봉 후 유명인사가 되고 각종 TV 프로그램에 출연했다. 지금은 컨설팅 회사를 운영중인데 2005년에 한 로스쿨에서 명예 법학박사 학위를 받았다. 영화에는 웨이트리스로 카메오 출연했다.

스티븐 소더버그 감독은 이 영화로 아카데미 감독상 후보에 올랐지만 수상하지 못했고, 그 대신 같은 해 후보에 오른 또다른 작품인 〈트래픽Traffic, 2000〉으로 감독상을 받았다. 60년 만에 최초로 복수 작품으로 후보에 올랐다. 소더버그는 클루니의 '오션스' 시리즈 감독이기도 하다.

다른 모든 장르의 영화들과 마찬가지로 법률 영화도 깊이 들어가면 끝없는 논평과 토론이 가능하다. 그러나 이 책은 그런 목적으로 쓴 것이 아니므로 개별 영화에 대한 언급은 하지 않는다. 다른 좋은 책들이 많다. 구태여 이런 언급을 하는 것은 내가 법률을 하는 사람이기 때문에 독자들이 이 대목에서 좀 특별한 기대를 했을까봐서다.

한편 할리우드에는 많은 엔터테인먼트법 전문 변호사들이 활약하고 있다. 그중 가장 유명한 사람은 버트 필즈Bertram Fields라는 변호사다. LA 대형 로펌의 파트너인 필즈는 할리우드에서 소송에 지는 일이 없는 변호사로 이름이 높다. 톰 크루즈, 더스틴 호프먼, 존 트래볼타 같은 배우들이나 제임스 캐머런, 스티븐 스필버그 같은 감독들이 단골 고객이다.

1839년에 있었던 흑인 노예들의 반란을 다룬 스필버그의 1997년작 〈아미스태드Amistad〉에 대한 1000만 달러짜리 저작권침해 소송에서 스필버그 감독과 드림웍스를 대리해 어려운 상황을 합의로 이끌었던 것으로도 유명하다. 하루 평균 열네 시간씩 일하는 로펌 변호사 생활 틈틈이 글을 써서 베스트셀러 소설 두 편을 발표했다. 그중 하나는 리처드 3세를 주인공으로 한 역사 소설이다. 법학자인 내가 영화에 대한 책을 쓰는 것이 유례없이 특이한 일은 아니라는 변명을 하기 위해서 언급한다.

# 토머스 크라운 어페어

아주 오래전 독일에서 보았던 영화라 제목이 기억나지 않는다. 검색해서 찾아낼 만큼의 정보도 없다. 미술품에 관한 영화였다.

귀신같은 재주를 지닌 미술품 모사 화가가 주인공이다. 그냥 모사만 하는 것이 아니라 유명 화가들의 붓놀림을 다 꿰고 있어서 새로운 그림을 그려내기도 한다. 그래서 그 방법으로 예컨대 모네의 그림을 그려서 진짜라고 속여 팔았다. 미술계에서는 난리가 났다. 새로운 모네의 그림이 발견된 것이다. 연일 언론에 대서특필되고 미술관에서 특별 전시회가 열린다.

가짜 화가는 슬슬 불만이다. 그건 모네가 아니라 내 솜씨인데…… 그래서 자기가 그린 그림이라고 밝히고 만다.

그런데 문제는 아무도 그 화가의 말을 믿지 않는다는 것이다.

미칠 노릇이 아닐 수 없다. 전문가들이 나섰다. 만장일치로 진짜 모네 그림으로 판정한다. 결국 모사 화가는 분을 참지 못하고 미술관으로 가서 전시중인 자기 그림에 페인트를 뿌려버린다. 그러고는 체포되어서 재판에 넘겨졌다. 전문 감정가로 나온 사람들은 모두 모네 그림이라고 의견을 모은다. 결국 그 화가는 유죄판결을 받게 된다.

할리우드 영화도 미술품 모사, 미술품 절도, 보험 사기 같은 주제를 다룬다. 피어스 브로스넌 주연의 〈토머스 크라운 어페어The Thomas Crown Affair, 1999〉도 그중 하나다.

이런 영화가 주는 혜택은 앉아서 유명한 그림들을 여러 점 감상할 수 있다는 것이다. 물론 직접 가서 보는 것만 못하지만, 루브르 박물관에 가는 데 드는 비용과 영화표 한 장 값을 비교해보라. 하긴 영화에 나오는 그림들은 다 모사품임이 분명하기는 하다.

〈인사이드 맨〉의 거의 끝 부분에서 주인공 키스 프레이저(덴절 워싱턴 분)가 맨해튼 은행장 아서 케이스(크리스토퍼 플러머 분)의 집무실로 쳐들어간다. 그런데 화면을 잘 보면 좀 황당한 소품 하나가 그 사무실에 놓여 있다.

세잔의 〈카드놀이 하는 사람들Les Joueurs de cartes〉이다.

보안 액자에 담겨 벽에 걸려 있는 것이 아니라 그냥 이젤에 얹혀 있다. 이 그림은 2011년에 최소 2억 5000만 달러에 팔린 것으로 알려져 역사상 가장 비싼 가격에 팔린 그림 기록을 세웠다. 3억 달러설도 있다. 그럼 아무렇게나 놓여 있는 이 그림은 모사품인가? 아서 케이스는 나치 부역 부분만 빼고는 록펠러를 모델로 한 것 같은데 록펠러가 모사품을 사무실에 둘 리는 없다. 이 그림은 지금 특별한 이유 없이 내 노트북의 바탕화면이다. 그래서 알아본 것이다.

〈토머스 크라운 어페어〉는 1억 2000만 달러가 넘는 흥행 성공작이다. 뉴욕의 메트로폴리탄 미술관에서 촬영하려고 했으나 물론 정중히 거절당하고 자체 미술관 세트를 지어서 찍었다. 영화의 '주인공' 명화는 모네의 〈황혼에 물든 베니스의 산 조르조 마조레 성당San Giorgio Maggiore at Dusk〉이다. 물론 복제품이다. 원본은 영국 카디프의 웨일스 국립미술관에 있다.

내게는 이 영화에서 매캔 형사로 나오는 데니스 리어리의 대사가 기억에 남는다. 미술품 절도 사건을 담당했던 형사다. 마지막에 극중 캐서린에게 말한다.

"그런데 말이죠, 한번 생각해봐요. 이 사건 전에 나는 부동산 사기꾼 두 놈을 맡았었고 자기 애를 때려서 거의 죽을 지경으로 만든 자도 담당하고 있었죠…… 그런데 갑자기 그림 몇 장 훔친 자를 잡으라는 거예요. 한심한 부자들이나 중요하게 생각하는 그런 일이죠. 누가 범인이든 난 관심 없어요."

빈센트 반 고흐의 일대기는 〈열정의 랩소디Lust for Life, 1956〉에서 그린다. 고흐는 커크 더글러스, 고갱은 앤서니 퀸이 연기했다. 앤서니 퀸은 이 영화로 아카데미 남우조연상을 받았다. 커크 더글러스는 주연상 후보에 올랐다. 이 영화에는 고흐의 작품 약 200점이 등장한다. 모두 사진을 확대한 것이다. 이 영화의 리메이크가 결정되어 브래드 피트가 고흐로 캐스팅되었다는 이야기가 있었는데 그 이후로는 소식이 없다.

〈마뉴먼츠 맨The Monuments Men, 2014〉에서는 일단의 역사가, 건축가가 제2차대전이 끝나갈 무렵에 발생한 나치의 (미술품을 포함한) 문화재 파괴 책동을 막는다. 조지 클루니와 맷 데이먼, 케이트 블란쳇이 출연했다.

미술 영화는 아니지만 한 폭의 그림 같은 영화도 있다. 〈마르셀의 여름La gloire de mon père, 1990〉이라는 프랑스 영화다. 여러 장면들이 마치 그림처럼 아름다운 영화다. 1900년에서 1914년 사이를 그리고 있어서 고풍도 근사하다. 남부 프랑스에서 찍었다. 나의 다시 여행하고 싶은 곳 1위. 잭 니컬슨과 모건 프리먼의 〈버킷 리스트The Bucket List, 2007〉에도 잠시 나온다. 칸 영화제가 열리는 칸과 니스가 바닷가를 따라 펼쳐지고 고르드와 생폴 같은 전원 마을들이 라벤더밭 속에서 멋지게 나타난다. 아를에 가면 고흐가 〈밤의 카페테라스Cafe Terrace at Night〉를 그린 바로 그 카페도 있다.

미술품 모조보다 훨씬 심각한 행위는 화폐 위조다.

가장 중한 경제 범죄로 취급되고 엄벌에 처해진다. 그런데 전쟁중에 적국의 화폐를 대량으로 위조해 적국에서 유통시킨다면? 그리고 그 돈을 써서 전쟁에 필요한 물자를 마음대로 구입한다면? 전쟁은 이긴 것이나 다름없게 된다. 제2차대전 때 나치 독일이 그런 짓을 했다. 나치는 작센하우젠 수용소에 잡혀온 유대인

기술자들을 동원해서 화폐 위조를 연구했다. 미국 달러화는 성공하지 못하고 영국 파운드화는 성공했다.

〈카운터페이터Die Fälscher, 2007〉가 나치의 그 공작을 극화했다. '베른하르트 작전'이라고 불린다. 주인공은 베를린에서 명성을 떨치던 유대인 여권 위조 전문가다. 강제수용소에서 살아남기 위해 최선을 다한다.

"오늘 총살당하기보다 내일 가스실에서 죽겠다"라는 절박한 심정이다.

주인공은 나중에 남부 프랑스에 나타나서 아마도 자기가 위조한 듯한 돈으로 평화롭고 여유롭게 살게 되는 것으로 그려진다.

오스트리아와 독일 합작영화로 2008년 아카데미 외국어영화상을 받는다. 국내 예고편에는 〈타인의 삶Das Leben der Anderen, 2006〉 제작진 작품이라고 나오는데 맞지 않는 것 같다.

〈타인의 삶〉은 볼프강 페터젠 감독의 〈특전 유보트Das Boot, 1981〉 이후 내가 아는 최고의 독일 영화다. 2007년에 아카데미 외국어영화상을 수상했다. 'HGW XX/7'의 마지막 대사 한마디가 압권이다—독일어 "Das ist für mich"는 "내가 보려고 사는 것입니다"도 되지만 "나를 위한 것입니다"도 된다.

남부 프랑스 이야기가 자꾸 나오니 영화와는 관계없지만 한 이야기를 안 하고 넘어갈 수 없다. 릴리 사프라Lily Safra 이야기다.

얼마 전까지만 해도 인터넷에서 '세계에서 가장 비싼 주택'을 검색해보면 남부 프랑스에 있는 빌라 레오폴다Villa Leopolda가 떴다.

집값은 5억 600만 달러. 집 한 채가 우리 돈으로 5000억 원이 넘는다. 어떻게 생겼는지는 인터넷에서 검색해보시기 바란다. 이 집에 사프라 여사가 산다. 이혼을 두 번 했는데, 그때마다 위자료가 거액이었다. 특히 두번째 남편은 이혼했음에도 불구하고 거의 전 재산을 사프라에게 남겨주었다. 세번째에는 부유한 레바논 출신의 은행장과 결혼했다. 이번에는 이혼이 아니고 그 은행장이 사고로 사망했다. 레오폴다 저택은 상속재산으로 받은 것이다…… 한 러시아 신흥 재벌이 이 집이 마음에 들어서 끈질기게 팔라고 설득했고 결국 매매계약서를 썼다. 그때 5억 600만 달러가 나온 것이다. 그런데 글로벌 금융 위기가 닥쳤다. 러시아 재벌은 매매가의 10퍼센트인 계약금 5000만 달러를 포기하고 계약을 해지했다. 계약서 한 장 쓰고 우리 돈 500억 원이 생긴 것이다.

이 이야기가 주는 교훈은, 돈은 벌겠다고 따라다녀서는 안 된다는 것이다. 돈이 나를 좋아하면 이런 식으로 따라온다. 하루하루 성실하게 살고 최선을 다하면 그만이다.

# 카운터포인트

제2차대전이 거의 끝나갈 무렵 유럽의 한 도시에서 연주중이던 오케스트라가 독일군의 공격으로 도시가 함락되어 포로가 된다. 탈출 시도도 무위로 돌아가고 오케스트라 단원들은 한 성채에 구금되어 죽음을 기다린다. 그런데 한 독일 장군(막시밀리안 셸 분)이 고전음악 애호가다. 순서가 반대지만 〈피아니스트〉를 연상시킨다. 장군은 지휘자(찰턴 헤스턴 분)와 오케스트라에게 오로지 자신만을 위한 정식 연주회를 개최하도록 지시했으나 이들은 연주 중간에 사라진다.

1967년작 〈카운터포인트Counterpoint〉의 줄거리다. 바그너, 베토벤, 슈베르트, 브람스의 음악이 로스앤젤레스 필하모니의 연주로 흘러나온다.

## 카핑 베토벤

모차르트의 음악을 원 없이 들을 수 있는 영화는 〈아마데우스 Amadeus, 1984〉다.

1985년 아카데미 작품상, 감독상, 남우주연상을 포함해서 여덟 개 부문을 수상했다. 남우주연상은 모차르트 역의 톰 헐스가 아니라 살리에리 역의 머리 에이브러햄이 받았다. 작품상은 로런스 올리비에가 발표했다. 그런데 당시 78세로 기억장애를 겪고 있던 올리비에가 다른 후보들을 언급하지 않고 막바로 봉투에서 작품상 수상작을 꺼내 발표하는 해프닝이 일어났다.

나는 이 영화를 하이델베르크의 한 영화관에서 보았는데 그때만 해도 독일어로 더빙되어 나오는 대사를 거의 알아듣지 못했다. 지금도 그런지 모르겠는데 독일은 외국 영화를 자막이 아닌 더빙으로 상영한다. 외국에서 본 첫 영화여서 기억에 생생하게 남아 있다. 유학생 시절을 경험해본 사람들은 알 것이다. 영화관에 가서 영화 한 편 보는 것이 얼마나 큰 재미인지.

베토벤 음악은 에드 해리스 주연의 〈카핑 베토벤 Copying Beethoven, 2006〉에서 들을 수 있다.

다이앤 크루거가 베토벤의 조수로 나온다. 청력을 완전히 상실한 베토벤이 1824년에 교향곡 제9번을 초연할 때 마치 메트로놈과 같은 역할을 해준다는 설정이다. 트로이의 헬레네가 메트로놈이라…… 실제로는 움라우프라는 사람이, 숨은 것이 아니라 무대에 베토벤과 나란히 서서 지휘를 도왔다고 한다. 또 베토벤은 당시 필담으로만 대화가 가능했는데 영화라 어쩔 수 없이 크루거와 대화를 하는 것으로 나온다.

〈카핑 베토벤〉에서는 오프닝에 베토벤의 현악사중주 선율이 강렬하게 흐른다. 베토벤의 후기 현악사중주가 중심 역할을 하는 영화는 〈마지막 4중주A Late Quartet, 2012〉다. 베토벤의 후기 사중주 여섯 곡 가운데 이 영화에서는 현악사중주 14번 작품 131번1826이 주로 연주된다. 이 곡은 모두 7악장으로 구성됐지만 약 40분 동안 쉬지 않고 연주하게끔 짜여 있다. 즉 연주자들이 중간에 현을 조율할 기회가 없다. 스스로 조정하고 동료 연주자들의 상태를 살피며 맞춰나가야 한다. 바로 우리네 인생이다. 슈베르트가 이 곡을 들은 후에 "이제 뭘 더 작곡해야 하는가?"라고 했다는 일화가 전한다.

이 영화에서는 〈디어 헌터The Deer Hunter, 1978〉로 아카데미 남우조연상을 받은 크리스토퍼 워컨이 학생들에게 파블로 카살스와의 에피소드를 소개하면서 "단 한 부분이라도 좋다고 느꼈다면 실수가 있었어도 그 연주를 칭찬하라"고 말하는 장면이 인상적이다.

사람에게도 마찬가지 아닐까? 남의 흠 찾기에 몰두하는 것이 우리다. 단 한 군데라도 장점이 있고 배울 점이 있는 사람이라면 칭찬해야 마땅하다. 그런데 은근히 이 말을 내가 쓴 책이나 논문에도 적용하고 싶어진다.

### 오케스트라의 소녀

오케스트라가 영화의 주역이 된 작품으로는 역시 〈오케스트라의 소녀One Hundred Men and a Girl, 1937〉를 꼽을 수 있다.

레오폴드 스토코프스키가 본인 역으로 출연해 피아니스트로서 면모를 과시한다. 스토코프스키는 당시 유진 오르먼디와 필라델피아 오케스트라를 공동으로 이끌고 있었는데 서서히 오르먼디 쪽으로 중심이 옮겨가는 중이었다. 그래서 영화에서는 필라델피아라든지 오케스트라 이름에 대해 전혀 말이 없다. 이 영화는 아카데미 작품상 후보에 올랐다.

스토코프스키와 필라델피아 오케스트라는 나중에 디즈니의 〈판타지아Fantasia, 1940〉에 다시 등장한다. 베토벤의 제6번 〈전원교향곡〉을 포함해서 여덟 곡을 연주한다. 이 영화도 어렸을 때 TV에서 보았는데 폴 뒤카의 〈마법사의 제자〉가 가장 기억에 남는다. 미키가 빗자루를 아무리 부숴도 무한 복제되어서 물동이를 나르고 물을 퍼붓는 장면이 대단했다.

음악영화도 아니고 음악가에 대한 영화도 아니지만 고전음악이 작품 전체에 흐르는 영화들이 있다. 그중 하나가 〈이수Goodbye Again, 1961〉다. 이 영화는 유럽에서는 '브람스를 좋아하세요?Aimez-vous Brahms?'라는 제목으로 개봉되었는데 미국 관객들이 헛갈려할까봐 미국에서는 다른 제목을 쓴 것이다. 프랑스 작가 프랑수아즈 사강의 동명 소설이 원작이다. 브람스 교향곡 제1번 4악장과 제3번 3악장이 모티브로 사용된다.

1967년에는 스웨덴에서 〈엘비라 마디간Elvira Madigan〉이라는 영화가 나왔는데, 한 덴마크 서커스 줄타기 무용수의 스토리를 담은 것이다. 주인공은 실존 인물이고 엘비라 마디간은 무대용 이름이다. 이 영화에는 모차르트 피아노협주곡 제21번 2악장 안단테가 모티브로 사용되었다. 그런데 이 모티브가 영화 때문에 유명해져서 모차르트의 피아노협주곡 제21번은 이후 '엘비라 마디간 협주곡'이라고 불린다.

라흐마니노프의 피아노협주곡 제2번은 〈셉템버 어페어September Affair, 1950〉와 〈밀회Brief Encounter, 1945〉에서 모티브로 사용되어 대중적으로 널리 알려지게 되었다. 가장 최근에는 〈히어애프터Hereafter, 2010〉에서 등장한다.

라흐마니노프의 피아노협주곡 제3번을 포함해서 피아노 명곡들이 많이 사용된 작품은 역시 피아니스트가 주인공인 영화다. 호주 피아니스트 데이비드 헬프곳의 이야기를 그린 〈샤인Shine, 1996〉이다. 헬프곳은 음악 팬들이 잘 알 만큼 유명한 피아니스트는 아니었지만 정신장애를 겪은 후 재기해서 다시 관객들 앞에 선 극적인 스토리의 주인공이다. 이 영화는 제프리 러시에게 아카데미 남우주연상을 안겨주었다.

피아니스트를 주인공으로 한 또 한 편의 영화로 〈피아니스트의 전설The Legend of 1900, 1998〉이 있다. 평생을 배 안에서 피아노만 연주하며 살다 간 주인공이 나온다. 이 작품은 음악영화로 보기는 좀 어렵다. 〈시네마 천국Cinema Paradiso, 1988〉의 감독 주세페 토르나토

레의 명작이다.

### 영화음악

영화는 이렇게 음악을 소재로 하거나 유명한 음악을 차용하기도 하지만 때로 음악을 만들어내기도 한다. 영화사 초기의 걸작들은 대부분 뮤지컬 영화들이기도 했다. 사실 우리가 실제 음악회에 가지 않는 다음에야, 좋은 음악을 들을 수 있는 최고의 음향장치를 갖춘 곳은 극장이다.

영화음악은 원래 예술적인 요소로서가 아니라 영사기의 소음을 중화하기 위해 시작된 것이다. 초기 극장들은 지금과 달리 소음을 흡수하는 벽 내장을 갖추지 못했고 상영관 내 영사기 소음이 심했다고 한다. 피아니스트가 직접 연주하는 것이 보통이었는데 때로 오케스트라 전체가 동원되기도 했다. 그후 시간이 지나 기술적인 문제들이 다 해결되면서부터 영화음악은 예술적 요소로 사용되기도 하고 음향효과로 사용되기도 한다. 실제로 음악이 나오는 부분과 나오지 않는 부분을 비교해보면 음향이 영화 장면의 극적인 효과를 증폭한다는 것을 쉽게 알 수 있다.

원칙적으로 음악은 스크린의 내용을 따라간다. 그러나 어떤 경우에는 감독이 음악에 맞추어서 연출을 하기도 한다. 엔니오 모리코네와 세르조 레오네 감독 콤비가 그 예다. 존 윌리엄스와 스필버그 감독도 〈이티〉에서 그런 방식으로 작업했다고 한다.

가장 많은 아카데미 음악상Best Original Score을 받은 음악가는 앨

프리드 뉴먼이다. 200편 이상의 영화를 위해 작곡했고 아홉 번 수상했다. 그다음이 존 윌리엄스다. 〈쉰들러 리스트〉 포함 다섯 번 수상했다. 뉴먼은 1901년생으로 옛날 사람이라 우리에게 익숙지 않지만 존 윌리엄스는 '스타 워즈' '인디애나 존스' '해리 포터' 시리즈를 통해 친근한 작곡가다. 줄리아드 음대와 미 공군 군악대 출신이다. 영화 밖에서는 올림픽 타이틀 음악을 네 번이나 맡았고 NBC 저녁 뉴스 시그널 음악도 윌리엄스 작품이다.

아카데미 주제가상Best Original Song을 받은 작품 중에도 오래 사랑받는 명곡이 많다. 셀린 디옹이 부른 〈My Heart Will Go on〉을 빼고 〈타이타닉〉을 생각하기 어렵다. 〈알라딘〉의 〈A Whole New World〉, 엘턴 존이 작곡한 〈라이언 킹〉의 〈Can You Feel the Love Tonight〉 다 명곡들이다. 외국어로 된 곡도 가끔 수상한다. 작품상 수상작인 〈슬럼도그 밀리어네어Slumdog Millionaire, 2008〉에서 마지막에 나오는 힌디어 노래 〈Jai Ho〉가 대표적이다.

우리 때는 중고생들이 심야 라디오 음악 방송에 심취했었다. 〈밤을 잊은 그대에게〉가 생각난다. 특히 겨울밤에 그 타이틀 음악이 라디오에서 흘러나오면 정취가 그만이었다. 요즘도 하는지 모르겠는데 영화음악만 들려주는 라디오 프로그램도 있었다. 나는 영화음악 프로그램 애청자였다. 〈오즈의 마법사The Wizard of Oz, 1939〉에 나오는 〈Over the Rainbow〉가 최고였다.

### 사운드 오브 뮤직

영화음악의 진수는 역시 뮤지컬 영화다.

뮤지컬 영화는 뉴욕의 브로드웨이나 런던의 웨스트엔드에서 성공한 작품을 스크린으로 옮겨오는 일이 많다. 〈웨스트 사이드 스토리West Side Story, 1961〉 〈올리버Oliver!, 1968〉가 아카데미 작품상을 받았다. 〈시카고Chicago, 2002〉도 원래는 브로드웨이 작품이다. 〈올리버〉 이후 첫 아카데미 작품상을 받은 뮤지컬 영화다. 러네이 젤위거가 열연했다. 캐서린 제타존스는 아카데미 여우조연상을 받았다.

〈올리버〉 전에 작품상을 받은 〈사운드 오브 뮤직〉도 마찬가지다.

폰 트라프 가족의 이야기를 소재로 한 이 작품은 나를 포함한 많은 사람에게 아마도 가장 기억에 남는 뮤지컬 영화일 것이다. 그런데 내용은 그다지 즐겁지 못하다. 나치 독일의 오스트리아 강제 병합과 그에 따른 한 가족의 고난을 다루기 때문이다. 이 영화는 〈스타 트렉Star Trek: The Motion Picture, 1979〉의 감독으로도 잘 알려진 로버트 와이즈가 연출했지만 원래는 윌리엄 와일러 감독이 맡을 예정이었다. 와일러는 잘츠부르크 시장을 만난 자리에서, 독일군이 점령군으로서 시가를 행진하는 모습을 잘츠부르크 시민들이 과연 어떻게 받아들일지 걱정했다고 한다.

이 영화에 나오는 노래 〈에델바이스〉는 그후 너무나 유명해져서 어떤 사람들은 오스트리아 국가로 착각할 정도였다. 아니면 적어도 오스트리아 민요라든가. 사실은 이 영화를 위해 새로 작곡된 노래였다. 크리스토퍼 플러머의 노래 솜씨가 별로였던지 더빙

전문 가수의 목소리로 대체되었다.

2010년, 영화 개봉 45주년 기념으로 줄리 앤드루스와 플러머는 일곱 아이 역할을 한 배우들과 1965년 이후 처음으로 다 같이 만나 〈오프라 윈프리 쇼〉에 출연했다. 막내 그레틀이 중년 여인으로 나타났다.

줄리 앤드루스는 그 전해에 나온 〈메리 포핀스Mary Poppins, 1964〉로 아카데미 여우주연상을 받았다. 연극배우가 영화 데뷔작으로 아카데미상을 받은 것이다. 이 영화는 음악상과 주제가상(《Chim Chim Cher-ee》)도 받았다. 실물과 그림이 합성되어 같이 춤까지 추는 것을 신기해했던 기억이 난다. 특수효과상 수상작이다. 물론 실사와 애니메이션이 본격적으로 같이 사용된 영화는 1988년작 〈누가 로저 래빗을 모함했나Who Framed Roger Rabbit〉이다. 당시 반응이 대단했다. 거의 〈아바타〉급 화제였다. 시각효과상을 포함해서 네 개의 아카데미상을 받아 애니메이션으로는 전무후무한 기록을 세웠다.

나는 수업 시간에 〈메리 포핀스〉를 두 가지로 활용한다. 첫째는 은행가의 이미지다. 미스터 뱅크스Mr. Banks는 이름 그대로 은행원이다. 시계처럼 정확하고 단정하며 교양 있고 가정적이다. 상업은행 업무의 특성이 이런 인간형을 가능케 한다. 서구의 '신사' 모델이 은행원에서 발생한 것이다. 둘째는 '뱅크런Bank Run'이다. 마이클은 가지고 있던 동전으로 비둘기 먹이를 사려고 하지만 은행장은 저축을 하라고 강요한다. 마이클이 돈을 돌려달라고 소리치는

데 그 소리가 은행 건물 밖으로 새어나간다. 그러자 사람들은 은행이 돈을 안 내준다고 생각하고 은행으로 몰려든다. 전형적인 뱅크런 광경이다.

〈메리 포핀스〉는 아카데미상 열세 개 부문에서 후보로 올라 다섯 개를 수상했다. 이는 월트디즈니 역사에서 최고 기록으로 남는다. 그래서 월트디즈니는 특별한 의미를 지닌 이 영화의 제작 배경을 소재로 〈세이빙 미스터 뱅크스Saving Mr. Banks, 2013〉를 만들었다.

톰 행크스가 월트 디즈니로, 에마 톰슨이 원작 소설의 작가 트래버스로 나온다. 줄리 앤드루스 역은 빅토리아 서머, 딕 반 다이크 역은 크리스토퍼 카이어가 맡았다. 영화를 만드는 과정에 대한 영화에서 어떤 배우가 생존해 있는 다른 배우 역을 하는 일은 이 영화가 처음인 것 같다.

# 뉴에이지

그리스 아테네에서 영화를 본 일이 있다. 패트릭 스웨이지와 데미 무어의 〈사랑과 영혼Ghost, 1990〉이다. 우피 골드버그가 영매로 나온다. 관광 대국답게 그리스에는 영어 영화 전용 극장이 있었는데 그리스어 자막이 없었다. 모리스 자르가 음악을 담당했고 그 유명한 〈Unchained Melody〉가 흘러나온다.

주인공 남자는 강도에게 총격을 받아서 죽는다. 사람이 갑자기 예기치 않게 죽게 되면 그 상황에 적응을 못해 다음 단계로 넘어가지 못한다는 설정이다. 특히 떠나온 곳을 다 볼 수가 있어서 미련이 남아 어떻게든 돌아가려 하거나 접촉을 시도하게 된다. 그러나 영혼은 이 세상에 물리적으로 연결될 방법을 알지 못하고 그것이 허용되지도 않는다—영혼이 이 세상 사람 앞에 모습을 나타내면 큰 충격을 주기 때문에 아주 특별한 경우에만 허용된다—주인공은 그 방법을 배워서 슬픔에 잠겨 있는 여자친구에게 메시지를 전할 수 있게 되고, 결국 그녀를 안심시킨 뒤에 다음 단계로 떠나간다.

할리우드는 현대판 영지주의인 뉴에이지가 성행하는 곳이다. 캘리포니아 자체가 그렇다. 미국에서 요가 인구가 가장 많고 명상이 유행한다. 스탠퍼드 대학교 게시판에는 요가 강좌 광고와 명상 수련 동호회 안내문이 넘친다. 서점마다 뉴에이지 코너가 크게 자리잡고 있고 아예 전문 서점들도 있다. 할리우드가 이를 그냥 넘길 리 없다. 〈아바타〉를 포함해서 SF나 외계인 영화들도 사실 이 계열에 속한다.

내가 거기서 살 때 주위 사람들의 일상 대화에서도 불교의 윤회관이 배어 있는 것을 자주 느꼈다. 스티브 잡스도 자신이 바로 전생에서 제2차대전에 참전한 전투기 조종사였다고 믿었다. 〈글래디에이터〉에서도 막시무스가 코모두스에게 이렇게 말한다.

"복수하겠다. 이 생애에서 안 되면 다음 생애에서."

이런 블록버스터 역사물에 뉴에이지 사상을 슬쩍 집어넣으면 관객들은 모르는 채로 은근히 세뇌당할 수 있다.

〈타이타닉〉의 마지막 신도 로즈가 84년 전에 죽은 잭과 배에 있던 모든 사람을 다시 만나는 것으로 끝난다. 〈레미제라블〉의 엔딩도 비슷하다. 워쇼스키 남매의 〈클라우드 아틀라스Cloud Atlas, 2012〉는 주제 자체가 윤회다.

〈패튼 대전차 군단〉에서는 패튼 장군이 로마와 카르타고의 격

전지를 둘러보면서 "내가 여기 왔었지"라고 하는데, 이는 패튼 자체가 윤회론자였기 때문이다. 패튼은 자신이 전생에 한니발 장군이었다고 믿었다 한다.

클린트 이스트우드 감독, 맷 데이먼 주연의 〈히어애프터〉도 이 장르에 속한다—요즘 국내에서는 외국 영화 제목을 그냥 발음대로 표기해서 개봉하는 게 대세인 듯하다. '유브 갓 메일You've Got Mail' 같이 단어가 아닌 문장도 그렇게 해버린다. 'Legally Blonde'를 '금발이 너무해'로 번역하는 식의 성의가 없어졌다—맷 데이먼이 영매로서의 능력 때문에 고통을 겪는 역할로 나온다.

사실 우리가 남의 과거나 마음을 읽을 수 있다면 정상적인 사회생활이 불가능할 것이다. 한 길 물속은 알아도 한 치 사람 마음속은 모르는 것이 유리할 때가 많다. 물론 성공하는 데는 아주 요긴할 것이다. 그러나 그것도 정도껏이다. 헬렌 헌트를 비롯해서 모든 여자의 마음을 다 읽을 수 있었던 멜 깁슨도 나중에는 진절머리를 낸다(〈왓 위민 원트What Women Want, 2000〉).

〈히어애프터〉는 우리가 아무리 서로 관련없는 곳에서 관련없이 살아도 결국은 다 연결되어 있다는 메시지도 던진다. 이 메시지는 현대물리학에 비추어 보아도 결코 새로운 것이 아니다. 빅뱅이론에 따르면 137억 년 전에 우주의 모든 것은 아주 작은 하나의 물질이었다. 원래 모든 것은 하나였던 것이다.

원래 모든 것이 하나였다면 우리가 지각하는 시간이라는 것도 착각일 가능성이 있다. 아인슈타인도 그 점을 지적했다. 시간과 공간은 착각인 것이다. 따라서 미래를 예측하는 능력이 아주 특별한 것도 아니다. 모든 것은 정보에 달렸다. 나는 내 손에 쥐여 있는 연필이 2초 후에 바닥에 떨어진다는 예언을 할 수 있는데 그 예언은 맞아떨어진다. 왜냐하면 나는 모든 정보를 갖고 있기 때문이다.

영화 이야기를 하다가 엉뚱한 길로 빠진 셈이지만, 나는 가끔 음악을 미리 듣는 일이 있다. 갑자기 어떤 선율이 머릿속에 떠오르면 잠시 후나 몇 분 후에 라디오에서든 TV에서든 아니면 주위의 누가 흥얼거리든 그 음악을 듣는다. 이 현상은 내가 중학생 때 처음 일어났는데 이상하다고만 생각하다가 시간이 흐르면서 일정한 패턴이 있다는 것을 알았다. 그러고는 거기 적응해서 내게는 더이상 이상한 일이 아니다. 그러나 분명 아주 작은 일이지만 미래를 예측할 수 있는 것이다.

〈히어애프터〉는 특이한 체험을 한 사람이 그 체험을 공개적으로 세상에 밝힐 때 일어나는 현상에 대해서도 다룬다. 정신 나간 사람, 아니면 잘 봐주어서 이상한 사람이 되는 것이다. 그래서 그런 체험을 한 사람들이 입을 닫고 산다. 특히 사회적으로 좋은 위치에 있는 사람들은 괜히 이상한 이야기를 꺼내서 자신의 지위에 손상이 갈까봐 걱정한다. 얻을 것도 없는데. 그러니 우리가 아는 것보다 많은 사람이 그런 체험을 한 것으로 보면 된다. 이런 일이 늘어나는 이유는 아무래도 의학의 발달에 원인이 있을 것이다.

얼마 전 샌프란시스코 공항 아시아나 사고 때도 한 소녀가 경험했다고 보도된 '라이프 리뷰'life review 현상은 뉴에지지 영화의 단골 기법이다. 마이클 베이의 〈아마겟돈〉에서 해리(브루스 윌리스 분)도 경험한다. 임사 체험NDE, near-death experience 환자들이 공통적으로 보고하는 현상이다. 죽기 직전에 인생의 모든 장면이 플래시처럼 터지면서 반추할 기회를 갖게 된다. 내가 어렸을 때 한 친척 아저씨가 비행기가 추락하는 듯한 순간에 이를 경험했다고 하는 말을 들은 기억이 난다. 사람이 이제 죽는구나, 생각하는 순간에도 일어나는 모양이다.

〈쇼생크 탈출The Shawshank Redemption, 1994〉도 뉴에이지로 분류하는 것을 봤는데 그게 맞는지는 잘 모르겠다. 사람은 감옥이라는 최악의 속박 속에서도 스스로 존엄을 유지할 수 있지만 자유 속에서도 본래의 고귀한 가치를 잃을 수 있다는 메시지를 던진다.

그런데 이렇게 훌륭하고 또 두고두고 호평받는 영화가 겨우 적자를 면했다니 영화의 흥행이란 알다가도 모를 일이다. 2500만 달러를 들여서 2800만 달러를 벌었다. 실망한 워너브러더스는 32만 개의 비디오테이프를 제작해서 전 미국에 배포했는데 1995년에 가장 많이 대여된 영화가 된다. 좋은 영화 평과 입소문, 반복 대여 고객들 덕분이었다. 작품상, 남우주연상(모건 프리먼)을 포함해서 일곱 개 아카데미상 후보에 올랐다.

〈쇼생크 탈출〉은 2008년에 〈대부1972〉를 추월해서 IMDb 랭킹 1위에 오른 후에 아직도 그 자리를 지키고 있다. 비록 흥행에는 참패했지만 영화 팬들이 뽑은 역사상 가장 훌륭한 영화다. 영화

제작자들과 감독들은 잘 기억하시기 바란다. 영화의 흥행은 아무도 모른다. 투자자들도 잘 기억해야 한다. 시나리오가 좋고 감독, 캐스팅이 좋아도 안심하면 안 된다. 흥행에 필요한 사전 준비가 잘되어 있어야 한다.

〈쇼생크 탈출〉의 인상적인 장면들 중 하나는 레드가 앤디의 편지에 쓰여진 대로 오하이오 어느 마을의 참나무를 찾아가는 대목일 것이다. 이 참나무가 서 있는 위치는 위도 40도 39분 14초, 경도 82도 23분 31초다. 영화광 네티즌들은 참 별걸 다 조사해서 올린다. 레드와 앤디가 해후하는 멕시코의 바닷가는 실제로 유명한 멕시코의 한 해변이다.

# 시간과 공간

어릴 때 가장 갖고 싶은 것은 투명인간의 망토이고, 어른이 된 다음에 가장 갖고 싶은 것은 타임머신이라고 한다.

인간은 시간과 공간, 그리고 지구의 중력을 벗어날 수 없기 때문에 항상 여기서 해방되는 꿈을 꾼다. 그리고 할리우드는 물리학자들이 뭐라고 하든 간에 그 꿈을 실제로 보여준다.

시간 여행은 오래전부터 문학작품에 나타났는데 워싱턴 어빙의 1819년작 「립 밴 윙클Rip Van Winkle」 이야기가 유명하다. 잠시 낮잠을 자고 일어났는데 20년이 흘렀다. 우리의 '신선놀음에 도끼자루 썩는 줄 모른다'와 정확히 일치하는 얘기다.

할리우드에서 가장 유명한 시간 여행 영화는 로버트 저메키스 감독, 마이클 폭스 주연의 〈백 투 더 퓨처Back to the Future, 1985〉일 것이다. 얼마나 유명했던지 레이건 대통령은 1986년 의회의 연두교서 연설에서 이 영화를 인용한다.

“우리가 가는 곳에 길은 필요 없다”라는 대사를 인용한 것이다.

흥행 성공작이기도 하다. 1900만 달러를 투자해서 3억 8000만 달러 이상을 벌어들였다. 1985년 최고의 흥행 작품이다.

그러나 내가 본 시간 여행 영화들 중 최고의 작품은 〈시간 여행자의 아내The Time Traveler's Wife, 2009〉다. 〈프리퀀시Frequency, 2000〉도 그 뒤를 바짝 좇는다. 최근작 〈어바웃 타임About Time, 2013〉도 있다. 〈소스 코드Source Code, 2011〉도 빼놓을 수 없다.

미래에서 과거로 여행한 다음 그 과거를 바꾸면 미래는 어떻게 되는가가 가장 어려운 문제인데, 〈프리퀀시〉에서는 그 즉시 미래의 물리적 형상이 다 바뀌는 것으로 설정했다. 독자들은 재미있는 실험을 해볼 수 있다. 이메일 계정을 MS 아웃룩에 연결해놓았다면 인터넷에서 이메일을 삭제한 후 아웃룩을 켜보라. 거짓말같이 메일이 하나씩 없어진다. 〈프리퀀시〉의 설정이 바로 그렇다. ‘터미네이터’ 시리즈도 비슷한 성격이다. 과거로 가서 존 코너의 어머니를 죽이면 존 코너가 태어나지 못할 것이다. 그게 안 되니까 존 코너 본인이라도 죽이려고 찾아다니는 것이다.

경우에 따라서 미래의 사람들은 과거에 어떤 일이 일어났는지 기억 자체가 없다. 심지어 자기가 그 과거에 개입했는데도(〈소스 코드〉).

〈루퍼Looper, 2012〉에서는 미래에서 온 자기 자신을 죽인다. 그런데 이 영화의 메시지는 좀 다르다.

'남자는 여자를 위해 살인도 불사하는 존재고, 여자는 자식을 위해 목숨도 내놓는 존재다.'

과거로 돌아가서 그 세계에 관여하면 신적인 존재가 될 수 있다. 100년 전으로 돌아간다면 100년 후의 미래까지 일어날 일을 벌써 다 알고 있기 때문이다. 현재를 사는 초등학생의 일기장이 100년 전으로 전달된다면 예언서나 계시록이 될 수도 있다(《클라우드 아틀라스》).

미국인들 중에는 야구를 종교처럼 여기는 사람이 많다. 1989년에 그 사람들에게 큰 선물이 도착했다. 〈꿈의 구장Field of Dreams〉이다. 이 영화는 특이한 시간 여행을 소재로 한다. 케빈 코스트너가 자기 옥수수밭을 갈아 조성한 야구장에 메이저 리그의 역사적인 선수들이 모여들어 연습을 하고 게임을 벌인다. 1905년에 딱 한 번 시합에 참가하고 의사가 되었던 야구 선수가 있었는데 그 선수가 이 영화 스토리의 모델이다. 버트 랭커스터가 연기한다. 시간 여행을 떠나서 정말 영상이 아름다운 영화다. 아카데미 작품상 후보에 올랐다. 할리우드에서 가장 목소리가 근사한 배우 제임스 얼 존스도 나온다. 다스 베이더의 목소리가 바로 존스의 목소리다. 2012년에 아카데미 공로상을 수상했다.

다음 문제는 공간 이동teleportation이다.

마음먹으면 눈 깜빡할 새에 이집트 스핑크스의 머리 위에 서거나 로마의 콜로세움에 들어갈 수 있으며, 무엇보다 남의 은행 금고 안으로 이동할 수 있다. 〈점퍼Jumper, 2008〉의 설정이다.

우리는 지금 기술로도 멀리 있는 곳으로 순식간에 문자나 영상을 보낼 수 있고 음성도 전달한다. 그렇다면 물질 자체, 나아가 우리 몸도 그렇게 할 수 없을까? 이론상 시간이 지나면 가능해질 것이다. 다만 A4 종이에 적힌 문자나 송화기에 대고 말하는 음성은 그 상태로 전달되는 것이 아니고 전기적, 전자적 신호로 변환되어서 전달된 후 재생된다. 물질 자체를 이동하려면 모든 분자를 분해한 후에 모종의 방법으로 전송하고 재조립해야 한다. 즉 다루어야 하는 정보의 양이 상상하기 어려울 정도로 많다. 불가능할까?

200년 전의 사람에게 전화기나 팩스, 인터넷 이야기를 하면 불가능하다고 했을 것이다. 마술이라고 했을 것이다. 그런데 지금 우리는 아무것도 아닌 양 다루고 있다. 불과 200년. 〈스타 트렉 다크니스〉는 진보된 기술 단계에서는 우리 몸의 순간 이동이 가능하다고 말한다. 2억 년 앞서 있는 외계인들은 물론 가능할 터이고, 그 능력을 이용해 멀고먼 우리 지구에 와 있다는 것이다.

〈다크니스〉는 웜홀을 통해서 우주의 한쪽에서 다른 쪽으로 USS 엔터프라이즈를 비롯한 비행선들이 이동하는 모습을 보여주기도 한다. 천둥의 신 '토르'(〈토르 Thor, 2011〉와 〈토르—다크 월드 Thor: The Dark World, 2013〉)는 휴대용 웜홀을 가지고 다닌다. 이 기술은 물체 이동보다 쉬울 것 같다. 웜홀만 찾아내면 되기 때문이다. 유일한 문제는 웜홀을 통과하는 과정에서 생명체가 어떻게 온전히 보존되는가다. 그 문제도 한 1만 년 정도 연구하면 해결될 것이다. 문명이 덜 발달한 외계인들은 공간 이동에서 고작해야 이 방법을 쓰고 있을 것이다. 지구상에 그런 지점이 존재할 수 있을까?

항상 혐의를 받는 곳이 있다. 이집트 기자의 피라미드다. 내가 요즘도 가끔 꺼내 보는 〈스타게이트Stargate, 1994〉. 역시 롤런드 에머리히 감독 작품이다. 커트 러셀이 오닐 대령으로 나온다. 이 영화는 피라미드가 이집트 제4왕조의 건축물이 아니라 그보다 훨씬 전에 지어졌다는 이른바 대안 고고학의 이론을 지지하는 셈이다. 피라미드 얘기는 앞에서 했다.

〈필라델피아 특명The Philadelphia Experiment, 1984〉은 미 해군이 그 존재를 공식 부인하는 1943년의 한 실험을 소재로 한다. 1942년 한 해 동안 독일의 유보트에 격침당한 연합군의 배가 1000척이 넘자 미 해군은 강력한 자기장을 이용해서 독일 잠수함의 레이더에 포착되지 않는 스텔스 기술 연구에 착수했다. 당시 해군을 도와주고 있던 아인슈타인의 통일장이론을 응용했다. 물론 요즘 말하는 스텔스 기술은 아니다.

실험중에 USS 엘드리지라는 군함이 자기장에 휘말려 초록색 안개에 휩싸여 사라져버린다. 이 배는 같은 시각에 버지니아의 노퍽에 나타났다가 곧 다시 필라델피아에 나타난다. 그러나 다시 나타난 함정에서는 충격적인 일들이 발견된다. 수병 몇 사람은 몸의 일부가 군함의 갑판이나 벽에 파묻혀 있었고 많은 수병이 실종되었다. 생존자들도 심각한 신체적, 정신적 장애를 겪게 되었다. 해군은 이들을 단순 전사나 전시 작전중 부상 등으로 처리해버린다.

이 이야기에 대해서는 히스토리채널에서 영상을 볼 수 있다.

어떻게 사람의 신체가 강철인 군함의 갑판이나 벽에 묻힐 수 있을까? 미국 중서부에는 토네이도가 많이 발생하는데 토네이도가 지나간 후에 가끔 과학으로 설명할 수 없는 일이 일어난다. 나무판자가 강철 기둥에 꽂혀 있는 것이다. 이 이상한 현상은 조사 대상이 되었기 때문에 사진도 남아 있다. 내가 읽은 한 가설에 따르면 토네이도 내부와 같이 물체가 고속으로 회전하는 경우 물체의 분자에 변화가 일어난다는 것이다. 자기장도 비슷한 유추를 할 수 있겠다.

그다음 문제.

시공간을 극복하더라도 인간으로서 생물학적 한계인 나이와 노화는 어떻게 할까? 만일 인간이 죽지 않는다면? 행복할까?

영국 스코틀랜드의 하일랜드에서 찍은 〈하일랜더Highlander, 1986〉는 그렇지 않을 수도 있다는 것을 보여준다. 내가 나이를 먹지 않는 것은 좋은데 다른 모든 사람은 태어나고, 성장하고, 죽는다. 나는 가만히 있고 주위의 친구들과 가족들은 그렇게 되는 것이다. 하일랜더는 수많은 아내가 늙어가고 죽는 것을 보아야 했다. 사실 그렇게 되는 것은 저주이지 행복은 아니겠다.

진시황제도 여기까지 생각이 미쳤을까? 하긴 왕이 된 다음에 죽지 않는 것은 또다른 문제일지도 모르겠다.

〈맨 프럼 어스The Man from Earth, 2007〉는 한술 더 뜬다. 나이를 먹지 않으면 정상적인 사회생활을 할 수가 없다. 그래서 주인공은 주기적으로 사는 곳과 사회적 역할을 바꾸어야 한다. '장기적인' 계획이나 목표가 무의미하기에 단기적으로나마 목표를 세우고 살아야 한다. 그래서 수만 년간 살다보니 박사 학위도 여러 개다. 재미있는 것은 죽지 않는 사람이라 해도 기억력은 보통 사람과 같기 때문에 오래전 일일수록 생각이 잘 나지 않는다.

주인공은 반 고흐를 알고 지냈는데 그래서 그림도 하나 가지고 있다. 팔레스타인 지역에 살 때는 사람들 앞에서 인도에서 부처님한테 배워온 이런저런 이야기를 했는데, 나중에 시간이 지나고 보니 그 사람들이 자신을 예수라는 이름으로 부르고 자기가 했던 말을 금과옥조로 여기는 것을 알게 되었단다. 이 대목은 예수님의 청년기에 대한 기록이 존재하지 않는 데서 나오는 여러 가지 추측 중 하나인 인도 체류설을 차용한 것으로 보인다.

TV에서 본 어떤 영화는 줄거리만 생각난다.

주인공은 사랑하는 여인이 죽자 상심한 나머지 애인이 죽기 얼마 전의 시간을 기준으로 앞으로 아무도 죽지 않게 해버린다(초능력이든 뭐든 있었다). 그러자 애인은 잃지 않게 되었지만 문제가 생긴다. 하루가 지나고 이틀이 지나도 세상에 아무도 죽는 사람이 없는 것이다. 세상이 발칵 뒤집혔다. 보험회사와 병원 들은 비상사태. 정부는 원인을 알아내서 대책을 세우려고 부산하다. 결국 주인공은 자기가 큰 잘못을 저지른 것을 깨닫고 상황을 원래대로 되돌려놓는다. 그러자 드디어 죽는 사람이 생겼다. 정부와 사람들은 그제야 안도한다.

〈트로이〉에서 아킬레우스(브래드 피트 분)는 이렇게 말한다.

"신들은 우리 인간을 시기해. 우리는 언젠가는 죽는 존재들이기 때문이지. 우리는 언젠가는 죽고, 그 언젠가를 알지 못하기 때문에 매 순간이 더없이 아름다운 거야."

# 추운 곳에서 온 스파이

IMDb 사이트에서 스파이 영화 랭킹 1, 2, 3위에 차례로 올라 있는 영화가 있다. 바로 맷 데이먼의 '본' 시리즈 1, 2, 3편인 〈본 아이덴티티〉 〈본 슈프리머시The Bourne Supremacy, 2004〉 〈본 얼티메이텀The Bourne Ultimatum, 2007〉이다. 내가 DVD를 가지고 있는 유일한 스파이 시리즈다.

그뒤를 〈007 카지노 로열Casino Royale, 2006〉 〈007 퀀텀 오브 솔러스Quantum of Solace, 2008〉 〈007 스카이폴Skyfall, 2012〉이 따르고, 톰 크루즈의 '미션 임파서블' 1, 2, 3, 4편이 그다음이다. '제이슨 본' 시리즈가 1962년 〈007 살인 번호Dr. No〉에서 시작해 반세기를 이어온 '제임스 본드' 시리즈를 앞선 것이 놀랍다.

스파이 영화들은 묘한 매력이 있어서 흥행에 실패하는 경우가 별로 없다.

스릴러와 액션, SF를 혼합한 장르에, 주인공들은 대개 평범한 우리가 꿈만 꿀 수 있는 초능력 수준의 두뇌 활동과 행동을 보인다. 전 세계의 유명한 장소를 돌면서 촬영하기 때문에 영상이 화려하고, 비용 따윈 개의치 않는 등장인물들의 태도도 스트레스를 해소해준다. 그리고 무엇보다도 이런 영화들에는 권선징악과 애국심이라는 메시지가 들어 있다. 옛 007 영화는 지구 정복이나 인류 멸종을 계획하는 악당을 등장시켰고, 냉전 시대에는 구소련, 그 이후에는 테러리스트가 싸움의 대상이었다. 한편 스파이 영화의 단골 설정은 탈출이 거의 불가능한 위기 상황에서 성공적으로 탈출하는 것이다. 영화를 보면서 주인공이 위기에서 탈출하는 데 실패하기를 바라는 경우는 없다. 스파이 영화는 그 기대에 부응하면서 좌절을 겁내는 우리의 심리를 다독여준다.

스파이 영화는 관객들에게 세계 각국의 정보기관들에 대해서도 알려준다. 제임스 본드 영화에서 영국의 MI6는 실제와 많이 다른 다분히 낭만적인 모습으로 그려지지만, 〈제로 다크 서티〉와 〈아르고〉는 미국 CIA의 활동을 대단히 사실적으로 보여준다.

MI6Military Intelligence, Section 6는 SISSecret Intelligence Service의 속칭이다. 영국 정부의 대외 정보 담당 부서다. 국내 정보는 MI5가 담당한다. MI6는 제1차대전 때부터 활동했으나 1994년에야 공식적으로 그 존재를 시인했다. 외무부 장관의 지휘를 받는다. 본부는 〈007 스카이폴〉에 나오는 템스 강가의 바로 그 건물이다. MI6는 리처드 버턴이 주연한 스파이 영화의 고전 〈추운 곳에서 온 스파이The Spy

Who Came in from the Cold, 1965〉를 포함해 무수히 많은 영화와 TV 드라마에 소재를 제공해주었다.

미국의 CIA Central Intelligence Agency는 1947년 국가보안법에 따라 설립된 정보기관이다. 제2차대전 때 활동했던 OSS Office of Strategic Services의 후신이다. 버지니아 주의 랭리에 본부를 두고 있기 때문에 영화에서는 대개 '랭리'라고 불린다. CIA의 초기 역사는 로버트 드니로가 감독하고 맷 데이먼과 앤젤리나 졸리가 출연한 〈굿 셰퍼드 The Good Shepherd, 2006〉에 잘 그려져 있다. CIA의 예산은 기밀 사항인데 대략 우리 돈 15조 원 규모로 추정된다.

정보기관 이야기에 이스라엘의 모사드가 빠질 수 없다. 앞에서 잠시 언급한 스필버그의 〈뮌헨〉이 대표적인 영화다. 모사드 본부의 정확한 위치는 비밀로 되어 있으나 내가 잠시 강의하러 다녀온 IDC라는 대학이 있는 동네 헤르츨리야로 알려져 있다. 텔아비브 북쪽에 있다. 1949년에 벤구리온 총리가 군정보부대와 외무부 정보국을 통합해서 창설한 것인데 모사드 국장은 총리에게 직접 보고한다. 모사드는 CBS의 드라마 〈NCIS〉(열한 시즌 237편)가 가장 상세히 다룬다.

각국의 정보기관들 간에는 정보를 주고받거나 협조하는 일이 많을 것이다. 특히 CIA와 모사드의 관계가 그렇다. 〈어사인먼트 The Assignment, 1997〉는 자칼이라는 테러리스트를 잡기 위해서 CIA와 모사드가 협동 작전을 펼치는 얘기다.

반대로 〈뮌헨〉에서는 모사드 요원들이 런던에서 뮌헨 올림픽 테러 사건의 주범 살라메를 살해하려는 것을 CIA 요원들이 술 취한 행인을 가장해서 방해하는 장면이 나온다. 당시 CIA는 살라메와 거래를 하고 있었다. 살라메는 레바논에 있는 미국 외교관들의 안전을 보장해주겠다고 CIA에 약속했고 그 약속을 지켰다. 그 덕분에 살라메는 미스 유니버스와 결혼도 하고 디즈니랜드에 신혼여행도 다녀오는 등 쫓기는 테러리스트답지 않은 생활을 구가했다. 물론 CIA는 살라메가 뮌헨 올림픽 사건의 배후라는 사실을 알고 있었다. 살라메는 1979년에야 모사드에 의해 베이루트에서 암살된다.

구소련의 정보국 KGB1954~1991는 냉전 시대의 007 영화에서 항상 MI6의 적으로 나온다. 007 영화에서는 다소 희화되기도 하는데 1983년에 시사 주간지 『타임』이 세계에서 가장 유능한 정보기관으로 선정한 바도 있다. 1991년에 고르바초프 대통령을 제거하려는 쿠데타에 가담한 죄로 폐쇄되었다. 지금은 SVR이라는 대외 정보기관과 비밀경찰로 나뉘어 존속한다.

푸틴 대통령은 1975년에 대학을 졸업하고 바로 KGB에 들어가서 1991년 쿠데타 사건 이전까지 일했다. 냉전 시대에는 구동독의 드레스덴에서 활약했는데 쿠데타 이틀째 되던 날 '어느 편에 서야 될지'를 결정하고 중령으로 예편했다. 푸틴은 KGB 시절을 생애 최고의 시절로 여긴다고 한다.

러시아 이중 스파이를 소재로 한 영화로 본명이 나타샤 첸코프인 CIA 요원 에벌린 솔트가 활약하는 〈솔트Salt, 2010〉도 있다. 예외 없이, 전지전능한 스파이가 주인공이다. 원래 톰 크루즈가 주연을 맡을 예정이었으나 주인공이 '미션 임파서블'의 이선 헌트와 지나치게 유사한 캐릭터라는 이유로 불발되고 시나리오를 고쳐서 앤젤리나 졸리의 영화가 되었다. 이 영화는 의외로 제작비가 많이 들어갔다. 1억 1000만 달러. 흥행은 3억 달러다.

졸리는 앞서 언급한 〈굿 셰퍼드〉 외에 〈투어리스트The Tourist, 2010〉에서 영국 스코틀랜드야드의 비밀 요원으로 등장한 일도 있고 〈미스터 & 미세스 스미스Mr. & Mrs. Smith, 2005〉에서 사설 기관의 킬러로도 나온 적이 있어 이 장르에 잘 맞는 배우로 통한다. 졸리를 국제적인 스타로 만든 〈툼 레이더〉에서도 비슷한 캐릭터 라라 크로프트로 나온다.

스파이 영화의 또다른 특징은 첨단 장비의 사용이다.

'제임스 본드' 영화에는 언제나 첨단 무기를 장착한 자동차가 등장한다. 그러나 갈수록 첨단 감시 장치, 도청 장치, 추적 장치 같은 디지털 장비가 주종을 이룬다. 〈이글 아이Eagle Eye, 2008〉 〈다이하드 4.0Live Free or Die Hard, 2007〉과 한국 영화 〈감시자들2013〉도 스파이 영화는 아니지만 비슷한 계열이다.

옛날에는 정보를 돌이나 점토판에 기록했지만 종이를 거쳐서 지금은 거의 모든 정보를 전자장치에 기록한다. 대부분의 전자장치는 인터넷으로 연결되어 있어서 요즘 세상의 정보에는 특정한 위치가 없는 셈이다. 〈007 스카이폴〉(디지털 시대의 새로운 Q 등장!)이나 〈본 레거시The Bourne Legacy, 2012〉가 보여주는 디지털 정보전의 세계는 아마도 실제에 가까울 것이다.

수집된 정보에 따라 작전을 수행하는 역할도 점점 더 무인비행기 드론Drone에 맡겨진다. 헬파이어 미사일을 발사할 수 있는 MQ-1 프레데터Predator가 가장 많이 영화에 등장한다. 대당 50억원 정도 하는 중량 500킬로그램의 소형 항공기다. 작전 반경은 1100킬로미터, 24시간까지 공중에 떠 있을 수 있다. 이 무시무시한 무기는 오폭으로 인한 윤리적 논란도 일으킨다.

그러나 아무리 첨단 장비가 유용하다 해도 결국에는 '휴먼 인텔리전스Human Intelligence'라고 불리는, 사람이 직접 오감에 따라 수집하고 확인하는 정보가 의사 결정에서 빠질 수 없다. 〈제로 다크 서티〉에서도 빈라덴의 시신을 CIA 요원이 육안으로 확인한 뒤에야 사건을 종결한다.

정보기관들 내부에서는 이 두 측면, 즉 각각의 측면에 전문성을 지닌 간부와 요원들 사이에 헤게모니 다툼이 있는 모양이다. 〈바디 오브 라이즈Body of Lies, 2008〉에서는 리어나도 디캐프리오와 러셀 크로가 CIA 내 아날로그와 디지털 세력을 각각 대변하면서 그 대립을 보여준다. 디지털 방식은 효과적이기는 하지만 불법적인 정보 수집 활동의 유혹에도 취약하다.

# 위험한 바다

나는 해양법 분야 연구로 박사 학위를 받았다. 1988년 일이다. 해양법은 국가들 간에 바다의 사용과 해양자원의 개발을 둘러싸고 벌어지는 분쟁을 방지하고 해결하기 위한 법이다.

전공과 관계없이 바다를 좋아하는 사람들이 많지만, 내 경우에는 전공이 바다와 관계된 것이다보니 바다와 배를 '습관적으로' 좋아하게 되었다. 그래서 바다가 소재이거나 무대인 영화는 습관적으로 본다.

바다 영화는 주로 바다가 위험한 곳이라는 사실을 보여준다. 그 위험이 스토리에 재미를 더하기 때문이다. 위험에 처하는 대상은 주로 배다. 배는 어선, 상선, 특수작업선(탐사선, 시추선), 군함으로 나뉘는데 영화의 소재도 대체로 그 분류에 따른다.

여객선은 상선으로 분류된다. 20세기 초까지는 화물선이 따로 없고 여객선이 사람과 화물을 같이 날랐다. 그렇게 보면 〈타이타닉〉은 상선에 관한 영화다. 바다와 배에 관한 대표적인 영화이기도 하다. 한편 크루즈선 조난 이야기의 대명사는 〈포세이돈 어드벤처〉로 470만 달러를 들여서 9300만 달러를 벌어들인 흥행 대작이다. 1973년 흥행 순위 1위. 1억 6000만 달러를 들인 볼프강 페터젠의 2006년 리메이크작은 흥행에 실패했다.

해양 영화의 고전은 허먼 멜빌의 원작1851을 영화화한 1956년작 〈백경Moby Dick〉일 것이다. 그레고리 펙이 에이해브 선장이다. 굳이 분류하자면 어선에 관한 영화다. 존 휴스턴 감독이 연출했다. 200만 달러 제작 예산이 중도에 440만으로 불어나 원 제작사가 할 수 없이 작품을 UA에 파는 일이 일어났다. 배급은 워너가 했는데 그래도 처음에는 적자를 보았다.

어선 조난 영화 중에 또 유명한 것으로 조지 클루니의 〈퍼펙트 스톰〉이 있다. 어선은 아니지만 해양 조난을 소재로 한 〈라이프 오브 파이〉와 노장 로버트 레드퍼드 주연의 〈올 이즈 로스트All Is Lost, 2013〉도 있다. 혼자 바다와 사투를 벌이는 모습은 헤밍웨이 원작 『노인과 바다The Old Man and the Sea, 1952』를 영화화한 두 작품이 보여준다. 1958년에 스펜서 트레이시, 1990년에 앤서니 퀸이 각각 연기했다. 헤밍웨이는 1954년에 노벨문학상을 수상했다.

군함이 등장하는 영화는 당연히 해전을 그린 영화들이다.

나폴레옹 전쟁 때 이야기인 러셀 크로의 〈마스터 앤드 커맨더Master and Commander: The Far Side of the World, 2003〉는 아카데미상 열 개 부

문 후보에 올랐는데 워낙 센 경쟁자를 만나 두 부문에서만 수상했다. 경쟁자는 〈반지의 제왕—왕의 귀환〉. 경쟁자라는 존재만 없으면 이 세상이 얼마나 살기 편한 곳일까?

현대 해전 영화로는 앞에서 이미 간간이 소개한 제2차대전 영화들과 잠수함 영화들이 있다. 〈미드웨이Midway, 1976〉가 가장 스케일이 크다. 마이클 베이의 183분짜리 〈진주만Pearl Harbor, 2001〉은 군함이 많이 나오긴 해도 해전 영화는 아니다. 이 영화는 1억 4000만 달러를 들여서 4억 5000만 달러를 벌었다. 돈은 많이 벌었지만 '상한 토마토' 신선도가 25퍼센트다. 잠수함 영화의 정수는 숀 코너리와 앨릭 볼드윈의 〈붉은 10월The Hunt for Red October, 1990〉. 구소련의 핵잠수함 두 척이 서로 대결한다.

바다가 위험한 곳인 이유 중 하나는 바로 해적이다. 해적 영화는 역사가 오래되었고 수도 많다. 픽션으로는 『피터 팬Peter Pan, 1911』의 후크 선장이 가장 유명한 해적이다. 스필버그의 1991년작 〈후크〉에도 등장한다. 7000만 달러를 들여서 3억 달러를 벌어들인 흥행 성공작이다. 스필버그, 로빈 윌리엄스(피터 팬), 더스틴 호프먼(후크) 세 사람은 보수를 받지 않는 대신 수익의 40퍼센트를 삼등분하기로 약정했었다.

현대판 해적은 과거의 해적이 다소 낭만적으로 그려지는 것과 달리('캐리비언의 해적' 시리즈) 생생한 위험이다.

해적이 노리는 배는 비무장 상선이다. 톰 행크스의 〈캡틴 필립스Captain Phillips, 2013〉는 '본' 시리즈의 폴 그린그래스 감독 작품이다.

우리에게도 익숙한 소말리아 해적 이야기다. 군벌의 수하인 해적이 외국 상선을 납치해서 돈을 요구한다. 소말리아 해적이 아무리 조잡한 무기를 쓴다 해도 문제는 거기에 맞으면 죽는다는 것이다. 우리 해군도 소말리아에 군함을 파견했다.

〈캡틴 필립스〉에서는 컨테이너 구경을 실컷 할 수 있다. 컨테이너는 1956년 미국에서 매클린Malcom McLean이라는 운송업자가 발명해서 특허출원한 것이다. 컨테이너 이전에는 화물을 작은 나무상자에 포장해서 선적하고 하역했는데, 컨테이너의 '발명'으로 선적 비용이 톤당 5.86달러에서 0.0016달러로 낮아졌다. 컨테이너 한 개에 20톤 화물을 실어 아시아에서 유럽까지 보내는 비용은 같은 노선 이코노미 클래스 비행기표 값과 비슷하다. 초대형 컨테이너선은 컨테이너를 1만 5000개까지 싣는다. 발명자는 2000년에 국제해상 명예의 전당에 '금세기의 인물'로 올랐다.

바다에서 위험에 처한 어선이나 상선을 구하기 위해 해군 군함이 다시 등장한다. 〈벤허〉에서 보여지는 해전도 마케도니아 해적들로부터 로마의 상선단을 보호하기 위한 로마제국 해군의 싸움이다.

해적 때문에 인질극이 벌어지면 특수부대가 동원된다. 필립스 선장도 미국 해군의 특수부대가 구출해낸다. 미 해군의 특수부대는 이름이 '실United States Navy SEALs'이다. 실은 기원이 제2차대전으로 거슬러올라가지만 케네디 대통령이 사람을 달에 보내겠다는 유명한 연설을 할 때 해군 특수부대의 필요성을 함께 언급한 데서 유래한다. 1962년에 창설되었다. 필립스 선장을 구출한 팀도 실이고 〈제로 다크 서티〉에서 오사마 빈라덴을 제거하는 팀도 실이다. 실을 다룬 영화로는 찰리 신이 나온 〈네이비실Navy SEALs, 1990〉이 가장 유명하다. 데미 무어의 〈지. 아이. 제인G.I. Jane, 1997〉도 있다.

실 외에도 세계 각국에는 이런저런 특수부대들이 있는데 이 또한 독립된 영화의 소재다. 실 다음으로는 아마도 미 육군 특수부대 '델타포스Delta Force'가 영화에 가장 많이 나온 것 같다. 1986년에 척 노리스와 리 마빈 주연의 〈델타포스〉가 등장한 이래 1990년과 1991년에 두 편의 속편이 제작되었다. 〈블랙 호크 다운Black Hawk Down, 2001〉도 델타포스 영화다.

다이앤 크루거가 나온 2011년 프랑스 영화 〈스페셜 포스Forces Spéciales〉도 인상적인 작품이다. 크루거가 연기한 엘사 카사노바라는 기자가 파키스탄에서 인질로 잡힌다. 특수부대가 그녀를 구출하는 과정에서 대원 두 사람을 제외하고 다 죽게 된다. 프랑스 해군 특수부대가 자문했고 전직 팀장 한 사람은 실제로 영화에 대원으로 출연했다.

해양자원의 마지막 보고는 심해저다. 각국의 경쟁이 치열하다. 중국은 이미 해저 7000미터를 탐사할 수 있는 유인 심해잠수정을 개발했다.

해저 탐사 영화의 시조는 커크 더글러스 주연의 〈해저 2만 리20,000 Leagues under the Sea, 1954〉라고 해야 할 것 같다. 프랑스 작가 쥘 베른의 원작1870을 영화화한 것이다. 1916년에 무성영화로 나온 적이 있고 1997년에 리메이크되기도 했다. 네모 선장 캐릭터는 수많은 영화와 TV 드라마에서 각색되어 쓰였다.

〈타이타닉〉의 제임스 캐머런 감독은 해저 탐사에 각별하게 관심이 많다. 영화에서도 해저 탐사선이 타이타닉호의 잔해를 찾는 장면이 맨 앞에 나온다. 캐머런이 〈타이타닉〉 훨씬 전에 찍은 영화가 〈심연The Abyss, 1989〉이다. 대륙간 탄도미사일을 탑재한 채 심해에 가라앉은 잠수함을 미국과 러시아가 경쟁적으로 찾아 나선다. 나중에 흥행의 지존이 된 캐머런도 이 영화로는 겨우 적자를 면했다. 이 영화와 〈아마겟돈〉 〈7광구2011〉에서는 반잠수식 해저유전 시추선이 나오는데 시추선은 고정되어 있고 항행하지 않아서 배로 취급하지 않는다. 움직이면서 해저를 시추하는 배는 드릴십drill ship이라고 한다.

# 톰 크루즈

하버드대 로스쿨 학생 휴게실.

편지함에 조그만 신문이 하나 꽂혀 있다. 신문 이름은 '부타푸오코The Buttafuoco'. 무슨 뜻인지 알 수 없는데, 1면 톱기사 제목은 또 이렇다.

'수수께끼의 학생, 신원이 밝혀지다.'

찰스 네슨 교수가 지난 학기 증거법 과목에서 한 학생만 B+를 주고 나머지 모든 학생에게 A를 주는 바람에 학교가 발칵 뒤집어진 일이 있다. 그런데 문제는 왜 한 학생만 B+를 받았으며, 그 학생은 도대체 누구인가였다. 신문은 취재 결과 그 학생의 정체를 마침내 밝혀냈다고 보도하면서 그 학생이 학교 건물 밖에 앉아 1인 농성을 하고 있는 사진을 실었다. 물론 고개를 숙인 상태여서 얼굴은 보이지 않는다.

부타푸오코는 학생들이 심심하면 장난으로 발간하는 유머 신문이다. 이 단어는 이탈리아의 어느 지역에서 생산되는 와인의 이름이다. 주동자들이 아무렇게나 갖다붙인 제목인데 사전을 찾느라 쓸데없이 시간을 허비하게 된다.

그다음 페이지의 기사.

'톰 크루즈, 종신교수직을 제안받다!'

영화배우 톰 크루즈가 하버드대 로스쿨에 정교수로 스카우트되었다는 것이다.

'역시…… 이렇게 될 줄 알았다.'

톰 크루즈는 하버드대 로스쿨과 인연이 깊은 배우다. 〈어 퓨 굿 맨〉과 〈야망의 함정〉에서 하버드대 로스쿨 졸업생으로 나왔다. 둘 다 명석하고 정의에 불타는 역할이었다. 그런데 엉뚱하게도 클라크Robert Clark 학장이 크루즈를 학교로 초청해서 감사패를 전달하는 일이 일어났다. 학교의 이미지를 고양하는 데 큰 도움을 주었다는 이유다. 사실 시나리오 작가한테 공을 돌려야 맞을 텐데.

학장 비서가 꾸민 일이다. 크루즈의 열혈 팬인 비서는 크루즈가 하버드 대학교 학생 클럽들 중 하나인 헤이스티푸딩 클럽Hasty Pudding Club에서 수여하는 '올해의 남성상'을 받기 위해 온다는 정보를 입수하고 학장을 설득해서 따로 초청장을 보낸 것이다. 크루즈는 로스쿨을 방문해서 몇몇 교수들과 만났고 감사패와 함께 클라크 학장이 크루즈의 당시 한 살이던 딸에게 주는 하버드대 로스쿨 티셔츠 선물을 받았다. 그날 저녁에 한 TV 인터뷰에서 크루즈는 그 티셔츠가 딸에게 상당한 부담을 줄 것 같다고 말했다.

톰 크루즈가 교수로 임용되었다는 소식은 이 일이 있은 후에 흘러나온 것이다. 이 유머 신문은 톰 크루즈의 교수 임명에 대해 다른 교수들이 "젊고 미숙한 교수가 교수진에 합류하는 데 대해 환영의 뜻을 표했다"고 전했다. 그러나 학교의 민권운동 단체가 "톰 크루즈가 백인 남성White Male이라는 사실에 비추어 보면 하버드대가 다시 한번 뿌리 깊은 인종적 편견을 드러냈다"며 학교 측을 비난했다는 사실도 같이 보도했다. 이 단체는 톰 크루즈보다는 티나 터너나 우피 골드버그가 더 적합한 후보라고 생각했다. 우피 골드버그가 최근에 발표한 학술 논문이 없는 것은 사실이지만 이는 하버드대 로스쿨의 몇몇 교수들도 마찬가지라고 주장했다. 이 신문이 인용한 학장의 추천사는 다음과 같다.

"톰은 하버드대 로스쿨의 현 교수진이 가지고 있는 여러 장점을 한 몸에 모은 것 같은 인물이다. 잭슨 교수와 같은 동안이며 덩컨 케네디 교수처럼 한 번도 변호사 시험을 본 일이 없다. 더쇼비츠 교수처럼 유명한 영화에 출연해서 실력보다 더 나은 법률가로 묘사되었고, 스타이커 교수처럼 영화에서 『하버드 로 리뷰』의 편집장을 지냈으며, 차니 교수처럼 이름이 C로 시작해서 모음으로 끝난다. 더이상 뭘 바랄 수 있겠는가?"

자, 이 이야기에서 이제는 꽤 오래된 영화 제목들이 나오고 슬슬 잊혀가는 배우들 이름도 보인다. 한 20년 전에 내가 거기서 공부하던 때 일어난 일이다. 톰 크루즈는 1962년생이므로 조지 클루니보다 한 살 아래다. 그런데도, 일단 동안이고 시리즈 4편인 〈미션 임파서블—고스트 프로토콜Mission: Impossible—Ghost Protocol, 2011〉에서 두바이의 부르즈 할리파 타워를 맨손으로 기어오르기도 하기 때문에 아직 젊게 느껴진다. 크루즈는 스턴트 대역 없이 빌딩을 실제로 기어올라갔다. 후반 작업 때 안전 케이블만 화면에서 지웠을 뿐이다.

그리고 몇 년 전에 크루즈가 다시 학교에 나타났다는 소식이 들려왔다.

브루스 헤이 교수의 엔터테인먼트법 수업 시간에 앞서 언급한 필즈 변호사(1952년 졸업생)와 함께 초청되어 학생들과 나란히 앉아 한 시간 동안 수업을 듣고 토론에 참여했다. 톱스타들이 으레 그렇듯이 크루즈도 초상권 침해 등 몇 건의 소송 사건에 연루되었는데 자신의 경험을 수업 시간에 이야기하기도 했다고 전한다. 물론 수업이 끝난 후에는 학생들의 사진 촬영 요청이 쇄도해 오랫동안 강의실에 머물렀다. 학생신문은 여기서 다시 "크루즈가 학교의 어떤 교수보다 더 수업 후 학생들에게 많은 시간을 할애해주었다"는 점을 강조했다.

감사패 에피소드 때 초등학교에 갓 들어갔을 학생들이지만 20년이 지났어도 교수들에 불만이 많고 톰 크루즈의 편이다.

앞에서 설명한 것처럼 할리우드는 법률과 가깝고 그래서 톰 크루즈 스토리도 만들어지는 것이다.

그런데 왜 사람들은 영화 스타에 열광하는 것일까?

스포츠 스타와 마찬가지다. 이른바 '스타'는 캐릭터의 현신으로서 사회가 지향하는 여러 가치를 집약해서 우리에게 보여주고 전파하는 역할을 한다. 영화나 운동 경기가 대변하는 메시지는 대중화될 필요가 있다. 이를 스타의 우상화를 통해 실현할 수 있는 것이다. 스포츠는 '단결' '인내' '절제' '책임감과 리더십' 같은 가치를 선수들을 통해 우리에게 전달하는데, 영화는 그 외에도 '아름다움' '강함'같이 별로 아름답지 못하고 허약한 개인인 대중이 선망하는 가치를 배우들을 통해 극적인 방식으로 보여준다. 심지어는 '악에 대한 응징'이나 '복수'도 여기에 포함된다.

무기력하고 답답하고 지루한 일상이 스크린 앞에 앉아 있는 두 시간 남짓한 동안은 증발한다. 어렸을 때 007 영화를 보면서 주인공의 전지전능함에 매료되었던 기억이 다들 있을 것이다. 이소룡 영화를 보고 나오면 갑자기 나도 몸을 그렇게 움직일 수 있을 것 같았다. 사람들은 다시 밝은 세상의 현실로 복귀한 후에도 계속 그 환상의 맛을 잊지 못한다. 이때 다시 스타들의 사진이나 주변 스토리, 심지어는 실제 만남 같은 것들이 그 환상을 부추긴다.

브라질의 소년들이 펠레나 마라도나를 우상으로 삼고 축구로 성공하기 위해 열심히 연습하느라 마약과 범죄를 멀리한다고 하듯이 어떤 스타의 팬이라는 사실은 특히 어린 소년, 소녀 들의 행동 양식을 긍정적인 모습으로 바꾸기도 한다. 미국의 수많은 소녀가 테일러 스위프트의 음악뿐 아니라 말과 활동에 감화되어서 인생이 바뀌었다고들 하지 않는가. 나도 내가 하는 일과는 아무런 관련이 없는 앤서니 홉킨스의 연기나 인터뷰를 보고 있으면 뭔지는 모르겠지만 영감을 느낀다.

스타의 사회적 영향력도 여기서 나온다. 앤젤리나 졸리의 난민 구호 활동, 틸다 스윈턴의 러시아 동성연애 지지 1인 시위, 톰 크루즈의 사이언톨로지라는 특이한 종교가 세간의 화제가 되고, 선거철이 되면 영화 스타들이 어김없이 특정 후보를 지지하고 유세를 지원한다. 국내에서도 이름이 알려진 영화배우가 정치적 소신 발언을 하면 포털의 실시간 검색어 순위에 오르고 갑론을박이 벌어진다.

이 현상은 보편적이고 사회계층에 따른 차이도 별로 없다. 20년 전 크루즈가 학교에 나타났을 때 학생들이 너무 많이 몰려들어서 나는 휙 하고 지나치는 모습을 보았을 뿐이다. 사우디아라비아의 석유장관 야마니가 경기관총을 코트 속에 감춘 경호원들과 함께 학교에 나타났을 때는 그 정도는 아니었다.

우리나라의 대학생들도 캠퍼스에 〈무한도전〉 멤버들이 나타나면 사진 찍느라 환호하느라 정신이 없다. 몇 년 전에 원더걸스가 서울대학교에서 공연하다가 학생들이 너무 흥분하는 바람에 큰 사고가 날 뻔한 일도 있었다.

이렇게 세계인들이 열광하는 스타들은 영화를 통해 탄생하며, 그 영화를 만들어내는 곳이 바로 할리우드다. 사회적 영향력도 같이 생겨난다.

수많은 보통 사람이 필요로 하는 '꿈'이 만들어지고, 이런 것들이 결국에는 '미디어 콘텐츠'라는 형식을 빌려 문화의 일부로 편입된다. 미래의 세상을 바꾸는 것이다. 전 세계의 어린아이들이 월트디즈니가 제작한 애니메이션을 보면서 자란다. 사람에 따라서는 1927년에 워너브러더스가 내놓은 〈재즈 싱어The Jazz Singer〉라는 최초의 유성영화가 할리우드의 융성을 가능케 하고 세계화에 기여했다고 평가한다. 같은 해, 린드버그가 최초로 대서양 횡단 무착륙비행에 성공해서 상업 비행의 시대가 열렸고 역시 세계화에 크게 기여했다.

이렇게 영화는 스타를 만들고 세상도 바꾸고 우리를 즐겁게 하고 실제로 사회에 부가가치를 창출한다. 그런데……

영화를 만드는 데는 돈이 든다.

# 3

# 할리우드 영화 산업의 이모저모

# 이상한 영화경제학

철도를 놓아서 기차를 운행하는 사업은 기차표 값으로 그 모든 비용을 충당하고 빌린 돈도 갚는다. 한 대에 4000억 원 하는 보잉 747기를 쓰는 항공사는 비행기표 값으로다.

제조업은 결국 만들어낸 물건 값에서 재료비, 인건비, 광고비를 충당하고, 돈을 빌렸으면 원금과 이자를 갚은 뒤 나머지가 이익이 된다. 영화는?

관람료다.

보통 박스오피스box office라고 불리는 관람료 수입과 DVD 판매 등으로 모든 것을 해결한다.

콜라 한 컵의 가격이 엄청나게 비싼 곳이 있다. 특급 호텔, 테마파크, 국제공항 같은 특별한 장소다. 그런데 우리가 쉽게 자주 드나드는 곳 중에도 그런 데가 있다. 바로 영화관이다. 극장의 팝콘, 음료수 값은 영화관 바로 앞 편의점에 비하면 비정상적인데도 신기하게 가격이 유지된다.

우리가 꼬박 앉아서 딴짓 않고 100퍼센트 집중하면서 광고를 볼 때가 있다. 바로 영화관에서다. 어릴 때 영화 시작 전 광고와 예고편은 영화 본편보다 더 재미있는 보너스였다. 영화 상영 시작 시각이 정확히 언제인지 우리는 잘 모르고, 사실 별로 개의치도 않는다. 그러나 대개 고지된 시작 시간에서 한 10분은 더 광고가 나온다. 아예 10분 후에 가면? 시작을 놓칠 위험이 있고 어두운 곳에서 민폐를 끼치며 죄인처럼 자리를 찾아 들어가야 한다.

또 극장에 앉아 영화를 기다리는 사람들은 보통 기분이 좋다. 광고주 입장에서는 환상적인 조건이다. 당연히 광고비가 비싸다 [Fisher]. 같은 이유에서 옛날 '대한늬우스'는 정부 홍보에 효과적이었고 영화 시작 전에 애국가가 나오던 시절도 있었다. 영화가 시작하기 전에 모든 관객이 자리에서 일어나 화면에 나오는 태극기를 바라보면서 애국가를 들었다.

관람료는 어떻게 나누어질까? 미국의 경우를 조사해보았다. 관람료 수입의 불과 20~25퍼센트 내외가 극장의 몫이라고 한다. 어떤 경우는 개봉 첫 주 관람료의 100퍼센트를 제작사, 배급사가 가져가는 것으로 약정한다(《스타 워즈 에피소드 3—시스의 복수 Revenge of the Sith, 2005》). 2주, 3주로 넘어가면서 극장의 몫이 커지는 슬라이딩 스케일을 채택해도 관객 수가 같이 줄어들기 때문에 극장 입장에서는 마찬가지다.

미국의 극장 업자들은 극장이 영화 상영업이 아니라 캔디 장사에 가깝다고 자조한다[Campia]. 그래서 비싼 스낵 장사와 광고 수입으로 손실을 메꾼다. 국내에서 대형 병원들이 수지가 악화되어 주차장이나 장례식장 수입에 의존한다거나 대학이 기부금으로 지은 건물의 운영비를 충당하기 위해 카페나 식당을 들인다는 이야기를 생각나게 한다.

영화경제학이 이렇게 기이한 이유는 영화의 제작비가 지나치게 비싸졌다는 데 있다. 가히 제작비 경쟁 시대라 할 만하다. 3D 제작도 필수처럼 되어간다. 1초당 제작비 기록은 4600만 원이다(디즈니의 CG 애니메이션 〈라푼젤Tangled, 2010〉)! 스타들의 거액 출연료도 큰 몫을 한다. 편당 평균 출연료가 800억 원이 넘는 배우도 있다(윌 스미스, 조니 뎁). 거의 〈설국열차〉 두 편 제작비다. 한 사람한테 이렇게 많이 가면 무슨 돈으로 영화를 찍나? 월 스트리트 금융회사 CEO들의 거액 연봉 문제를 연상시킨다. 제작사들은 극장을 쥐어짜면 되니 효율적으로 경영할 인센티브가 크지 않다. 관객들이야 기껏해야 만 원 정도를 지불하므로 큰 이해관계가 없다고 생각할지 모르지만 따지고 보면 팝콘과 음료수를 비정상적인 가격에 사고 불필요하게 열심히 광고를 보는 추가 시간을 생각하면 일종의 피해를 보는 셈이다. 실제로 미국의 일부 지역에서는 영화 시작 시각을 정확히 안내하도록 하는 법률 제정이 논의되기도 한다.

극장의 수입은 영화 관람 환경과도 직결된다. 낡은 의자와 미적지근한 바람이 나오는 에어컨, 어두운 곳에서 화재가 발생할 경우 안전에 대한 불안, 누가 지나갈 때 일어서지 않으면 안 되는 좌석 간격. 이런 것들이 누적되면 사람들이 극장을 덜 찾게 된다. 극장 수입이 줄어들면 DVD나 다운로드 등 집에 앉아서 보는 영화의 가격도 결국 상승한다. 유료 광고가 길어지면 무료 광고인 예고편을 줄여야 한다. 예고편을 줄이는 것은 제작사, 배급사, 극장, 관객 모두에게 손해다.

영화 산업처럼 보편성을 띠는 산업에서는 이 이야기가 남의 나라 일만은 아니다. 국내 영화 산업이 서서히 날아오르고 있다고 한다. 이제는 영화 팬들이 영화가 좋고 나쁘고를 논할 뿐 아니라 어떤 영화가 관객이 얼마나 들어서 손익분기점을 지났느니, 수익을 얼마나 냈느니 하는 데까지 관심을 기울인다.

영화 산업이 성장하기 위해서는 제작사들이 미리 효율적인 경영 시스템을 차근차근 갖추어야 할 것이다. 비싼 영화에 집착할 일이 아니다. 제작비가 높을수록 투자자들을 챙겨야 하기 때문이다. 국내에서는 관람료 수입에서 극장의 몫이 40~50퍼센트 정도로 상당히 높다. 극장과 관객에게는 일단 유리한 환경이다. 그럼에도 광고는 너무 길고 예고편은 요약 버전인 경우가 많다. 극장들이 매점 수입에 점점 더 의존한다는 얘기도 들린다. 팝콘이 시중 가격의 일곱 배가 넘어서 '황금 팝콘'이라는 말도 있다고 한다. 최근 3년간 국내 극장의 매점 매출은 642억 원이었는데 전체 매출의 15.7퍼센트다. 행여 미국식의 분배 구조로 바뀌어 정착되지 않도록 경계해야 한다.

# 버뱅크

관객들이 영화제작 발표회에 와서 관람료를 미리 내지는 않는다. 따라서 영화도 다른 제조업, 서비스업에서와 마찬가지로 금융을 필요로 한다. 간접금융인 은행이나 기타 금융기관을 통한 차입, 직접금융인 투자자 유치가 방법이다. 투자은행, 사모펀드, 헤지펀드도 참여하고 어떤 나라에서는 정부가 지원한다. 금융은 제작사인 스튜디오 차원에서 진행되기도 하고 개별 프로젝트인 영화 차원에서 진행되기도 하는데 보통 둘 다 필요하다.

이익을 많이 남겨주는 스튜디오와 영화에 투자자가 몰리고 그러면 싼 이자로 돈을 쓸 수 있다. 좋은 배우, 감독, 시나리오도 중요하지만 스튜디오와 개별 프로젝트의 경영에 효율성이 있어야 한다. 또 제작사에 직접 투자한 투자자들은 배당 수익을 기대하는 데 그치지 않고 주가 상승에서 나오는 수익까지 기대한다. 여기서 다른 산업에서와 마찬가지로 스튜디오들 간에 제휴와 인수합병M&A이 일어난다.

할리우드에서 일어나는 합종연횡과 콘텐츠 전쟁, 그 경제적 배경을 보기 전에 먼저 버뱅크로 가보자.

### 제작과 투자의 타운

미국 영화 산업의 본거지인 할리우드는 로스앤젤레스의 북쪽 지역에 있다. 우리가 흔히 할리우드의 상징으로 여기는 대형 간판이 설치되어 있는 산중턱 아래 넓은 지역이다. 그리고 그 산을 넘어가면 버뱅크Burbank라는 지역이 나온다. 이곳에 중형 규모의 비행장이 있는데 이름이 밥호프 공항이다. 버뱅크의 인구는 약 10만이 넘는다. 우리나라 인천시의 자매도시다.

버뱅크는 '세계의 미디어 수도'로 불린다. 월트디즈니, 워너브러더스, 워너뮤직, 니컬로디언 등 유수의 미디어 회사들이 버뱅크에 자리하고 있다. 이 도시는 원래 록히드, 노스럽 같은 방위산업체들의 발상지였으나 1920년대 이후 컬럼비아, 월트디즈니, 워너브러더스가 이 지역에 진출하면서 미디어 산업이 주축을 이루게 되었다. 지금 로스앤젤레스 남부에 있는 디즈니랜드도 원래는 버뱅크에 조성될 계획이었다.

버뱅크, 유니버설이 있는 인근의 유니버설시티, 그리고 할리우드를 포함하는 로스앤젤레스 전역은 미국뿐 아니라 전 세계에서 창의적인 인재들이 모여들어 영화와 음악을 생산해내는 곳이다.

세계적인 스타들이 사는 고급 주택들이 할리우드와 버뱅크 사이의 높은 지대와 UCLA가 있는 벨에어에 펼쳐져 있으며 전 세계에서 모여든 관광객들이 투어 버스를 타고 돌아다닌다. NBC, ABC를 포함한 미국 방송사들의 서부 지역 본거지이기도 하다. 미디어의 정치적 영향력 때문에 이 지역의 정치적인 의미도 적지 않다. 로스앤젤레스 타임스는 미국에서 4위의 발행 부수를 자랑한다.

그러나 내 시각에서 이 지역은 무수히 많은 창업과 창업 투자, M&A가 일어나는 곳이다. 역사상 가장 많은 제작비가 들어간 영화는 〈캐리비언의 해적—세상의 끝에서Pirates of the Caribbean: At World's End, 2007〉이다. 제리브룩하이머 스튜디오가 제작하고 월트디즈니가 배급한 영화로 약 3억 달러, 우리 돈으로 약 3300억 원이 투입되었다. 169분짜리 영화이므로 1초에 약 3200만 원의 제작비가 들어간 것이다. 이 영화의 수입은 약 9억 6300만 달러였으므로 성공작이지만 어쨌든 제작자 입장에서는 제작 기간 동안 3억 달러라는 거액에 따르는 자기자본 비용과 차입금 이자 부담을 감내해야 하는 문제가 있다.

이렇게 영화제작에는 대규모의 물적, 인적 자원이 투입된다. 좋은 시나리오와 천재적인 감독, 배우의 연기만으로는 제작과 흥행에 성공할 수 없다. 첨단 기술이 있어도 금융을 포함한 자금 지원과 마케팅이 이루어지지 못하는 사업이 성공할 수 없는 것과 비슷하다. 따라서 영화 산업이 성공적으로 발전하려면 대규모의 투자와 금융이 가능한 인프라가 갖추어져야 한다.

동시에, 영화의 흥행은 그 누구도 예측할 수 없다는 말이 있듯이 영화 산업에 대한 투자는 모험이다. 영화 산업은 높은 위험을 감수할 수 있는 자본을 유치해야 하고 정부와 지방자치단체의 지원이 긴요하다. 특히 지방자치단체는 입주한 스튜디오의 성공에 큰 이해관계가 걸려 있다. 버뱅크와 할리우드는 그 모든 요소의 복합체다. 정부가 지원해준다면 위험이 많이 낮아져서 금융이 쉬워진다. 시 경찰의 지원 없이 자동차 추격 장면을 찍을 수 없다—〈분노의 질주—언리미티드Fast Five, 2011〉나 〈본 얼티메이텀〉같이 외국의 도시에서 추격 신을 촬영한다면 얼마나 복잡한 협조 과정이 따라야 할지 상상하기 어렵다.

### 메이저 스튜디오

2012년 기준으로 버뱅크와 할리우드 지역 메이저급 제작·배급사, 즉 영화 스튜디오들은 다음과 같다. 북미 지역 시장점유율 순서다.

- 소니픽처스Sony Pictures Entertainment—컬럼비아Columbia, 트리스타TriStar 포함
- 워너브러더스Warner Brothers Entertainment—뉴라인시네마New Line Cinema, 캐슬록Castle Rock 포함
- 월트디즈니The Walt Disney Studios—마블Marvel, 루커스필름Lucasfilm, 터치스톤Touch-stone, 픽사Pixar 포함

- NBC유니버설NBCUniversal—포커스피처스Focus Features, 워킹타이틀Working Title 포함
- 폭스Fox Entertainment Group—20세기폭스20th Century Fox, 폭스서치라이트Fox Searchlight 포함
- 패러마운트Paramount Motion Pictures Group—니컬로디언Nickelodeon, MTV 포함
- 라이언스게이트Lions Gate Entertainment—서미트Summit 포함
- 릴라이언스Reliance Entertainment—드림웍스DreamWorks 포함
- MGMMGM Holdings—메트로골드윈메이어픽처스Metro-Goldwyn-Mayer Pictures, 유나이티드아티스츠United Artists 포함

대형 음반 제작사들도 이 메이저 스튜디오의 계열사들이다. 2012년 기준으로 워너Warner Music Group, 소니Sony Music Entertainment, 유니버설Universal Music Group(EMI 포함)의 순이다.

배우, 감독, 뮤지션 들이 이 지역에 모여 있기 때문에 기획사들도 다 여기에 있다. 할리우드 4대 연예 기획사Talent Agency는 맷 데이먼, 클린트 이스트우드, 덴절 워싱턴, 마틴 스코세이지가 소속된 WMEWilliam Morris Endeavor, 샌드라 불럭, 조지 클루니, 브래드 피트, 앤젤리나 졸리, 윌 스미스, 메릴 스트리프, 브루스 윌리스가 소속된 CAACreative Artists Agency, 조디 포스터, 수전 서랜던, 멜 깁슨이 소속된 ICMInternational Creative Management, 조니 뎁, 해리슨 포드가 소속된 UTAUnited Talent Agency 등이다.

### 영화관

영화관은 물론 미국 전역에 분포되어 있다. 영화관도 대형 상장회사가 소유하는 체인점 형태로 주로 운영된다. 가장 큰 영화관은 텍사스에 있는 한 멀티플렉스로 30개 스크린에 총 6000석을 갖추었다. 재미있는 것은 영화관 체인 회사는 모두 캘리포니아 바깥에 있다는 점이다. 가장 큰 회사는 테네시 주 크녹스빌에 본부가 있는 리걸Regal Entertainment Group이다. 580개 극장을 소유하고 있고 총 스크린 수는 7300여 개다.

대형 극장 체인이 소유하는 스크린에는 야외 스크린도 포함된다. 〈시네마 천국〉에서 알프레도가 극장 주변 건물 벽에 영화를 비춰주고 사람들이 서서 영화를 보는 장면이 나오는데 이것이 일종의 야외 스크린이다. 야외 스크린은 제1차대전중인 1916년에 독일 베를린에서 처음 시도되었다. 지금은 호수에 띄운 배에서 볼 수 있는 스크린도 있고 고층 건물 옥상에 스크린이 설치되기도 한다. 국제영화제에서도 야외 스크린이 많이 사용된다. 스크린은 대개 공기를 불어넣어서 팽창시키는 방식으로 설치된다.

자동차를 타고 들어가는 드라이브인 극장은 1932년에 처음 등장해서 1950~1960년대에 성행했다. 한때 미국에는 약 4000곳의 자동차극장이 있었다고 한다. 그중에는 2500대의 자동차가 들어갈 수 있는 곳도 있었다. 그러나 드라이브인 극장은 부동산 가격의 상승에 따라 점차 퇴조했다. 여름에만 상영할 수 있다는 것도 제약이다(어떤 곳은 차 안에 들일 수 있는 소형 난방기구를 설치해놓았다). 게다가 여름에는 해가 길어서 상영할 수 있는 시간도 짧다.

### 스튜디오 비용

거리에서 영화를 촬영하는 모습을 우연히 보게 되면 항상 느끼는 것이 한 가지 있다.

'무슨 사람이 저렇게 많이 필요해?'

영화제작에는 사람이 많이 필요하다. 배우들 외에 수많은 스태프와 기술진이 투입된다. 영화제작은 복잡한 자동차를 대량으로 생산하는 것과 달라서 '공정의 자동화'라는 것이 불가능하고 수작업으로 차 한 대씩을 조립하는 일과 같다. 다양한 기능을 지닌 많은 사람이 협업해서 진행한다. 여기서 가장 큰 비용이 발생한다.

소규모 자본으로 영화를 제작하는 독립 영화사라면 그때그때 필요한 인력을 아웃소싱하게 되지만 항상 몇 개의 큰 프로젝트가 가동되는 대형 스튜디오는 인적, 물적 자원을 상비해야 한다. 즉 고정비용이 발생하는 것이다. 또 영화제작에 필요한 인적, 물적 자원뿐 아니라 회계, 홍보, 인사, 재무 등 일반 기업들에 필요한 모든 인프라를 갖추고 움직이는 인력이 있어야 한다. 인건비를 포함한 오버헤드 비용이 스튜디오들이 지출하는 가장 큰 비용이다.

오버헤드에는 스튜디오 건물 부지와 사무용 빌딩 유지 관리 비용이 포함되고 변호사, 회계사 등 상시 활용해야 하는 외부 인력 비용도 들어간다.

구체적인 프로젝트가 결정되려면 제작 이전에 기획에 필요한 비용이 지출된다. 시나리오 구입 비용, 원작이 있는 경우 그 판권 관련 비용이 소요된다. 시나리오는 열 편을 구입하면 한 편 정도만이 실제로 영화로 연결된다고 한다[Havens & Lotz, 106]. 대형 스튜디오들은 특히 TV 시리즈 제작을 위해서 작가들을 상근으로 채용하기도 하지만, 프리랜서 작가들이 창의성 면에서는 더 뛰어난 것으로 여겨진다. 프리랜서 작가들은 수입이 보장되어 있는 것이 아니고 매번 작품을 팔아야 하기 때문이다.

영화의 제작이 개시되면 스튜디오가 보유한 각종 장비들이 사용된다. 고급 촬영 장비, 음향 장치가 투입되고 편집 작업에도 다양한 장비가 필요하다. 아주 특수한 장비나 기술자는 외주에 의존하지만 통상적인 범위의 장비와 기술자는 스튜디오가 자체 보유해야 한다.

제작이 완료되면 필름의 복사와 극장 배포에 비용이 들어가고 홍보와 마케팅에 추가적인 비용이 지출된다. 이 비용이 점차 커지는 추세다. 〈스파이더맨 3Spider-Man 3, 2007〉의 홍보와 마케팅에 무려 1억 달러가 들었다고 한다. 특히 할리우드의 블록버스터는 홍보와 마케팅을 전 세계적으로 하기 때문에 비용이 높아진다. 영화관 상영이 끝나면 DVD 등을 제작하고 마케팅 작업을 진행하는 데 또다른 비용이 필요하다.

# 영화의 제작과 금융

이제 영화 산업의 경제적 구조를 들여다본다.

먼저 영화가 제작되어서 우리 눈에 들어오기까지의 유통 과정이 있을 것이다. 제작사, 배급사, 극장, 관객 같은 단순한 채널이 요즘 세상에 가능할 리 없다. 영화뿐 아니라 무슨 물건, 서비스라도 그뒤에는 복잡하고 거대한 시장을 움직이는 수많은 경제활동 주체가 있다. 여기에는 외국어 번역과 자막 제작자들도 포함된다. 더구나 영화는 극장 상영 버전 외에도 TV, DVD, 블루레이, PC나 스마트폰 다운로드, 비행기 기내 상영, 사운드트랙 CD나 음원 등등 다양한 형태로 공급된다.

다음으로 그 유통 과정에서 돈이 어떻게 나누어지는지 보아야 한다.

마지막으로 상품, 즉 영화를 제작하는 데 필요한 돈이 어떻게

모이게 되는지, 즉 투자와 금융을 살펴볼 것이다. 첫번째와 두번째를 모르고서는 이 세번째를 이해하기 어렵다.

### 영화 팔기

각고의 노력 끝에 영화 한 편이 드디어 완성되었다. 제작비 총액이 확정된 것이다.

남은 숙제는 제작비 지출이 끝난 이 영화 한 편으로 어떻게 하면 가장 많은 수입을 올릴 것인가이다. 홍보와 마케팅은 기본이다. 출연 배우들이 대거 행사에 동원된다. 언제 개봉할 것인가를 결정해야 한다. 여름? 크리스마스? 내 영화가 개봉될 때 다른 강적이 같이 개봉되면? 서로 손해다. 어차피 우리는 매일 영화관에 갈 수는 없다. 어느 나라에서 가장 먼저 개봉해서 다른 어느 나라로 이어갈까? 첫 개봉지로 한국이 좋다고 하던데. DVD는 언제 출시해야 좋은가?

앞에서 언급한 것처럼 미국에서는 극장에 배급된 영화는 개봉 첫 주 관람료의 최대 100퍼센트를 스튜디오가 가져간다.

극장 관람료에서 발생하는 수입은 요즘에는 전체 수입의 4분의 1에도 미치지 못한다고 한다. 그것도 첫 2주에 판가름난다. 심지어 대형 블록버스터는 개봉 첫 주말 금, 토, 일 사흘이 전세를 결정해버린다는 것이다. 대대적인 물량 공세와 사전 홍보, 마케팅이 벌어지는 이유다. 이 짧은 기간의 실적이 DVD, TV 배급 가격을 결정해서 영화 수입 전체를 좌우한다. 제작사가 첫 주 관람료 수입을 독식하는 심정도 이해가 간다. 사활을 걸어야 하는 것이다. 날씨가 나쁘거나, 세간의 관심을 끄는 대형 사건이 일어나거나 하면 곤란하다.

이래서 '영화의 흥행은 하늘만 안다'는 말이 생겼다.

영화 업계에서는 '배급 창구Release Window'라는 말을 쓴다. 원래는 없던 말이다. 1980년대에 사람들이 집에 앉아서 영화를 보는 추세가 생겨나 극장들이 타격을 받았다. 극장이 타격을 받으면 제작사, 배급사도 마찬가지로 곤란해진다. 여러 가지 영화 배급 형식이 서로 충돌하지 않게 조정할 필요가 생긴 것이다. 이후 각 창구별로 배급이 진행되기 시작했다.

영화는 원칙적으로 극장에 가장 먼저 배급된다Theatrical Window. 이 창구의 폭은 약 4개월이다. 즉 극장에 한번 걸리면 4개월가량은 다른 매체에 주지 않는 것이다. 이 창구가 닫힌 후에 DVD, 그 후 일정한 시간이 지난 후에 TV, 이런 식으로 시차를 둔다. 수입을 극대화하기 위해, 다년간 쌓인 경험으로 이런 배급 구조가 만들어졌다.

극장 창구 기간을 더 단축하려는 움직임이 일기는 하지만 극장주들의 강력한 반발에 부딪힌다. 2010년에 디즈니는 〈이상한 나라의 앨리스Alice in Wonderland〉를 극장 개봉 약 3개월 후에 DVD로 출시하려고 했다. 2010년 월드컵 기간과 겹치지 않게 하기 위해서였다. 극장들이 반발했고 보이콧까지 거론되었다.

동시에 모든 형식의 매체에 배급하는 경우도 물론 있다. 이 방식은 소비자들에게는 가장 유리하다. 마케팅도 한 번만 하면 되므로 비용이 줄어든다. 그러나 이 방식은 수익이 보장되지 않기 때문에 투자자들이 투자를 꺼리는 경향이 있다고 한다.

어떤 영화는 극장에 아예 걸리지 않고 DVD나 TV로 바로 나간다. 괜찮은 작품인데 극장에 걸렸다는 얘기를 들은 적이 없는 영화들이 있다. 이 경우에 해당된다. 할리우드에서 제작된 모든 영화가 외국 극장에서 상영될 수는 없고, 특히 해당 국가 관객들의 취향에 맞지 않을 것으로 판단되면 극장을 생략하고 창구가 닫힌 후에 바로 DVD를 출시한다.

독립영화들은 배급사의 눈에 들지 못하거나 영화제에 출품해 좋은 평을 받지 못하면 극장에 걸릴 수 없으므로 바로 인터넷으로 진출하는 경우가 많다. 그러나 미국에서 매년 제작되는 약 5000편의 영화 중에서 이 방식으로 성공하는 수는 20편에 불과하다는 조사가 있다.

영화의 흥행은 홍보, 마케팅 전문가들이 담당한다. 그러나 제작자, 감독도 적극적인 역할을 해주어야 좋다. 특히 감독들은 대개 이 단계에 대해서는 무관심하고 '영화의 흥행은 하늘만 안다'는 말로 체념해버린다. 흥행이란 작품에 대한 소비자들의 평가다. 계속해서 좋은 영화를 찍을 수 있는 여건이 달린 일인데 감독이나 몰라라 하는 것은 맞지 않다. 누구인들 작품에만 집중하고 싶지 않겠는가? 콘서트 피아니스트들도 연습과 공연 외에 대행사와의 마찰, 스케줄, 공연 조건 등등 본질과 관계없는 사항들에 끝없이 시달린다는 불평을 한다. 영화도 마찬가지다. 오슨 웰스가 유명한 말을 남겼다.

"영화 작업은 2퍼센트가 제작이고 98퍼센트가 실랑이hustling다."

### 인플라이트 무비

해외 출장을 자주 다니던 때는 비행기 안에서 영화를 많이 보았다. 지금도 놓친 영화를 한꺼번에 비행기 안에서 보는 일이 종종 있다.

비행기 안에서 라이선스를 받은 영화를 틀어준 것은 1921년이 처음이라고 한다. 당시 어떤 방식으로 상영이 이루어졌을지 상상이 잘 가지 않는다.

지금은 장거리 비행에서 없어서는 안 되는 것이 기내 영화다. 내가 대학생일 때만 해도 맨 앞쪽에 스크린이 하나 내려왔고 모두 그 스크린을 쳐다보아야 했다. 지금 KTX에서 쓰는 방식이다. 기내 후미에 흡연석이 있던 시절이다. 조금 지나니 몇 열에 한 대씩 TV 모니터가 천장에서 내려왔다. 그후 시간이 흘러서 각 좌석마다 스크린이 설치된 비행기가 나타났고, 이제는 승객마다 알아서 VOD를 작동할 수 있다.

비행중에 영화를 보는 일은 승객들에게는 즐겁지만 사실 항공기 안전에는 도움이 되지 않는다. 이 비디오 설비 때문에 비행과 관계없는 엄청나게 많은 전선이 천장에 깔린다. 비용도 문제다. LCD가 좌석 뒤에 붙어 있는 시스템은 기종에 따라 차이가 있지만 200~500만 달러의 설치 비용이 들고 비행기 무게, 즉 연료 소모량을 늘린다. 항공사 입장에서는 승객들이 아무것도 안 하고 내내 잠만 자주는 것이 가장 좋다.

비행기에 공급하는 영화에서 수익이 얼마나 나는지는 잘 모르겠는데 내가 아는 한 영화인은 그 비중이 별로 크지 않은 것으로 안다고 했다.

### 영화제작 금융

자, 이런 수입 전망을 머릿속에 그리고 영화의 제작을 준비한다. 흥행에 대한 장밋빛 시나리오를 들고 금융 지원을 해줄 투자자들을 찾아 나서야 한다.

영화제작에 대한 자금 지원 결정이 어려운 이유는 작품의 잠재적 가치를 평가하기가 어렵기 때문이다. 영화라는 제품은 다른 상품들과 달리 소비자의 반응을 예측하기가 어렵다. 게다가 자금 지원은 기획이나 초기 제작 단계에서 결정되어야 하는데, 그 단계에서는 그야말로 시나리오와 감독, 배역 정도만 보고 판단을 내려야 한다.

영화에 대한 투자 결정은 미래 10년 기간 동안 영화가 창출할 현금 흐름 추정으로 결정된다. TV 시리즈는 20년이다. 여기에는 앞서 언급한 모든 매체를 통한 현금 창출이 포함된다.

영화제작 금융은 본질적으로 프로젝트 파이낸스다. 즉 영화 자체가 벌어들인 현금을 통해서만 투자자들에게 수익이 배분된다. 이 프로젝트 파이낸스는 위험성이 커서 제작비가 높아질수록 투자자들은 손실을 회피할 수 있는 여러 가지 안전장치를 요구하게 된다. 그래서 과거에는 보험회사가 관련 보험상품을 판매한 적도 있다. 보험은 더이상 통용되지 않지만 모든 금융기관과 펀드매니저에게 영화의 실패에서 발생하는 리스크 관리는 어려운 과제로 인식되어 있다. 위험성을 감안해서 투자자들은 대체로 25퍼센트 이상의 수익률 전망을 바란다고 한다. 또한 영화제작 금융은 담보물을 확보해야 한다. 가장 먼저 지적재산권의 소재 파악이 이루어져야 하는데 여기서 저작권자의 사후에 많은 법률적 분쟁이 발생한다.

가장 좋은 자금줄은 정부다. 정부는 투자 수익을 기대하지 않는다. 정부 지원금을 확보하면 매사가 수월해진다.

그러나 정부가 영화제작을 지원하는 경우는 대개 어떤 공익적 이유가 있는 일이거나 정부 홍보의 대가이므로 상업 영화 제작에는 별 도움이 안 될 때가 많다. 그렇긴 해도 영화 산업을 진흥하기 위한 목적의 순수한 지원도 있으므로 제작자들은 열심히 정부 지원 프로그램을 찾아볼 일이다.

〈작전명 발키리〉 제작진은 8000만 달러의 제작 예산 중 3분의 2를 독일에서 촬영하는 동안 지출할 것임을 강조해서 독일 정부의 필름 펀드로부터 약 700만 달러의 자금 지원을 받았다. 〈러시〉는 독일 뉘른베르크의 F1 트랙에서 촬영하면서 뉘른베르크가 있는 바덴뷔르템베르크 주의 지원을 받았다. 특히 외국 정부의 자금 지원을 받으면 금융도 금융이거니와 촬영에서 여러 가지 협조를 얻기가 쉬워진다. 정부가 파트너가 된 셈이기 때문이다.

정부 지원에는 직접적인 자금 지원도 있고 세금 혜택을 통한 지원도 있다.

예를 들면, 독일의 세법은 영화에 대한 투자가 발생하면 해당 투자자에게 바로 세금 공제 혜택을 준다. 아직 제작이 시작되지 않았어도 상관없고 독일 영화가 아니어도 상관없다. 제작 예산이 100억 원이라면 제작자는 독일의 누군가에게 100억 원에 저작권을 판다. 그러고는 90억 원에 다시 라이선스를 받아오면 되는 것이다. 이를 '매각 후 재임차Sale and Leaseback'라고 부른다. 영화는 제작되고 제작자는 10억 원의 자금 지원을 받는 셈이다. 물론 변호사 비용 등을 공제해야 하지만. 〈툼 레이더〉가 이 방식으로 자금을 조달했다.

영국에도 유사한 제도가 있으니 제작자는 다시 영국에 권리를 팔고 라이선스를 도로 받아온다. 영국의 경우에는 제작의 일부가 영국에서 진행되어야 하고 일부 영국 스태프를 써야 한다는 조건이 있다. 미국 영화들이 영국에서 많이 제작되는 이유가 여기에 있다. 어차피 문화적으로나 언어로나 불편한 것도 없다.

### 대체투자

투자라 하면 흔히 주식과 채권, 부동산을 생각한다. 이런 대상에 대한 투자를 전문가들은 '플레인바닐라'라고 부른다. 반면, 와

인이나 미술품도 투자 대상이라는 말을 들어본 일이 있을 것이다. 전통적인 투자 상품이 아닌 대상에 투자하는 것을 대체투자라고 한다. 부동산도 사실은 대체투자 상품이다. 영화에 대한 투자도 이 대체투자로 분류된다.

대체투자는 여러 가지 특징이 있지만 무엇보다 위험성이 높다. 그래서 돈을 잃기 십상이다. 그러나 잘되면, 대박이다. 바닐라 아이스크림을 선택해서 후회하는 일은 없지만 별다른 경험을 하지도 못한다. 그러나 난생처음 보는 이상한 이름의 아이스크림을 선택하면 후회막급으로 돈만 낭비할 수도 있지만 전혀 새로운 맛을 경험할 수도 있는 것이다. 그러면 누가 잘못된 선택에 따르는 후유증에 개의치 않고 새로운 아이스크림을 택할 수 있을까?

돈이 많은 사람이다. 대체투자는 돈이 많은 사람이나 대형 금융기관들이 주로 한다.

아니면 원래 위험한 사업에 투자하기로 작정한 사람들이다. 벤처 캐피털 같은 경우다. 영화에 대한 투자도 위험성이 높아서 대체로 이 범주에 든다.

한편 영화에 투자할 때 작품이 흥행하지 못할 위험보다 더 큰 위험이 있다.

작품이 완성되지 못할 위험이다.

돈만 가져가고 영화를 완성하지 못하는 것이다. 그래서 할리우드에서는 투자자가 제작자나 감독에게 완성보증completion bond을 요구하는 일이 많다. 시간과 예산에 맞추어서 영화를 제작한다는 일종의 보험에 들라는 요구다. 보증 회사들은 예산의 10퍼센트 정도를 안전하게 떼놓으라고 요구하기도 하고 예산의 4퍼센트 정도를 수수료로 징수한다[NYT]. 물론 감독 입장에서는 보증 회사가 영화제작에 간섭하는 것이 제일 싫다.

### 프리세일

제작자의 입장에서 뭐니뭐니해도 가장 좋은 시나리오는 어떻게든 선불을 받는 것이다. 매수자 금융이다.

이때 프리세일presales을 활용한다. 시나리오와 배역이 정해지면 제작이 완료되기 전에 일정 지역이나 국가에서 배급할 권리를 주고 미리 판매한다. 프리세일은 사실 인기가 좋을 이유가 없다. 매수인으로서는 매수 결정 시점의 모든 조건을 기초로 판단을 내리게 되므로 나중에 시나리오나 배우가 바뀌지 못하게 압력을 행사한다. 아니면 안 바뀌는 것을 조건으로 단다. 조니 뎁이 주연이라고 홍보에 들어갔는데 갑자기 다른 배우가 주연이 된다면? 그래서 프리세일은 제작자에게는 큰 부담이 된다.

반대로 이 기법은 스타들의 입지를 더 높여주는 효과를 자아낸다. 대금 지불은 계약 시 20퍼센트, 해외 배급사 대리인에게 물건이 인도되면 80퍼센트 식으로 약정한다. 프리세일은 해외에서 주로 이루어지는데 여기서 확보된 현금 흐름이 미국 내에서 금융을 확보할 때 담보 역할을 해준다.

크리스토퍼 리브가 주연한 〈슈퍼맨〉은 독립 제작사들이 만들어 워너브러더스가 배급했다. 워너는 제작이 끝나면 언제, 얼마에 영화를 사기로 약정했다. 그때까지는 제작자들이 금융을 확보해야 하고 가격이 정해져 있기 때문에 예산이 초과되면 자체 부담할 수밖에 없다. 이 방식을 네거티브 픽업negative pick-up이라고 한다.

유사한 방식이 TV 방송사들이 사용하는 적자금융deficit financing이다. 스튜디오가 제작하는 영상물은 스튜디오의 소유로 남고 방송사는 라이선스를 받아 송출한다. 여기서 라이선스료는 제작비에 미치지 못하는 액수로 책정되어 제작이 개시된다. 그래서 적자금융이라는 이름이 붙은 것이다. 스튜디오는 소유권을 가지고 있으므로 다른 매체를 통해서 수익을 보전할 수 있다.

### 필름 파이낸스 포럼

할리우드에서는 매년 '필름 파이낸스 포럼Film Finance Forum'이라는 행사가 열린다. 스튜디오의 중역과 전문 변호사, 투자은행과 금융기관 임원, 영화 제작자 들이 모이는 콘퍼런스다. 본 콘퍼런스 전날에 간단한 교육 과정도 제공된다. 최근의 포럼에서 논의되고 참가자들의 공감을 얻은 내용은 다음과 같다[Steele, Film Closings].

글로벌 금융 위기로 위축되었던 영화제작 금융시장의 분위기는 이제 사라졌다. 2004년에서 2008년 사이에 영화 펀드의 비정상적인 증가로 초래되었던 독립영화의 배급 침체 문제도 없어졌다. 그러나 교훈을 남겼다.

'영화 산업은 경기 침체는 버틸 수 있지만 과당경쟁은 견디기

어렵다.'

이제 기획 능력보다는 실제 제작 능력이 우대받을 것이다. 금융회사들은 영화의 성공 가능성만 보지 않고 리스크 축소에 많은 관심을 보이고 있다. 예컨대 세제 혜택은 금융의 규모를 줄이는 데 사용되어야지 제작 예산을 늘리는 데 사용되면 곤란하다. 완성된 영화의 배급이 가능한 시장이 확정되어야 하고, 프리세일이 안 되는 시장에 대한 대책도 세워져 있어야 한다. 제작자는 제작 개시 전에 이미 배급사와 어떤 정도로든 계약을 체결해두어야 한다. 시나리오만 있으면 프로젝트를 시작할 수 있던 시대는 지났고 이제는 훨씬 많은 준비가 필요하다.

영화의 디지털 소유권이 물리적 소유권을 대체하고 있으며, 대여가 디지털 소유권을 대체하고 있다. 소비자의 70퍼센트가 VOD를 활용하지만 무료 프로그램을 주로 본다.

크라우드펀딩의 미래에 대해서는 견해가 나뉜다.

2012년에 미국에서는 잡스법JOBS Act, Jumpstart Our Business Startups Act이라고 불리는 법이 등장했다. 미국에서는 사업 자금을 여러 투자자들로부터 조달하기 위해 증권을 발행하려면 엄격한 규제를 받는다. 그런데 이 잡스법은 크라우드펀딩을 그런 규제로부터 풀어준다. 크라우드펀딩은 인터넷 사이트를 통해서 전 세계에 걸친 다수의 투자자로부터 소액을 모금하는 방법이다. 통상적인 방법으로 사업 자금을 조달할 능력이 없는 소규모 기업들이 자금을 확보할 수 있다. 'Kiva' 'Kickstarter' 'IndieGoGo'와 같은 크라우드펀딩 중개 사이트들이 활발하게 창구 역할을 하고 있다. 영화 제작자들도 잡스법의 혜택을 활용해서 크라우드펀딩으로 제작비를 마련할 수 있을 것이다. 중소기업청이 한국판 잡스법을 준비하고 있다.

### 영화제

영화제에서는 새로 제작된 영화가 일부 또는 전부 공개된다. 그래서 영화제는 신작 영화 마케팅과 홍보에 일정한 역할을 한다. 특히 독립영화는 이 방법 외에는 뾰족한 홍보 수단이 없다. 할리우드 영화의 경우에는 미국 밖에서 개최되는 영화제가 국제적인 홍보의 출발점이 된다. 그래서 신참이나 무명 제작자는 대형 영화제에 참가비를 내야 하는 경우가 많다. 물론 저명한 제작자들은 예외다.

가장 오래된 영화제는 1932년에 시작한 베니스 영화제다. 칸 영화제가 1946년, 베를린 영화제가 1951년, 토론토 국제영화제가 1976년 시작했다. 현재 세계적으로 약 3000개의 영화제가 있다고 한다. 미국에서 가장 큰 독립영화제는 1978년에 시작해서 매년 유타에서 열리는 선댄스 영화제다. 로버트 레드퍼드가 위원장이었다. 2012년의 경우 약 5만 명이 참가했다. 할리우드 영역 밖에서 제작되는 미국 영화를 대상으로 한다. 퀜틴 태런티노, 스티븐 소더버그도 이 영화제 출신들이다.

영화제 중에서는 칸 영화제가 가장 대중적이고 언론의 관심을 많이 받는 것 같다. 칸에는 초대작만 참가할 수 있다. 2013년 심사위원장은 스티븐 스필버그였다. 칸 영화제는 미국과 영국 영화인들의 지원을 받아 프랑스 교육부 장관이 출범시킨 것이다. 베니스 영화제의 경쟁자를 표방했고 베니스 영화제가 가을에 개최되는 점을 감안해서 봄에 열린다. 장 콕토가 명예 영구 조직위원장이다. 올리비아 드 하빌랜드는 최초의 여성 조직위원장이었다. 국제영화제 중에서 각국 영화 고유의 개성이 가장 잘 표출되는 영화제로 자리잡았다. 이 영화제에는 유럽 영화들이 주로 출품되지만 많은 할리우드 스타가 참석해서 영화 홍보에 열을 올린다.

### 예고편

예고편은 가장 중요한 영화 홍보 및 마케팅 수단이다. 개봉 전 상당히 이른 시점에 예고편을 공개하기도 한다. 따라서 여러 버전의 예고편이 있다. 관객들은 대개 예고편을 보고 영화를 볼지 말지 결정한다.

예고편은 영어로는 트레일러Trailer라고 한다. 왜 이런 단어가 사용되는가 하면 원래 예고편은 본 영화가 끝나고 마지막에 붙어서 상영되었기 때문이다. 요즘은 속편을 예고하는 데 사용되는 방식이다. 지금은 영화가 시작되기 전에 트레일러를 상영하지만 이름은 그대로 남아 있다. 영화 예고편은 온라인에서 뉴스, 사용자 제작 영상 다음으로 많이 보는 동영상이다.

어릴 적 영화관에 가면 예고편 보는 맛이 각별했다. 뭐 지금도 마찬가지다. 예고편은 영화의 가장 극적인 장면만을 모아서 편집하기 때문에 대단히 역동적으로 느껴진다. 음악도 따로 준비된다. 예고편은 영화 개봉 거의 1년 전에 등장하는 경우도 있어서 작곡자가 결정되기도 전에 만들어지곤 하기 때문이다. 또 어떤 예고편에는 근사한 목소리의 성우를 동원해서 '기대하시라 개봉박두!' 스타일의 과장된 톤으로 멘트를 넣는다. 영화배우들 중에서는 모건 프리먼의 목소리가 자주 들린다. 미국에서는 한 오디션 프로그램에 'Preview Guy'라는 별명으로 영화 예고편 목소리를 흉내내는 사람이 나와 인기를 끈 적도 있다. 예고편은 스포일러가 안 되도록 편집하기 때문에 관객의 궁금증도 자아낸다.

예고편은 스튜디오가 아니라 전문 제작 업체들이 주로 만든다. 내 생각에는 최근 영화들 중에서 〈레미제라블〉 예고편이 가장 완성도가 높았던 것 같다. 예고편 상도 있는데 'Golden Trailer Awards' 'Key Art Awards' 등이다. 2013년에는 〈아이언맨 3〉와 〈더 울프 오브 월 스트리트The Wolf of Wall Street, 2013〉가 각각 수상했다.

문제도 좀 있다. 우선 본 영화를 과장하게 된다. 일부러 그렇게 하기도 하고 어쩔 수 없이 그렇게 되기도 한다. 잠깐 등장하는 톱스타를 예고편에 비쳐주면 영화 팬들이 착각하게 된다. 예고편 장면 중에 본 영화에 나오지 않는 장면도 있다. 특별히 예고편용 컷을 제작하기도 하고, 최종 버전에서 삭제되는 장면이 초기 예고편에 나올 수도 있는 것이다. 미국에서는 한 영화 관객이 본 영화가 예고편과 다르다는 이유로 소송을 제기한 사례도 있다. 라이언 고

슬링 주연의 〈드라이브Drive, 2011〉다. 〈분노의 질주〉 스타일을 기대했는데 제목이나 예고편과는 달리 자동차 운전이 영화에 별로 나오지 않는다는 이유였다(유대인 비하 대사가 나온다는 이유도 있었다). 이 관객이 요구한 것은 관람료 환불이었는데 배급사는 기꺼이 물어주겠다고 했다.

### 유동화

톰 크루즈가 개인 자격으로 채권을 발행한다면 어떨까?

영국의 록 스타 데이비드 보위가 채권을 발행했다는 이야기가 있었는데 실제는 이렇다.

톱 가수, 배우 모두 저작권을 일정 부분 소유해서 로열티 수입이 발생할 수 있다. 그런데 이 로열티 수입은 앨범이나 DVD 판매 수익에서 일정하게 계속 들어오기는 하지만 다 회수하려면 몇 년을 기다려야 한다. 한꺼번에 다 받으면 좋을 것 같은데 방법은? 있다. 로열티 수입의 근거가 되는 채권을 남에게 넘기면 된다. 물론 그 채권을 사는 사람은 이자율을 감안해 할인해서 가격을 부를 것이다.

문제는 채권은 양도하기가 불편할 뿐 아니라 양도받은 사람이 다시 누군가에게 양도할 필요가 생길 때 또다시 번거로워진다는 것이다. 그래서 잘 양도되지 않는다. 이 문제를 해결해주는 금융기법을 자산유동화ABS, Asset-Backed Securitization라고 부른다. ABS는 월스트리트에서 만들어지는 각종 파생 금융 상품의 핵심적인 부분이다. CDO 또는 합성 CDO라고 불리는, 보통 사람은 도저히 이해할 수 없는 상품들이 다 여기서 나온다. 이를테면 데이비드 보위의 로열티 수입을 보장해주는 채권을 새로 설립한 페이퍼 컴퍼니에 옮겨놓는다. 그 컴퍼니가 회사 자격으로 증권을 발행하는 것이다. 증권은 일반 채권과 달리 투자하기 쉽다. 이 회사는 10년 만기 연이율 7.9퍼센트인 증권을 발행했고, 투자자가 그 증권을 사들여 보위는 미래의 로열티 수입으로 바로 5500만 달러를 받았다.

이 기법은 영화에도 적용될 수 있다. 영화 한 편에서 발생하는 여러 수입을 기초로 유동화 과정을 거쳐 증권을 발행하면 바로 현금이 손에 들어온다. 드림웍스가 3억 달러, 유니버설이 9억 5000만 달러를 이 방법으로 조달한 사례가 있다. 할리우드에서는 음악보다 영화가 자산유동화에 훨씬 더 많이 이용된다. 발생하는 현금 흐름이 더 크기 때문이다.

# 연기자 노조

영화제작에서 중요한 비중을 차지하는 것이 연기자 인건비, 즉 배우들의 출연료다. 다른 산업에서와 같다. 스튜디오가 이익을 많이 남기려면 좋은 소재를 효율적으로 활용해서 흥행에 성공하는 동시에 애초에 원가를 낮추어야 한다. 원가를 낮추는 방법 중에 동서고금을 막론하고 두 가지가 인기를 끈다. 인건비를 낮춘다. 아니면, 또는 동시에 인력을 혹사한다.

연기자들은 당하고만 있을까? 그렇다. 톱스타를 제외하면 거의 모든 배우가 대체 가능하다. 스튜디오가 갑이다. 그런데 갑자기 모든 연기자가 한꺼번에 일을 안 하겠다고 하면? 그때는 얘기가 좀 달라진다. 단체 행동의 가치가 여기에 있는 것이다. 그래서 노동조합이 결성된다.

'미국배우조합'이라고 보통 번역되는 SAG Screen Actors Guild는 1933

년에 배우 여섯 명이 주도하여 결성된 것이다. 초기 할리우드에서는 배우들의 근로 조건이 대단히 열악했고 특히 근로 시간이 과했다고 한다. 유명 배우들이야 큰 이해관계가 없어 노조에 가입하지 않았는데 스튜디오들이 스타 캐스팅 경쟁을 자제하기로 서로 합의하자 태도가 달라졌다. 그리고 스튜디오들이 그 합의를 유명 배우들뿐 아니라 모든 배우에게 적용하기로 입장을 정하자 노조원 수가 3주 만에 80명에서 4000명으로 늘어났다. 지금 SAG의 회원 수는 10만 명이 넘는다. 1937년에 SAG는 스튜디오들의 협상 대상 지위를 얻는다. 2012년에는 TV와 라디오 연기자 조합인 AFTRA American Federation of Television and Radio Artists와 합병하기로 결의해서 SAG-AFTRA가 출범했다.

세트 제작에 투입되는 스태프는 주로 목공, 도장, 배관, 배전 일을 하는 사람들인데 미국의 경우 IATSE International Alliance of Theatrical Stage Employees라는 노조에 소속되어 있다.

조합은 연기자들의 권익을 위해 여러 가지 활동을 한다. 보수와 근로 조건 문제 외에도 안전 문제가 가장 큰 관심사다. 〈타이타닉〉 촬영 때 캐머런 감독의 강행군과 차가운 물탱크 속에서의 연기로 여러 배우가 감기, 감염 증세를 보이고 스턴트맨들이 골절상을 입는 등 문제가 생기자 SAG가 촬영 세트에 결함이 있는지 조사에 나선 적도 있다.

영화에 출연하는 동물들은 물론 노조에 가입되어 있지 않다. 동물 중에는 리처드 파커(이 벵골호랑이의 실제 이름은 '킹King'이다)

같은 주연급도 있다. 그런데 영화 엔딩 크레디트를 보면 거의 눈에 띄지 않는 작은 기재 사항이 있다. AHA American Humane Association 라는 단체가 '이 영화 촬영중에 동물들이 다치지 않았음'이라고 일종의 보증을 해주는 대목이다. 그러나 실제로 촬영중에 동물들이 다치거나 죽는 사고가 종종 일어나고 아무도 이 문제를 심각하게 생각지 않는다는 비판이 일었다. 최근의 예가 바로 리처드 파커가 촬영 세트에서 익사할 뻔한 사례다. AHA의 모니터 직원이 쓴 이메일로 이 사고가 외부에 알려졌고, 언론에서 집중 조사한 결과 할리우드에서 학대까지는 아니더라도 동물들의 안전 문제를 소홀히 다루고 있다는 점을 밝혀냈다. 영화에 가장 많이 동원되는 말들이 가장 큰 피해를 입는다. 피터 잭슨 감독이 부인하기는 했지만 〈호빗〉도 이 문제로 구설수에 올랐다. 리처드 파커 사건 제보자(?)는 AHA에서 사직했다.

속칭 엑스트라라고 불리는 단역 연기자들은 1946년에 SEG Screen Extras Guild 라는 단체를 결성했다가 SEG가 1992년에 SAG에 편입되자 SAG 노조원이 되었다. SAG 소속이 아닌 단역배우들은 통상 최저임금을 지급받는다. 단역배우 섭외는 단역 캐스팅만을 전문으로 하는 기획사들을 통해서 이루어진다. 캐스팅 감독들은 역할에 필요한 소품을 지참하고 오는 사람을 선호한다고 한다. 경찰 제복 같은 특수 의상은 물론이고 악기나 운동기구 같은 것들이 여기에 해당한다. 단순히 준비된 의상에 체격이 맞는다는 이유로 선발되기도 한다.

할리우드에서는, 영화계에서는 10퍼센트가 재능이고 90퍼센트가 인맥이라는 말이 정설이다.

스타가 되기 위해서 단역부터 시작하는 경우도 많다. 브래드 피트는 〈무인지대No Man's Land, 1987〉에서 웨이터로 출연한 일이 있고 리어나도 디캐프리오는 1990년 한 영화에 어린 소년으로 등장했다. 소피아 로렌은 〈쿠오 바디스〉에서 노예 단역으로 나왔다. 그 밖에 실베스터 스탤론, 클린트 이스트우드, 러네이 젤위거도 단역을 했고 심지어는 존 웨인, 브루스 윌리스(〈심판The Verdict, 1982〉)도 단역을 한 적이 있다.

역사상 가장 많은 수의 단역배우가 출연했던 영화는 아카데미 작품상, 감독상, 남우주연상(벤 킹즐리) 등을 받은 〈간디Gandhi, 1982〉다. 10만 명 이상이 한 장면에 나온다. 대부분 자원봉사자라고 하지만 문제는 이들을 움직이고 밥을 먹이는 일이다.

나는 시카고의 한 학교에서 학생들이 수업하는 장면을 찍는 것을 본 일이 있는데 약 100명 정도의 단역배우가 동원된 듯했다. 그 정도인데도 아침부터 온 길거리가 촬영용 차량과 사람들로 북새통이었고 점심시간에는 수십 개의 식탁과 의자를 동원해 식사 준비를 하는 것을 보았다. 10만 명이라……

〈벤허〉에도 1만 명의 단역이 수백 마리의 말, 낙타, 당나귀와 함께 동원되었다. 1950년대 말이었으므로 85퍼센트의 단역이 연락할 전화나 제대로 된 주소가 없었다고 한다. 연락은 사람이 일일이 돌려야 했고 한 사람의 유경험자가 서른 명의 초보를 담당하는 식이었다. 5000명 정도의 인원이 20분 내에 식사를 할 수 있는 카페테리아도 설치되었다.

단역들 의상 준비에 엄청난 시간이 걸렸기 때문에 와일러 감독은 단역들이 지체되는 시간이 생기면 주연들의 다른 신을 찍는 방법을 썼는데, 그 때문에 주연들은 하루종일 분장과 의상을 갖추고 대기해야 했다. 예나 지금이나 배우는 참 고된 직업이다.

현재 할리우드에서 가장 유명한 단역배우는 제시 하이먼이라는 사람이다. 나이가 30대 중반인데 뚱뚱하고 멍청한 10대처럼 생겼기 때문에 모든 감독이 찾는다. 지금까지 60편 이상의 영화에 나왔다. 어떤 영화 전문 블로그에는 이 사람이 단역으로 나온 장면만 모아놓았다. 그러더니 결국은 2013년 슈퍼볼 경기에서 공개된 한 웹호스팅 회사 광고에 등장했다. 슈퍼모델 라파엘리와 키스하는 너드nerd(공부만 잘하는 얼간이) 역할이다. 전 미국이 뒤집어졌다.

대규모 단역배우들을 동원해 전투 장면을 찍는 것은 사실상 불가능에 가깝다. 그런데 이를 가능하게 하는 단역배우들이 있다. 바로 군인들이다. 그런데 어떻게? 정부의 협조와 지원이 있으면 된다.

1970년 영화 〈워털루Waterloo〉는 나폴레옹과 웰링턴의 워털루 전투가 내용의 거의 전부다. 1만 5000명의 보병과 2000명의 기병이 등장하는데…… 바로 구소련, 지금의 우크라이나 지역에서 복무했던 군인들이다. 이 영화는 소련과 이탈리아 합작이었는데 소련 정부가 제작비도 지원하고 인원도 지원한 것이다. 다만 말에서 떨어지는 연기는 위험하기 때문에 50명의 스턴트맨이 따로 동원되었다. 옛 전투 장면들이어서 군인들은 새로 훈련을 받았다고 한다. 그러나 역사상 가장 효율적인 단역배우들이었다. 촬영지 부근의 군용 텐트에서 지냈고 의상을 갖추고 촬영 준비까지 30분이 채 걸리지 않았다고 한다. 감독들에게는 꿈같은 얘기다.

# 촬영 세트의 경제학

〈벤허〉에 등장하는 거대한 전차 경기장은 실제로 존재하는 곳일까? 만들었다. 촬영 세트다.

CG가 없었던 시대이므로 당시 돈 100만 달러의 예산을 들여 1년이 넘게 수천 명을 동원해 로마 외곽의 채석장을 깎아 실제로 지은 것이다. 직선거리 트랙이 460미터이니 그 규모가 짐작이 간다. 예루살렘의 광경도 역사적 고증을 거쳐 제작한 세트였다.

옛날이야기는 배경이 되는 장소가 그대로 남아 있지 않기 때문에 비슷하기라도 한 곳을 찾지 못하면 할 수 없이 세트를 제작해야 한다. 큰 시간과 돈이 든다. 더 중요한 것은 세트는 사실감이 떨어진다는 점이다. 안전사고 문제도 있다. 더 잘 만들 수도 있겠으나 예산이 늘어나고 시간이 걸리며, 철거하는 데 드는 비용도 생각해야 한다. 딜레마다.

장소도 아무데나 안 된다. 많은 인원과 장비가 이동하는 데 드는 비용, 식사를 포함한 여러 편의 시설 때문에 스튜디오 근처여야 한다.

옛날이야기가 아니면? 촬영에 돈이 덜 들고 시간도 절약되지만 불편하고 민폐를 끼치게 된다.

서울대학교 교정에서 영화를 찍는 것을 본 일이 있다. 물론 학교의 허가를 받았겠지만 통행을 통제하고 주위 수업에 방해가 된다. 구경을 즐기는 학생들이야 상관없겠지만 불편해하는 사람들도 있을 것이다. 다 좋은데, 〈벤허〉 화면에 불쑥 빨간색 페라리가 나타나면? 다시 찍어야 한다. 촬영을 마치고 후반 편집 작업중에 발견된다면? CG로 가릴 수 없다면 그 신은 포기해야 한다. 옛날에는 CG가 없었다.

영화 역사상 가장 많은 이야깃거리가 되었던 세트는 〈타이타닉〉의 세트다.

20세기폭스는 멕시코 해안에 부지를 확보하고 우선 스튜디오를 지었다. 그런 다음 대형 수조를 제작했는데 6500만 리터의 물을 담는 규모다. 타이타닉이 침몰할 때는 우연히 바다가 호수같이 잔잔했다고 한다. 파도라도 높이 쳤다면 추가 장치가 필요했을 것이다. 수조에 들어간 타이타닉은 일부를 제외하고는 실물 크기로 모형을 제작했다. 물론 일부만 촬영이 가능하게 만들고 나머지는 모두 단순 모형이다. 배 내부의 인테리어는 고증을 통해 재현했는데 두 사람의 타이타닉 전문 역사가가 참여했다.

영화 제작비 2억 달러의 상당 부분이 세트 제작에 들어갔다. 4000만 달러라고 한다. 역사상 가장 비싼 세트다. 〈설국열차〉 한 편 제작비를 세트에 썼다. 〈타이타닉〉의 제작비는 타이타닉호의 실제 건조 비용을 능가했다는 계산도 있다. 제작비가 예산보다 점점 더 불어나자 캐머런 감독은 할 수 없이 자신의 보수 800만 달러를 포기하고 대신 수익의 일부를 후불로 받는 것으로 계약을 바꾸었다.

세트 제작 비용이 스튜디오를 도산시킬 뻔한 영화도 있다. 〈클레오파트라〉다.

제작비가 당시 돈으로 4400만 달러였다. 2013년 가치로 3억 2000만 달러. 이렇게 된 원인은 알렉산드리아를 재현한 런던의 세트였다. 비가 자주 와서 세트를 항상 보수해야 했고 수입한 열대 식물들을 계속 교체해야 했다. 결국 1200만 달러를 쓴 후에 로마로 옮겨서 다시 세트를 지었다. 클레오파트라의 로마 입성 장면을 위해 로마에 지은 포럼은 실제 포럼의 세 배 규모였다고 한다. 실제 포럼은 소박해서 그다지 인상적이지 못하기 때문이다. 즉 사람들의 상상 속에서만 존재하는 웅대한 로마를 재현한 것이다. 스핑크스 모형도 높이 10미터, 길이 20미터에 달했다.

이 영화는 세트의 미세한 부분과 실내 인테리어, 배우들이 사용하는 소품들을 제작하는 데도 비용을 아끼지 않은 것으로 유명하다. 클레오파트라의 헤어스타일은 비달 사순이 담당했다. 많은 소품이 후일 경매에서 팔려나갔다.

영화에서 사용된 소품 이야기라면 '반지의 제왕' 시리즈가 빠질 수 없다. '반지의 제왕'은 세트 측면에서도 걸작이지만 소품이 더 많은 화제를 낳았다. 4만 8000점의 군장을 제작했는데 체인 모양의 갑옷을 만드는 스태프의 지문이 닳아 없어졌다고 한다. 장검 하나를 제작하는 데 3일에서 6일이 걸렸다. 활 500개와 화살 1만 개, 오크 의상 1800벌과 오크 머리 1만 두를 제작했다. 오크 머리는 수명이 하루여서 많이 만든 것이다. 호빗의 발 1800세트가 1년 동안 제작되었다. 분장용 귀와 코도 무수히 만들어졌는데 어떤 때는 분장에 네 시간 반이 걸렸다고 한다.

최근의 흥미로운 세트 이야기는 〈터미널〉에서 나왔다.

스필버그는 영화를 찍을 공항을 찾아다녔지만 적합한 곳을 찾지 못했다. 어떤 공항도 거의 전부 공항 안에서 벌어지는 일을 담은 영화를 찍는 데 필요한 만큼 협조해줄 수는 없었을 것이다. 할 수 없이 세트를 짓기로 했다.

LA 인근의 작은 공항에서 미국 공군이 B1 폭격기를 제조할 때 썼던 격납고를 선정, 그 안에 실제 크기의 공항 터미널을 지었다. 모델은 독일 뒤셀도르프 국제공항이고 캘리포니아 주 건축법의 내진 설비 규정까지 준수했다. 입점 업체들의 커피, 음식, 아이스크림은 모두 실제였다고 한다. 실제 기업들이 스폰서로 참여했기 때문이다. 항공사들이 비행기와 승무원 유니폼, 집기 등을 모두 지원했다.

롤런드 에머리히 감독의 〈화이트하우스 다운White House Down,

2013〉은 실제로 백악관에서 찍었을까? 물론 어림없는 얘기다. 모두 세트에서 촬영했다. 그것도 모든 세트가 야외가 아닌 실내 세트였고 CG 기술로 보완한 것이다. 실제 백악관의 65퍼센트에 해당하는 총 45개의 세트가 지어졌고 세트 디자이너만 미국과 캐나다, 영국에서 서른두 명이 동원되었다. 미국 정부는 이 영화의 고증에 어떤 관여도 하지 않았지만 백악관의 역사를 연구하는 학회를 통해 간접적인 도움을 준 것으로 알려져 있다. 특히 이 영화에는 대통령 집무실이나 기자회견장같이 관객들에게 익숙한 공간뿐 아니라 대중에 공개되지 않는 백악관의 다른 많은 공간이 완벽하게 재현되었다.

제작비가 특히 많이 들어간 영화들 중 하나인 〈배틀십〉은? 영화에 등장하는 군함들은 모두 세트와 모형일까? 아니다. 진짜다. 해군의 협조를 받아서 진주만에 있는 실제 군함들 위에서 촬영했다. 군함을 움직여야 하기 때문에 실제 해군 장병들도 다수 영화에 참여했다. 가장 놀라운 사실은, 제2차대전을 끝내면서 일본이 항복 문서에 서명한 곳이자 한국전쟁에도 참전했던 전함 미주리호USS Missouri도 진짜라는 것이다. 무려 20년 만에 미주리호를 바다에 띄우고 그 위에서 촬영한 것이다.

다음은 브래트 피트의 〈월드 워 Z〉 이야기다.

이 영화는 미숙한 진행으로 제작 기간이 길어지고 후반부를 전부 재촬영하는 바람에 사상 최고액인 4억 달러가 들었다는 소문이 돌았다. 공식적으로는 2억 달러다. 재촬영은 필라델피아 시가지와 예루살렘 세트를 다시 지어야 하고 단역배우들을 다시 모아야 한다는 뜻이다. 그러고는 이미 촬영한 모스크바 붉은 광장에서 12분간 좀비들과 사투를 벌이는 장면은 마지막에 영화의 성격과 맞지 않는다는 이유로 결국 삭제했다. 바이러스가 발생한 곳으로 '죄를 짓는' 중국이 개봉을 허락하지 않은 것도 큰 타격이었다.

대규모 영화는 이렇게 한 편이 하나의 기업이다. 스튜디오가 사모펀드라면 영화는 포트폴리오 회사다. 좋은 시나리오와 제작의 효율성, (국제)정치적 판단, 어느 하나 중요하지 않은 것이 없다.

역사적인 인물이나 사건을 소재로 한 영화들은 우리에게 시간을 거슬러올라가 옛날 모습을 보여준다. 촬영 장소, 세트, 의상, 소품 모두 진지하게 고증을 거쳐서 복원되고 재현된다.

그러나 할리우드가 아무리 실력이 있어도 세계 모든 지역의 모든 시대를 완벽하게 재현할 수는 없다. 할리우드 영화에 가끔 나오는 우리나라 관련 인물이나 소품, 언어가 영 아니올시다, 인 경우가 많은 것만 봐도 그렇다. 그래서 역사물은 해당 나라에서 제작한 영화가 영상으로는 더 볼만한 경우가 많다. 예컨대 러시아 혁명은 러시아 영화가, 조선 시대 이야기는 우리나라 영화가 더 충실하다. 순천에 가면 영화 세트장을 구경할 수 있다. '미성년자·장발자 출입금지'라는 팻말이 붙어 있는 다방 세트도 있다. 이런 세트는 같은 시대를 살았던 사람이 아니면 결코 만들 수 없다.

〈알라트리스테 Alatriste, 2006〉는 스페인 영화다. 16세기 네덜란드 독립 전쟁을 다룬다. 궁전, 도서관 등의 모습이 할리우드에서 제작한 맹맹하고 솜사탕 같은 것들과 많이 다르다. 실제 도서관에 가서 촬영하는 것과 도서관 세트에서 촬영하는 것의 차이이다. 그런데 이 영화에 엉뚱하게 기억에 남는 대사가 하나 있다. 스페인 속담에 이런 것이 있단다.

'선물은 사람의 마음을 열고 입을 닫는다.'

어디서나 같다.

# 영화산업

영화경제학과 금융을 들여다보았다. 이제는 그런 것들이 큰 스케일로 펼쳐지는 모습을 보아야 할 때다. 영화를 둘러싸고 가장 큰돈이 움직이는 모습이다. 그런데 이 단계에 접어들면 안타깝게도 영화는 이미 돈을 버는 수단이지 작품이 아닌 단계에 이른다. 이 바닥에서 날고 기는 전문가들은 영화 전문가가 아니라 투자 전문가들이다.

그러나 영화인들의 입장에서 그런 것에 신경쓸 필요는 없겠다. 영화를 사랑하든 안 하든, 영화를 자주 보든 안 보든, 이 돈 전문가들이 판을 만들고, 굴리고, 키워주면 그것으로 족하다. 이 판이 커야 좋은 영화가 많이 나올 수 있기 때문이다. 이는 마치 월 스트리트에서 CDS니 CDO니 하는 복잡한 파생 금융 상품들이 돈 욕심 많은 선수들 사이에서 정신없이 거래되는 일이, 벤처기업이 성장하고 중견 기업이 증권을 발행해서 사업 자금을 조달하는 데 도움이 되는 것과 같다.

### 에디슨을 피해서

우선 미국 영화 산업, 즉 할리우드의 역사에서 시작하자. 여기서 전체적인 조감을 해보고, 다음 장부터 개별 스튜디오와 미디어 회사 이야기를 풀어보기로 한다.

우리가 어렸을 때 영화는 발명왕 에디슨이 '발명'했다고 배우기도 했지만 이는 정확한 말이 아니다. '활동사진' 기술은 1800년대 중반부터 서서히 축적되기 시작했다. 최초의 장편영화(80분!)는 1906년에 호주에서 제작되었다. 〈켈리 갱 이야기The Story of the Kelly Gang〉라는 무성영화다.

미국에서는 1910년대부터 영화 산업이 꽃피기 시작했다. 1915년에 에디슨이 가장 좋아했다는 〈국가의 탄생The Birth of a Nation〉이 개봉되었다. 이 영화에서는 백인 남자 배우가 얼굴에 검정칠을 하고 흑인 역할을 하면서 백인 여성들을 괴롭히고 다녔다. KKK단을 영웅으로 미화하기도 했다—KKK단에 대한 최고의 희화는 〈장고〉에 등장한다—몇몇 도시에서는 상영이 금지되기도 했다. 역시 무성영화였다. 당시에도 소리를 넣는 기술은 있었으나 에디슨은 소리가 나면 배우들이 연기보다 대사에 정신을 뺏기게 된다면서 싫어했다. 청력을 잃은 후에는 더 그랬다고 한다.

1908년에 에디슨은 아홉 개의 스튜디오를 한데 묶어 MPPCMotion

Picture Patents Company라는 것을 설립한다. 사람들은 이 회사를 에디슨 트러스트라고 불렀다.

목적은 영화제작에 관련된 거의 모든 기술 특허를 가지고 있었던 에디슨이 특허권을 엄격히 집행하기 위한 것이었다. 뉴욕 지역의 영화제작자들은 에디슨의 '압제'를 피해서 거점을 캘리포니아로 옮기기 시작했다. 그 무렵의 LA와 할리우드의 모습은 〈13층The Thirteenth Floor, 1999〉에 잘 복원되어 있다.

캘리포니아는 그 외 다른 이점도 많았다. 우선 날씨가 좋고 해가 길다. 당시에도 전등이 있었지만 햇빛만큼 영화에 필요한 것이 없다. 캘리포니아는 건조한 날씨에 풍광이 좋기도 했으므로 영화제작에는 안성맞춤인 곳이다. 에디슨이 보낸 단속반이 오고 있다는 소식이 LA에 퍼지면 어떤 제작자들은 멕시코로 도망가기도 했다고 한다.

할리우드 최초의 스튜디오는 1911년에 세워진 네스터Nestor Studios다. 선셋 불러바드와 가워 스트리트가 만나는 곳에 위치한 낡은 빌딩이었다. 1917년에는 라브레아 애비뉴와 드롱프레 애비뉴가 만나는 곳에 찰리채플린 스튜디오Charlie Chaplin Studios가 세워졌다. 이 스튜디오는 현재 문화재로 지정되어 있다.

1923년에는 그 유명한 할리우드 간판이 세워졌다. 처음에는 'Hollywoodland'였다. 이 간판을 세운 것은 그 주변에 조성할 주택단지를 홍보하려는 목적이었다. 그러다보니 보수를 하지 않아 해가 갈수록 흉물로 변해갔는데 1949년에 할리우드 상공회의

소가 끝 네 글자를 떼어내고 나머지를 보수하기로 결정했다. 〈13층〉에 다 쓰러져가는 간판이 멀리 보인다. 이 간판에 대한 권리는 모두 할리우드 상공회의소로 귀속된다. 할리우드 상공회의소는 스타들의 이름을 별에 새긴 보도블록이 깔려 있는 '스타의 거리Walk of Fame'를 관리하기도 한다.

1929년 5월 16일에는 제1회 아카데미 시상식이 열렸다. 당시에는 루스벨트 호텔에서 행사를 했다. 입장권은 10달러였는데 250명이 참석했다. 이 무렵 이미 5대 메이저 스튜디오가 등장한 상황이었다. 패러마운트, RKO, 20세기폭스, MGM, 워너브러더스였다.

이 스튜디오들은 지금과는 달리 미국 전역에 직영 극장 체인을 운영하면서 자신들이 제작한 영화를 상영했다. 그러나 1948년에 미국 연방대법원은 스튜디오들이 극장을 소유하고 자사의 영화만 상영할 수 없다는 판결을 내린다. 1950년대 중반에 TV가 보급되면서 할리우드의 영화 산업은 새로운 시대를 맞이하게 된다.

### 영화제작 기술

영화 산업은 제작 및 상영 기술의 발달과 운명을 같이했다. 특히 요즘 영화 산업은 연기와 메시지 경쟁인지 기술과 영상 효과 경쟁인지 모를 정도가 되어버렸다. 그러나 그만큼 소비자들에게는 선택의 폭이 넓어지고 영화의 체감 효용이 커진 것이다.

에디슨은 유성영화를 싫어했지만 〈재즈 싱어〉의 성공으로 영화는 목소리를 얻게 되었고 새로운 시대가 열렸다. 컬러 영화가 등장한 것은 불과 그 2년 후인 1929년이다(《온 위드 더 쇼!On with the Show!》). 역시 새로운 시대를 연 셈이다. 다음 단계는? 3D다.

3D는 인간의 원근 감각에 착시를 일으키는 기술이다. 최초의 3D 영화는 1953년에 이미 개봉되었다—〈맨 인 더 다크Man in the Dark〉. 당시 3D 영화에 대한 반응은 영 신통치 않았다. 신기술이 개화하려면 지속적으로 투자가 이루어져야 하는데 아무도 이 기술에 본격적인 흥미를 갖지 않았던 탓에 3D 기술은 반세기 동안 거의 사장되다시피 했다. 제작비도 비쌌지만 상영할 곳이 체계적으로 준비되지 않았다. 물론 〈폴라 익스프레스The Polar Express, 2004〉처럼 가끔 제작되는 영화가 있기는 했고 명맥은 이어졌다.

3D 영화는 2009년 〈아바타〉로 화려하게 부활한다. 그 때문에 〈아바타〉를 최초의 3D 영화로 잘못 알고 있는 경우도 드물지 않다. 지금은 많은 영화가 3D로도 제작된다. 디즈니·픽사가 3D로 제작한 〈메리다와 마법의 숲Brave, 2012〉은 아카데미 장편애니메이션상을 받았다. 보통의 2D 영화를 3D 영화로 변환해서 재개봉하기도 한다.

3D 영화에 대한 소비자의 반응은? 아직 반반인 것 같다. 어지럼증이나 두통을 겪는 사람들도 있다. 일단 안경이 불편하고 답답하다. 가장 큰 문제는 안경을 쓰고 보는 3D 영화의 스크린이 2D 영화 스크린보다 많이 어둡다는 것이다. 3D에 대한 전문가들의 평가와 전망도 가지가지다. 좀더 지나보아야 알 것이라는 답이 맞다.

아이맥스도 1929년에 폭스가 70밀리미터 포맷을 시험적으로 도입했을 때 이미 태동한 셈이다. 시네마스코프, 시네라마를 거쳐서 1967년에 요즈음의 아이맥스가 탄생했다. 2012년 기준으로 세계 52개국에 697곳의 아이맥스 영화관이 있다. 아이맥스는 원래 다큐멘터리에 사용되어 박물관이나 과학관에 설치되었다. 제작과 상영에 비용이 많이 들어서 길이도 짧았다. 디즈니의 〈판타지아 2000 1999〉이 최초의 본격 아이맥스 영화다. 약 1조 2000억 원 이상을 벌어들이고 역대 최고의 007 영화로 평가받는 〈007 스카이폴〉과 약 8000억 원을 벌어들인 〈어메이징 스파이더맨 The Amazing Spider-Man, 2012〉도 아이맥스 프레임에 맞게 제작된 영화들이다.

한편 영화를 구태여 영화관에 가서 보는 이유 중 하나가 압도적인 음향효과다. 오케스트라의 섬세하고 웅장한 사운드뿐 아니라 군용 헬기나 F1 경주용 자동차의 굉음이(《러시》) 실내 공간에서 재현된다. 그래서 음향 기술도 영화제작 기술에서 중요한 부분을 차지한다. 오래된 영화 DVD를 볼 때 답답한 것은 대개 사운드 때문이지 영상 때문이 아니다.

영화 팬들에게 가장 익숙한 음향 로고는 '돌비 Dolby'일 것이다. 돌비라는 이름은 아카데미 시상식이 돌비 극장에서 열리기 때문에 더 익숙하다. 돌비 극장은 원래 코닥 극장이었는데 코닥이 7500만 달러를 내고 극장에 자사 이름을 붙일 권리를 샀다. 그런데 2012년에 코닥이 파산하면서 돌비가 새 권리자가 된 것이다.

음향 기술 전문 회사인 돌비가 디지털 서라운드사운드 기술을 영화에 처음 적용한 것이 〈배트맨 2Batman Returns, 1992〉다. 지금은 집에서도 이 기술의 효과를 맛볼 수 있지만 처음으로 자리 뒤쪽에서 나는 소리를 듣고 신기해하던 기억이 난다. 지금은 돌비디지털 7.1 버전이 대부분의 영화관에 설치되어 있다. 〈토이 스토리 3 2010〉가 이 버전에 맞춰서 처음 제작된 영화다. 〈메리다와 마법의 숲〉은 돌비애트모스Dolby Atmos라는 새 음향 기술을 적용해서 제작했는데 지금은 이 음향 시스템을 설치한 극장이 늘어나고 있다. 물론 첫번째는 돌비 극장이다.

돌비 다음으로 우리에게 익숙한 'THX'는 사운드 퀄리티를 인증하는 시스템이다. 조지 루커스는 〈스타 워즈 에피소드 6—제다이의 귀환Star Wars Episode VI: Return of the Jedi, 1983〉을 제작할 때 어느 극장에서나 최고의 사운드믹싱이 가능하기를 바라며 엔지니어들을 시켜 이 시스템을 고안했다. THX는 지금은 독립된 회사지만 픽사가 그랬듯이 루커스필름의 사업부로 출발했던 것이다.

# 타임워너

스튜디오 이야기는 워너브러더스를 소유한 타임워너TimeWarner 부터 시작한다.

뉴욕 맨해튼의 센트럴 파크 남서편 모퉁이에 지구 모양의 뼈대로 만들어진 조형물이 하나 서 있는데 그 뒤편의 고층 빌딩이 타임워너 본사 건물이다.

타임워너의 2012년 매출액은 약 30조 원. 세계 최대의 미디어 그룹들 중 하나다. CNN을 소유한 터너방송Turner Broadcasting System도 이 그룹 계열사다. 타임과 워너가 1990년에 합치면서 탄생했다. 터너방송, HBO, 워너브러더스, 타임 등의 네 개 사업부로 구성된다.

워너브러더스는 워너 4형제가 1923년 4월에 설립했다. 4형제는 폴란드계 유대인들이다. 이 스튜디오는 앞서 언급한 것처럼 1927년에 최초의 유성영화인 〈재즈 싱어〉를 제작했는데, 이는 린드버그의 대서양 무착륙비행과 JP모건의 ADR 고안과 함께 세계화를 촉발한 3대 사건의 하나로 평가된다. 우연하게도 이 세 사건은 모두 1927년 한 해에 일어났다. 유성영화 제작은 내부적으로도 상당한 논란과 반대를 거쳐 이루어진 큰 결정이었다. 당시 워너는 '빅 5'로 불리던 퍼스트내셔널, 패러마운트, MGM, 유니버설, 그리고 프로듀서스디스트리뷰팅Producers Distributing 등 스튜디오들과의 경쟁 때문에 거의 도산할 위기에 몰려 있었다. 〈재즈 싱어〉는 그런 워너를 순식간에 부자로 만들어주었다. 할리우드의 신통치 않은 지역에서 버뱅크로 이전한 것도 그 덕분이었다.

워너브러더스의 2012년 매출은 약 5조 원이고 DVD와 블루레이 시장의 21퍼센트가량을 점유한다. '해리 포터' '배트맨' '매트릭스' 시리즈를 포함한 약 7000편의 영화, 4000편의 TV 시리즈, 1만 5000편의 애니메이션을 소장한 세계 최고의 콘텐츠 라이브러리를 자랑하고 있다.

**타임과 워너**

시사 주간지 『타임』으로 대표되는 타임Time Inc.은 세계 유수의 언론사들 중 하나였다. 미디어와 엔터테인먼트의 융합 추세에 부응하기 위해 엔터테인먼트 산업에 진출하기로 결정한다. 1987년의 일이다. 진출 방법은 역시 유기적 성장이 아닌 M&A였다. 대상은? 워너Warner Communications였다.

타임은 언론사답게 방대한 콘텐츠 유통 조직을 보유하고 있었다. 콘텐츠만 보완하면 된다. 타임이 최강의 콘텐츠 회사들 중 하나인 워너를 파트너로 선택한 데는 세 가지 이유가 있었다. 첫째, 타임은 자기들이 소유한 HBO와 시네맥스Cinemax 같은 케이블 회사들을 통해 제공되는 콘텐츠에 대한 확실한 통제권을 원했다. 대체로 영화사가 케이블 회사에게는 갑이다. 둘째, 글로벌 미디어 시장에서 경쟁력을 강화하는 데 워너의 자산을 활용하고자 했다. 셋째, 영화, 음악, 출판 등 워너의 핵심 자산들의 성장 속도가 타임의 그것보다 훨씬 빠르다는 점에 착안했다.

타임이 워너와 접촉해서 합병을 진행하려고 했을 때 모든 M&A 거래에서 발생하는 전형적인 문제가 대두되었다. 두 회사가 합쳐지면 '누가 회장을 하지'?

누가 회장을 맡는가의 문제는 합병 당시 두 회장의 개인적인 문제에 그치지 않는다. 합쳐진 사업체의 미래 청사진과 후계 구도, 이른바 세력 다툼에도 영향을 미친다.

타임은 회장 자리는 자기들 것이라고 생각했다. 워너와 결합한 후에도 언론사로서 정체성을 유지하는 것을 최우선 과제로 설정했기 때문이다. 즉 엔터테인먼트 회사로 변신하겠다는 계획은 아니었던 것이다. 반면 워너 측은 당연히 이를 거부했다. 당시 양사는 공히 100억 달러에서 120억 달러의 가치를 지닌 것으로 평가되어서 대등한 결합이 예상되었고 어느 쪽도 주도권을 주장하기 어려웠다. 결국 교착상태에 빠졌다. 그런데 엉뚱한 곳에서 문제가 풀렸다. 1989년 초에 당시 워너의 CEO였던 로스Steve Ross가 건강

이 악화되어서 별수없이 타임에 회장 자리를 양보하기로 했기 때문이다.

영화와 케이블의 전형적인 수직 결합을 통해 창출되는 강력한 시너지를 향유하는 미디어 슈퍼파워 타임워너는 이렇게 탄생했던 것이다. 물론 양사의 케이블 사업이 합쳐짐으로써 사업의 지역적 팽창이 가능해지는 수평적 결합의 요소도 포함했다.

그런데 반전이 일어난다.

**패러마운트의 습격**

1989년 6월 7일로 잡힌 타임의 주주총회를 며칠 앞두고 패러마운트Paramount Communications가 잔치에 끼어들었다. 패러마운트는 타임의 경영진에 워너가 아닌 자기들과 합치면 더 좋을 것이라고 제안했는데 타임은 기왕에 워너와 한 약속도 있고, 또 어렵사리 회장 자리를 확보한 참에 패러마운트에 끌릴 이유가 없었던지라 그 제안을 거절했다. 그러자 패러마운트는 타임의 주주들과 직접 대화하겠다고 나섰다.

상대편 경영진이 말을 듣지 않을 때는 그 회사의 주주들에게 호소해본다. 즉 주주들로부터 주식을 사들여 경영진을 쫓아내든지, 경영진이 생각을 고쳐먹도록 하는 것이다. 단기간에 많은 주식을 사는 방법을 '공개매수'라고 한다. 신문에 광고를 낸다.

'주주 여러분, 우리도 같은 주주입니다. 같은 주주로서 말씀드리건대, 지금 회사의 경영진은 경영을 잘못하고 있습니다. (여기에 비리 사실도 슬쩍 언급하고) 우리가 생각하기에 이 회사는 이러이러하게 경영되어야 합니다. 그래서 우리가 주식을 더 많이 사 경영진이 우리 말을 듣도록 하고자 하니 우리에게 주식을 팔아주시기 바랍니다'라고 하는 것이다. 물론, 가만히 있는 주주들이 주식을 팔도록 하려면 증권거래소 시가가 5만 원이면 8만 원을 주는 식으로 프리미엄을 붙여야 한다.

패러마운트는 타임 주식에 대해 주당 175달러의 공개매수를 발표했다. 발표 당시 시가는 126달러였다. 상황이 이런 식으로 전개되면 주주들은 신나게 마련이다.

그러나 타임의 이사회는 타임이 워너와 합치면 주가가 2년 내에 주당 최고 247달러까지 상승할 잠재력이 있다는 투자은행들의 평가를 내세워 패러마운트의 제안을 평가절하했다. 주주들에게 길게 보라고 요구한 것이다.

그러자 패러마운트는 공개매수 가격을 주당 200달러로 올려버렸다. 그래도 타임의 이사회는 태도를 바꿀 생각을 하지 않았다. 타임의 이사회는 이런 식으로 해서 패러마운트가 타임을 지배하게 되면 언론사로서 정체성을 보전할 수 없다고 판단했다.

이쯤 되면 주주들이 화를 내지 않을 수 없다. 주주들은 언론사로서의 정체성에 투자한 것이 아니라 돈을 벌려고 투자한 것이다. 126달러짜리 주식을 200달러짜리 주식으로 바꾸어주겠다는데, 경영진이 회장 자리 때문에 방해를 한다? 2년 후 247달러라는 믿을 수 없는 장밋빛 미래보다는 200달러짜리 현실이 더 끌리는 법이다.

타임의 일부 주주들이 소송을 제기했다. 그러나 판사는 타임 경영진 측의 손을 들어주었다. 누구와 사업을 같이할지에 대한 결정은 '경영 판단'이라는 것이다. 경영진의 권한이라는 말이다. 그게 마음에 안 들면 주주들이 경영진을 갈아치우면 된다. 판사한테 판단해달라고 할 문제가 아니다. 판사가 무슨 사업을 알겠는가? 이 판결은 회사의 경영자들이 적대적 M&A의 위협하에서 경영 판단의 원칙에 의거, 자유롭게 경영권 방어 행위를 할 수 있다는 유명한 법원칙을 만들어냈다.

소송에서 이긴 타임의 경영진은 원래 계획대로 워너와 합치기로 최종 결정하고 주주총회가 필요 없는 거래 구조로 변경한 다음 성공적으로 거래를 진행했다.

### 타임워너와 AOL

10년 후……

2000년 1월에 타임워너는 AOL과 합치기로 결정한다. 전자 상거래와 인터넷 분야로 진출하기 위해서다.

그런데 AOL이 뭐지?

AOL은 현재 매출액이 약 2조 원 정도인 뉴욕의 온라인 서비스 회사다. 1980년대에 비디오게임 업체로 시작했는데 약 10년 만에 대형 인터넷통신 회사로 성장했다. 〈유브 갓 메일〉에서 톰 행크스와 멕 라이언이 AOL로 이메일을 주고받는다. 1990년대 후반의 IT 버블 시기에 AOL의 경영진은 AOL 주식이 지속적으로 고평가 상태를 유지할 수 없다는 것을 알고 미디어 기업과의 결합을 검토하다가 AT&T, 디즈니로부터 거절당한 후에 모든 면에서 자신들보다 월등한 타임워너를 파트너로 선택했다.

역사는 별론으로 하더라도 종업원 7만 명 대 1만 5000명, 매출액 270억 달러 대 50억 달러 등 모든 지표에서 두 회사를 비교하기 어려웠다. 그러나 AOL의 주가가 워낙 높아 시가총액이 타임워너의 두 배 가까이 되었다. 그러니 대등한 결합으로 꾸미기로 했다. 표면상으로는 한창 잘나가던 AOL이 주도권을 행사하기까지 했는데 회사의 이름은 AOL타임워너, 증권거래소 주식 부호도 'AOL'로 정해졌다.

'이제 누가 회장을 하지?'

문제가 잘 해결되지 않자 두 회사는 아예 공동회장 체제를 채택하기로 결정한다.

그러나 왕은 둘일 수 없는 것이다. AOL과 타임워너의 결합은 역사상 가장 크게 실패한 M&A 중 하나로 불린다. 두 회사가 합친 지 불과 몇 개월 후부터 IT 기업 주가가 하락하기 시작해서 2003년 말 기준으로 AOL타임워너 주주들은 무려 총액 2000억 달러 정도의 주식 가치 하락을 겪었다. 각종 민형사 소송의 타격도 받았다.

타임워너 출신 경영진은 역사가 긴 거대 기업들이 공통적으로 취하는 회사 운영 방식을 그대로 고수하려고 했다. 사업 부문 간의 치열한 경쟁을 통해 회사 전체의 경쟁력을 유지한다는 생각이다. 그러나 사업 부문 간의 경쟁은 때로는 회사 전체의 이익에 반하는 결과도 낳으므로 AOL 출신 경영진은 이를 바람직하지 못하다고 보았다. 특히 AOL 출신들은 회사의 주가에 대단히 민감했다. 회사 전체의 시너지를 중시했다. 또 타임워너 출신 경영진은 고객 관계 등 장기적인 혜택을 생각하는 경향이 있었으나 AOL 출신 경영진은 단기적인 실적에 치중했다.

그러다가 9·11이 닥쳤다.

내부 충돌은 2001년 9·11 사건을 계기로 폭발했다. 9·11 사건은 경제 전체에 충격을 가했기 때문에 그러지 않아도 추락하던 회사의 주가는 치명타를 맞았고 광고 물량도 급감했다. 타임워너 출신 공동회장 레빈Gerald Levin은 회사의 뉴스 부문에 '비용에 개의치 말고 9·11 사건을 커버하도록' 지시한다. 역사적인 시점에 AOL타임워너는 언론 매체를 운영하는 기업으로서 사회적 책임을 다해야 한다는 것이다. AOL 출신 공동회장 케이스Stephen Case는 펄쩍 뛰었다. 주가는 어떻게 되라고? 우리 회사가 사회사업 합니까?

어디서나 신사는 투사를 당하지 못한다. 결국 레빈이 축출되었다.

회장이 부하들을 쥐어짜기 시작하면 어느 수준까지는 사람들이 열심히 일한다. 회사 사람들은 온화한 회장을 존경하지만 긴장이 풀린다. 거칠고 공격적인 회장은 욕하고 불평하지만 할 수 없이 열심히 뛴다. 그게 회사다. 문제는 어느 정도까지라는 것이다. 더이상 실적을 낼 수 없게 되면 슬슬 거짓 보고가 위로 올라간다. 실적이 조작되고 회계가 분식된다. 결국 책임은 회장이 지기 마련이다. 회사 수익 감소와 회계 부정 사건으로 케이스도 축출된다. 타임워너 출신 파슨스Richard Parsons가 새 회장이 되었다.

2002년에 이사회는 회사의 이름에서 AOL을 떼어내 다시 타임워너로 바꾸고 회사의 주식 부호도 'AOL'에서 원래의 타임워너 주식 부호였던 'TWX'로 변경했다. 학자들은 이 결합이 졸부가 한창 잘나갈 때 명문 대가집과 혼인해서 세 굳히기를 시도한 것이라고 말한다. AOL은 2009년에 결국 타임워너로부터 떨어져나오게 된다.

### 칼 아이컨의 기습

타임워너의 시련은 계속되었다.

타임워너는 2005년에 우리가 기업사냥꾼이라고 부르는 레이더raider 칼 아이컨Carl Icahn의 공격을 받는다.

2005년 가을부터 아이컨은 타임워너의 주식 3.1퍼센트를 보유한 주요 주주로서 전형적인 기업지배구조펀드나 헤지펀드가 구사하는 전략을 타임워너에 적용하기 시작했다. 2006년 2월 초에 아이컨은 투자은행 라자드Lazard와 함께 350쪽짜리 구조조정 계획을 회사에 제출했다. 회사를 인터넷, 방송과 영상 사업, 케이블, 출판 등 네 개로 분리할 것과, 그중 인터넷 부문은 배리 딜러Barry Diller가 경영하는 인터넷 포털 회사 IAC와 합병할 것을 제안했다. IAC는 타임워너에 비해 규모가 9분의 1에 불과한 회사다. 아이컨은 또 200억 달러 규모의 자사주 취득도 요구했다.

경영진은 회사를 분할하면 모든 미디어 회사들의 잠재적인 경계 대상인 구글, 야후 등의 위협에 노출된다는 이유를 들어 부정적으로 반응했고, 아이컨은 저평가된 회사의 주가와 실적 부진을 이유로 CEO와 이사들을 교체하겠다면서 주주총회 대결을 선언했다. 그러나 이 분쟁은 2월 17일에 아이컨이 회사에 대한 공격을 중단하고 회사는 자사주 취득 금액을 200억 달러로(원래 계획은 125억 달러) 상향 조정하기로 함으로써 종결되었다.

**오늘의 타임워너**

워너가 패러마운트와 전쟁을 벌이다시피 해서 합병한 타임은 타임워너에서 분리될 예정이다. AOL에 이어서 두번째 큰 제자리 돌기다.

안 하느니만 못한 일을 했던 것인가?

그렇지는 않다. 기업이란 변화하는 경제 환경에서 종종 교체되는 경영진이 구조에 대한 결정을 항상 새롭게 내리는 곳이다. 10년 전에 바람직한 구조가 지금도 그렇다는 보장은 없고 전임 회장의 생각이 새 회장의 생각과 같을 수는 없다. 같은 회장도 시간이 지나면서 새로운 경영 환경에 적응하고 생각도 바뀌는 법이다.

『타임』『피플』『스포츠 일러스트레이티드』를 포함해서 96종의 잡지를 발행하는 타임은 2014년부터 독립해서 새로운 길을 가고 워너는 순수한 엔터테인먼트 기업으로 남게 된다.

# 패러마운트

패러마운트의 전신은 걸프+웨스턴Gulf+Western이라는 복합기업이다. 걸프+웨스턴은 1916년에 설립되어 1966년, 1914년에 설립된 패러마운트픽처스Paramount Pictures를 인수했다.

걸프+웨스턴은 온갖 사업을 다 했다. 건축자재, 가정용품, 시가를 생산, 판매했고 도미니카공화국에 진출해 부동산 사업도 벌였다. 티타늄 광산, 경마장도 사들였다. 그런데 성과가 신통치 않았다. 그래서 1983년에 CEO가 바뀌면서 선택과 집중을 위해 사업을 단순화하기 시작했다. 1989년까지 100개 이상의 사업체를 팔아치웠다. 포드자동차에 26억 달러짜리 금융회사를 팔기도 했다. 그후 회사 이름을 패러마운트Paramount Communications로 바꾸었다. 결국 실패했지만 타임을 인수하려고 시도한 것이 새로워진 회사의 첫 작품이었던 셈이다.

타임을 인수하는 데 쓸 요량으로 잔뜩 현금을 쌓아놓고 있던 패러마운트는 이왕 뽑은 칼을 휘두르기 위해 타임이 아닌 다른 파트너를 물색하다가 바이어컴Viacom이 눈에 들어왔다.

바이어컴은 MTV, 니컬로디언, 쇼타임Showtime 같은 채널과 비디오 대여점 블록버스터Blockbuster 체인을 소유하고 있었다. 패러마운트가 보유하고 있던 850편이 넘는 영화, TV 프로그램, 출판물 등과 결합하면 강력한 시너지를 낳을 것으로 예상되었다.

그래서 패러마운트는 바이어컴의 레드스톤Sumner Redstone 회장에게 연락했다. 레드스톤 회장은 좋은 생각이라며 환영했다. 레드스톤은 당시 이미 콘텐츠가 미래 미디어 산업의 중심이 되리라 보고 있었다. 케이블 산업은 이미 포화 상태인 레드오션이었고 케이블 회사들은 유선전화 회사와 위성TV 회사 등 새로운 경쟁자들을 맞이하고 있었다.

레드스톤은 하버드대 로스쿨 졸업생이다. 원래 극장집 아들이어서 극장에서 자라다시피 했는데 부모는 아들을 변호사로 키우고 싶어했다. 당시 보스턴 지역의 명문이던 보스턴 라틴스쿨을 수석으로 졸업했다. 제2차대전중에 하버드 대학교를 다녔는데 후일 주일 대사를 지낸 라이샤워 교수가 이끄는 특별 정보 팀에서 일본군의 고급 암호를 해독하는 일을 하기도 했다. 전쟁이 끝난 후에는 미군이 쓰던 주방 기구 장사로 로스쿨 학비를 댔다. 졸업 후 연방항소법원과 법무부에서 7년 동안 일한 뒤 워싱턴 로펌에 들어가 파트너가 되었다. 1954년에 부친이 창업한 두 곳의 드라이브인 극장 운영에 참여, 내셔널어뮤즈먼츠National Amusements사를 세웠다.

옛날 내가 어릴 때는 영화관에 가면 엄청나게 큰, 지금의 아이맥스 같은 스크린 하나 앞에 수백 명의 관객이 앉는 1극장 1스크린 시스템이었다. 지금과 같은 멀티플렉스 시스템은 바로 레드스톤이 고안해서 새로 개척한 것이다.

바이어컴은 적대적 M&A로 손에 넣은 기업이다. 패러마운트와 합치면 명실공히 세계 최대의 미디어 그룹으로 변신할 수 있으므로 반기지 않을 수 없었다. 그런데……

'누가 회장을 하지?'

거래는 결국 성사되지 못했다. 그런데 여기서도 엉뚱하게 문제가 풀렸다.

1993년이 되자 홈쇼핑 채널 QVC가 패러마운트를 넘본다는 소식이 흘러나왔다. 그러자 패러마운트 회장이 바이어컴에 자리를 전격 양보하기로 한다. 왜 그랬을까?

당시 패러마운트 회장은 마틴 데이비스Martin Davis, QVC의 회장은 배리 딜러였다. 두 사람은 걸프+웨스턴 시절 동료 사이였다. 데이비스가 CEO가 되고 딜러는 불화 끝에 회사를 떠났다.

배리 딜러는 원래 미국 미디어 산업에서 신화적인 인물이다. 딜러는 한 연예 기획사에서 우편배달원 일을 하기 위해 1961년에 UCLA를 중퇴했는데 1968년에 ABC에 취직하게 된다. 여기서 능력을 발휘하기 시작해 ABC의 부사장이 되고 미니 시리즈와 TV

용 영화를 다수 제작, ABC를 엄청난 성공으로 이끌었다. 딜러는 인재 발굴에도 탁월한 능력을 발휘해 스티븐 스필버그와 에런 스펠링, 마이클 아이스너와 제프리 카첸버그 같은 미래의 주역들을 발굴하고 성장시킨 사람이다.

딜러는 1992년에 할리우드를 떠나서 펜실베이니아의 무명 TV 홈쇼핑 회사였던 QVC로 이동하며 세상을 놀라게 했다. 이 회사를 성공시킨 후에는 1993년부터 케이블 TV 회사와 콘텐츠 회사인 영화사의 결합을 구상하기 시작했다. QVC는 컴캐스트Comcast의 주인이었다. 목표물은?

당연히 패러마운트였다.

데이비스는 딜러의 복수극이 벌어질 것을 겁내 얼른 레드스톤 회장에게 백기를 들었던 것이다. 이렇게 해서 패러마운트와 바이어컴은 신속히 계약을 마무리했다.

그러나 8일 후에 QVC가 공개매수를 발표한다.

QVC는 바이어컴의 조건보다 월등한 조건을 제시했다. 주당 90달러. 이때부터 공개매수 경쟁이 촉발되었다. 패러마운트를 놓치고 싶지 않았던 레드스톤이 가격을 올렸다. 주당 92달러. 그러자 QVC가 더 좋은 가격을 불렀다. 주당 104달러. 주주들에게는 환상적인 상황이 연출되었던 것이다. 소송도 뒤따랐다. 결국 패러마운트의 이사회는 경영진의 반대에도 불구하고 더 높은 가격을 부른 QVC를 선택하기로 한다—경영진과 주주들 간의 이해관계가 부딪히는 이런 상황이 되면 이사회는 경영진을 배제한 상태에서 중립적인 결정을 내려야 한다.

그러나 레드스톤은 포기하지 않고 블록버스터와 합병해서 덩치를 키운 다음 패러마운트에 대한 공개매수 가격을 주당 107달러로 인상하고 추가 인센티브도 제시했다. 여기서 QVC가 수건을 던진다. 상황 끝.

요즘 영화 시작할 때 보면 패러마운트 로고인 별에 둘러싸인 눈 덮인 산 아래에 'A Viacom Company'라고 쓰여 있는데, 패러마운트가 바이어컴의 계열사라는 뜻이다—눈 덮인 산은 1920년대부터 사용되었다. 이 산이 실제로 어디인지는 의견이 분분하다. 별은 처음에는 스물네 개였다. 당시 스물네 명의 스타가 스튜디오와 계약을 맺고 있었기 때문이다.

레드스톤은 운도 좋았다. 사건 종결 직후 패러마운트가 개봉한 〈포레스트 검프1994〉가 대형 히트를 쳤다. 1997년에는 〈아바타〉가 나올 때까지 오랫동안 역대 박스오피스 1위 기록을 보유했던 〈타이타닉〉이 개봉되었다. 그리고 패러마운트의 가장 핵심적인 자산인 '스타 트렉' 시리즈도 순항을 계속했다.

바이어컴은 1999년에 사들인 방송사 CBS가 큰 부채로 변하면서 2005~2006년에 대규모 구조조정을 실시한다. CBS가 바이어컴에서 떨어져나가면서 2009년에 패러마운트와 CBS의 파트너십도 종결되었다. 패러마운트는 2005년에 드림웍스의 애니메이션을 제외한 사업을 인수했는데, 그다음 해에 드림웍스 임원들이 떠나면서 새 드림웍스를 세웠고, 드림웍스 상표권을 보유하고 있던 드림웍스 애니메이션은 상표 사용권을 새 회사에 넘겨버렸다. 패러마운트는 드림웍스 애니메이션과 관계를 청산하고 1967년에 접었던 독자적인 애니메이션 스튜디오를 다시 열기로 결정한다.

# 디즈니

월트디즈니Walt Disney Company는 1923년에 창립된 미국 문화의 강력한 아이콘이다. 영화와 테마파크, 캐릭터 상품을 통해 미국 문화와 꿈을 세계에 전파한다.

디즈니 브랜드는 『포브스』가 발표하는 세계에서 가장 가치 있는 브랜드 랭킹에서 17위를 차지한다2013. 1위는 애플이고 16위는 메르세데스벤츠다. BMW는 11위고 우리나라의 삼성은 9위. 디즈니 브랜드는 17위이기는 하지만 미디어와 엔터테인먼트 회사 중에서는 1위다. 미디어 브랜드 가치 2위, 종합 37위에 오른 세계 최대 스포츠 채널 ESPN은 디즈니의 자회사다. 또 NBC, CBS와 함께 미국 3대 공중파 방송인 ABC도 디즈니의 자회사다.

디즈니랜드는 어린이의 '꿈' 그 자체다. 서구의 동화에는 아름다운 전설의 성, 마법의 성이 많이 등장하지만 정작 그 이미지를 시각화해준 것은 디즈니랜드에 있는 '잠자는 숲속의 미녀 성Sleeping Beauty Castle'이다. 이 성은 독일 바이에른 남부에 있는 노이슈반슈타인 성을 모델로 했지만 전 세계에 그 자체의 이미지를 전파했다.

회사가 창립된 지 5년 후인 1928년에 디즈니의 간판스타가 탄생한다. 영원한 생명력을 가진 캐릭터 미키 마우스다. 미키는 단편영화인 〈증기선 윌리Steamboat Willie, 1928〉에서 공식적으로 데뷔해, 50세가 된 1978년에 애니메이션 캐릭터 최초로 할리우드 스타의 거리에 이름을 올렸다. 아마도 미키는 하일랜더가 될 가능성이 높다. 인류 역사가 계속되는 한 지금 모습 그대로 살아 있을 것이다.

1934년에는 내가 가장 좋아하는 캐릭터인 도널드 덕도 태어났다. 도널드는 미키보다 훨씬 더 강한 개성의 소유자다. 도널드의 특이한 꽥꽥거리는 목소리의 주인공은 클레런스 내시라는 사람으로 도널드 탄생부터 50년간 더빙을 맡았다.

디즈니는 1937년에 발표한 〈백설공주와 일곱 난쟁이Snow White and the Seven Dwarfs〉로 규모는 작지만 1급 스튜디오 반열에 오른다. 이 83분짜리 영화 제작을 위해 디즈니는 모든 것을 쏟아부었으므로 실패할 경우 사업을 접어야 했다. 지금 가치로 4억 2000만 달러의 흥행 실적을 올렸다. 백설공주는 1812년에 처음 발표되었던 그림 형제의 동화 주인공인데 역사상 가장 유명한 공주가 된 것은 디즈니 영화 때문이다. 백설공주는 물론 그후에도 여러 영화에 등장했는데 〈백설공주Mirror, Mirror, 2012〉 〈스노화이트 앤드 더 헌츠먼Snow White and the Huntsman, 2012〉 같은 영화들이다.

디즈니는 1955년 7월 17일 일요일에 영원한 꿈의 나라인 디즈니랜드를 LA 근교 애너하임에 개장했고 1965년에는 플로리다의 올랜도에 광대한 디즈니월드를 건설하겠다는 계획도 발표했다. 디즈니월드는 1971년에 마법의 왕국 입구에 세워진 '신데렐라 성Cinderella Castle'을 상징으로 개장했다. 이 파크는 너무나 크기 때문에—120제곱킬로미터가 넘는다—자기가 차를 세워둔 주차장을 기억하지 못하면 어둑어둑한 저녁 무렵에 큰 낭패를 겪는다.

그러나 디즈니는 1966년에 창업자 월트 디즈니가 타계한 이후 지속적으로 낮은 주가와 경영진 내부의 불화 및 충돌로 여러 번에 걸쳐 위기를 겪는다.

월트 디즈니는 65세 생일을 막 넘긴 날 폐암 합병증으로 타계했다. 평생 줄담배를 피웠는데 단 한 번도 어린이들 옆에서 담배 피우는 것을 본 사람이 없다고 한다. 그때만 해도 담배가 몸에 해롭다는 생각이 그다지 널리 퍼져 있지 않았으므로 자상한 배려로 보면 될 것이다. 디즈니가 쓰러지기 전에 쓰려던 마지막 편지의 수신인은 당시 15세이던 아역 배우 커트 러셀인데 왜 커트 러셀인지는 러셀 본인을 포함해서 아무도 짐작하는 사람이 없다.

월트 디즈니는 〈세이빙 미스터 뱅크스〉에서 거의 반세기 만에 톰 행크스를 통해 부활했다.

**시련기**

첫번째 시련은 1984년 스타인버그Steinberg 그룹의 적대적 M&A

시도였다. 디즈니는 스타인버그 그룹에 그린메일Greenmail을 지불하고 위기를 넘겨야 했다. 그린메일이란 꽤 많은 주식을 사들여 경영진 자리를 위협하거나 사사건건 비판하는 주주에게 웃돈을 주고 회사가 주식을 되사는 것이다. 블랙메일에서 유래한 말로 미국 달러의 색깔이 초록색이라서 붙여진 이름이다. 5만 원짜리 주식을 이 주주에게만 7만 원을 주고 사들이면 회사의 다른 주주들이 가만있지 않기 때문에 소송이 많이 생긴다.

당시 디즈니의 CEO는 월트 디즈니의 사위이자 전 미식축구 선수 론 밀러Ronald Miller였다. 부동산 사업에 집중하고 이런저런 투자에 실패해서 주가를 하락시키고 있었다. 그러나 디즈니의 막강한 라이브러리와 플로리다의 부동산을 팔면 큰돈이 되므로 레이더인 스타인버그 그룹의 목표물이 되었다.

디즈니는 우여곡절 끝에 스타인버그의 주식을 주당 77.45달러에 매입하기로 했다. 스타인버그 그룹은 연 수익율 78퍼센트를 취하고 사라졌다. 이날 디즈니의 주가는 49달러였다.

당연히 소송 사태가 일어났다. 설상가상으로 따라 하는 자도 나타났다. 또다른 레이더인 제이컵스Jacobs가 디즈니에 적대적 M&A를 선언했다. 그러자 디즈니의 대주주 배스Bass가가 제이컵스의 주식을 사들인다. 이 거래는 주주 간 거래였으니 그린메일에 해당하지는 않았지만 사실상 두번째 그린메일로 볼 수 있는 것이다.

두 차례 홍역을 치른 후에 디즈니 이사회는 경영진에 근본적인 문제가 있음을 깨닫고 밀러를 내보낸 후, 회사의 역량을 부동산이 아닌 본래의 창의적 콘텐츠에 집중할 새로운 CEO를 물색했다. 그렇게 패러마운트의 마이클 아이스너Michael Eisner를 회장으로, 워너브러더스의 프랭크 웰스Frank Wells를 사장으로 영입하게 되었다.

### 황금기와 침체기

이 콤비는 회사를 다시 일으켜세운다.

사모펀드인 실버스크린파트너스Silver Screen Partners가 1985년에 설립되어 디즈니 작품들에 금융 지원을 개시했다. 1987년에 조성된 실버스크린파트너스 III는 당시 무려 3억 달러를 조달해서 디즈니를 지원했다. 여기서 〈인어공주The Little Mermaid, 1989〉 같은 성공작이 탄생한다. 디즈니는 1988년 최고 매출 기업으로 등극한 후에 매년 20퍼센트 대로 성장했다. 1993년에는 미라맥스를 인수했다.

그러나 웰스가 1994년에 사고로 사망한 후 아이스너는 슬슬 독재자로 변모했고 결국 축출된다.

아이스너는 디즈니에 영입될 때 "미국 회사들은 창의적인 인재들이 경영자들에 의해 밀려날 때 항상 위기를 맞는다"고 이사회에 자신의 경영 철학을 피력했다고 한다. 20년 후에 아이스너는 똑같은 이유로 회사를 위기에 처하게 했고, 쫓겨났다.

아이스너는 촬영 현장에 나타나서 왜 검은 고양이를 쓰지 않고 흰색 고양이를 쓰느냐부터 시작, 시시콜콜 매사에 간섭하는 스타일로도 유명했지만, 가장 큰 실책은 아마도 제프리 카첸버그가 회사를 떠나서 드림웍스를 창업하도록 방조한 일일 것이다. 웰스가 사망해서 빈 사장 자리에 부사장 카첸버그를 승진시키지 않고 자기 친구인 마이클 오비츠를 불러들였던 것이다. 드림웍스가 제작한 〈슈렉 2〉는 애니메이션인데도 역대 박스오피스 5위권에 든다. 거의 1조 원을 벌어들였다. 내가 가장 좋아하는 애니메이션이다. 아이스너는 호랑이 새끼를 키워 내보낸 것이다.

디즈니는 테마파크나 음악 사업도 하지만 다양한 사업 분야 전체를 지배하고 이끌어나가는 것은 미키 마우스로 대표되는 캐릭터다. 디즈니의 캐릭터는 대부분 애니메이션에서 탄생하므로 애니메이션이 사업의 핵심이다. 그러나 2000년대에 들어서면서 디즈니는 전통적인 셀 애니메이션의 퇴조로 고전하게 되었다. 1994년의 〈라이언 킹〉 이후로 새로운 캐릭터를 만들어내지 못했고 2001년작 〈아틀란티스—잃어버린 제국Atlantis: The Lost Empire〉이 흥행에 실패했다. 셀 애니메이션은 투명한 셀룰로이드 판에 한 장씩 그림을 그려서 촬영하던 방식이다. 지금의 CG 방식에 비하면 입체감이 떨어지고 표현력에도 한계가 있다. 디즈니는 이 위기를 컴퓨터그래픽과 3D 애니메이션으로 부상하던 픽사와의 제휴로 타개하기로 했다.

### 디즈니와 픽사

픽사는 스티브 잡스가 1985년에 애플에서 밀려나면서 애플

지분을 처분해서 손에 쥔 자금으로 1986년에 조지 루커스로부터 사들인 회사다. 루커스필름의 컴퓨터 애니메이션 사업부였다—잡스는 애플에서 나와 NeXT 컴퓨터를 설립했다. 넥스트큐브NeXTcube라는 이름의 워크스테이션을 출시했는데 기술적으로는 진보했지만 값이 너무 비쌌다. 그런데 인터넷을 처음으로 고안해낸 CERN이 이 컴퓨터를 쓰고 있었다. 즉 잡스는 인터넷의 탄생에도 한몫한 셈이다. 어쨌든 우리가 잊지 말아야 할 사실은, 잡스조차도 회사에서 쫓겨나는 험한 세상이라는 것이다. 그저 최선을 다하고 성실하게 사는 방법밖에 없다.

디즈니와 픽사의 제휴는 1991년에 픽사가 세 편의 장편 애니메이션을 제작하고 디즈니가 자금 지원, 홍보, 배급을 담당하는 것을 골자로 하는 계약을 체결함으로써 시작되었다. 픽사는 순이익의 12.5퍼센트를 분배받는다는 조건이다. 이 제휴는 디즈니 출신으로 픽사의 핵심 인물인 래시터John Lasseter의 활약에 힘입어 〈토이 스토리1995〉를 시작으로 공전의 성공을 거두었다.

그러나 제프리 카첸버그 부사장이 아이스너와의 불화로 디즈니를 떠나 드림웍스를 설립하자 경쟁이 심화되었고, 1995년 픽사의 성공적인 IPO로 자금 압박에서 해방된 스티브 잡스가 아이스너에게 기존 계약의 부당성을 내세우면서 새로운 관계를 설정할 것을 요구하기 시작했다. 디즈니는 감수할 수밖에 없었다. 잡스는 그림을 안 그리겠다고 '나자빠졌다'.

콘텐츠가 '갑'이었다.

결국 픽사가 순이익의 50퍼센트를 분배받을 뿐 아니라 영화의 제작 전 과정을 전담하고 모든 영화, DVD, 캐릭터 상품에 디즈니와 픽사의 로고를 나란히 표기한다는 조건으로 새 계약이 체결되었다. 디즈니와 픽사의 관계, 정확히는 아이스너와 잡스의 관계는 이를 계기로 악화되었다. 아이스너 회장은 픽사와의 관계를 무난하게 정리하지 못하고 결국 디즈니와 픽사는 2004년에 결별했다.

**아이스너의 축출**

독재자 아이스너는 어떻게 쫓겨났을까?

디즈니 이사회의 사외 이사는 72세를 상한으로 선임되었지만 내부 이사에게는 이 규정이 적용되지 않는 것이 문제의 발단이었다. 창업자 월트 디즈니의 조카 로이Roy Disney는 애니메이션 사업부 책임자였기 때문에 72세 연령 제한에 걸리지 않았다. 아이스너는 이사회에 영향력을 행사해서 자신과 심각한 불화 관계에 있던 로이를 쫓아내려고 했다. 로이와 다른 사외 이사인 골드Stanley Gold가 반발해서 이사직을 전격 사임하고 경영상의 전횡과 실적 부진 등을 이유로 내세워 '디즈니 구하기Save Disney'라는 이름으로 대대적인 아이스너 퇴진 운동을 전개하기 시작한다.

픽사와의 전략적 제휴가 결렬되자 주주들이 CEO에 대한 불신을 표명하기 시작했다. 2004년 5월, 아이스너의 재선이 결정되는 주주총회를 앞두고 대다수 기관투자자들이 CEO에 대한 불신을 공식 표명하자, 아이스너는 이사회 의장직을 CEO와 분리하기로 결정하고 기업의 경영에 가장 어두운 사외 이사인 전 상원 의원 미첼George Mitchell을 본인의 고사에도 불구하고 이사회 의장에 추대했다. 그러나 이게 꼼수라는 것을 세상이 다 알았다. 아무리 유능한 사람도 한번 뭔가에 홀리고 자신만의 사고에 갇혀버리면 삼척동자도 다 알 수 있는 어이없는 방식으로 문제를 풀려고 한다.

주주들도 아이스너를 믿지 않았다. 43퍼센트의 주주들이 주주총회에서 CEO의 재선에 찬성하지 않았고 아이스너는 22년간 지켜온 CEO 자리에서는 물론이고 이사직에서도 결국 물러나게 되었다.

부회장 아이거Bob Iger가 아이스너를 승계했다.

왜 아이스너같이 역량이 뛰어난 인물이 누가 보아도 어이없는 수를 자꾸 두고 결국에는 파국을 맞는 것일까? 아이스너뿐이 아니다. 동서고금의 역사에서 흔히 볼 수 있는 일이다.

권력은 권력자 스스로를 몰락시킨다. 권력 주위에는 권력자를 칭송하거나 최소한 호의적인 사람들밖에 없다. 굳이 뭔가를 바라지 않더라도 사람들은 자신과 친한 사람, 이해관계가 상치하지 않는 사람에게 호의적인 태도를 취한다. '칭찬은 고래도 춤추게 한다'고 했는데 열심히 일하는 사람을 왜 비판하겠는가? 하물며 권력자에게. 그런데 사람은 칭찬을 계속 듣다보면 정말로 자기가 그 칭찬대로라고 생각하게 된다. 그만큼 나약한 것이다. 인간은 주위의 격려와 호의를 먹고 산다. 크든 작든 권좌에 앉는 순간 정상적인 정보의 흐름은 단절되고 왜곡된 정보에 의한 결정을 내리기 시작한다. 주위에서는 나쁜 소식은 감추고 좋은 소식은 부풀려서 들고 온다. 결국 어느 날 뭘 잘못했는지도 모르고 내려오게 되는 것이다.

### 컴캐스트

디즈니의 지배 구조가 이같이 시끌시끌할 때 갑자기 뜬금없는 일이 일어났다. 케이블 회사 컴캐스트가 디즈니를 인수하겠다고 나선 것이다. 그 뜻은 타임-워너, 바이어컴-패러마운트 딜과 같았다. 케이블과 콘텐츠를 합치겠다는 것이다.

컴캐스트의 CEO는 디즈니 출신인 버크Steve Burke였다. 컴캐스트는 2002년에 AT&T의 케이블 사업 부문을 510억 달러에 적대적으로 인수한 후 2130만 명의 가입자를 보유한 미국 최대의 케이블 회사로 성장해 있었다. 디즈니와의 결합을 생각하게 된 것은 컴캐스트가 디즈니와는 정반대의 기업이었기 때문이다. 회사 매출의 95퍼센트가 케이블 사업에서 발생할 정도로 컴캐스트는 콘텐츠 유통 사업에만 집중하고 있었다. 2004년에 프랑스의 비방디가 유니버설 스튜디오를 매각하려고 매물로 내놓았을 때 관심을 보인 바 있으나 GE와의 인수 경쟁에서 패배했고 결국 디즈니를 목표물로 생각하기에 이른다.

컴캐스트는 처음에 디즈니에 우호적으로 접근했다. 당시 컴캐스트의 정보원이 디즈니 이사회 의장 미첼로부터 아이스너가 물러날 것이라는 말을 들었기 때문이다. 그러나 막상 M&A 제안을 받은 아이스너는 아무런 관심을 보이지 않았고 심지어 이사회에 보고하지도 않았다 한다. 그러자 컴캐스트는 디즈니에 대한 적대적 M&A를 선언했다.

정작 놀란 것은 컴캐스트의 주주들이었다. '뭣들 하자는 거지?' 컴캐스트 주주들은 케이블 회사가 가장 창의적이어야 하는 디즈니와 같은 회사의 사업을 경영할 능력이 없다고 보았던 것이다. '큰일나겠네'라고 생각하고 주식을 팔기 시작했다. 컴캐스트의 주가가 불과 이틀 만에 12퍼센트 떨어졌다. 컴캐스트는 디즈니의 가치를 541억 달러로 평가해서 주식교환에 의한 M&A를 제안했기 때문에 주가 하락은 상대의 가치를 높이게 된다. 조건이 불리해졌다. 결국 컴캐스트의 디즈니 인수 제안은 철회되었다. 그러나 이 엉뚱한 사건도 아이스너의 리더십에 손상을 주었다. 회사가 남의 먹잇감이 된다는 사실 자체가 경영자에게는 수치스러운 것이다.

### 어벤저스

2012년작 〈어벤저스The Avengers〉는 디즈니 영화 중 최고의 흥행 성공작이다. 할리우드 역대 3위의 흥행작이기도 하다. 제작비 2억 2000만 달러에 박스오피스는 15억 달러를 넘었다. 흥행 관련 온갖 기록을 다 갈아치우는 기염을 토하기도 했다. 예컨대 개봉 첫 주에 2억 7000만 달러를 기록해서 〈다크 나이트The Dark Knight, 2008〉의 2억 3800만 달러 기록을 경신했다. 〈아바타〉가 5억 5000만 달러를 돌파하는 데 38일이 걸렸는데 이 영화는 31일로 기록을 단축했다.

2005년에 마블 스튜디오가 투자은행 메릴린치로부터 자금 지원을 받아 제작하기 시작한 이 영화는 말하자면 슈퍼히어로 캐릭터들의 앙상블 캐스트다. 초등학교 남자아이들 사이에서는 '사자와 호랑이가 싸우면 누가 이기냐?'라는 의문이 대단히 심각한 것인데, '만일 그 싸움에 흑곰이 뛰어들면 어떻게 되냐?'가 추가되면 그야말로 흥미진진하게 토론이 발전한다. 이 영화는 서로 싸우면 누가 이길지 알 수 없는 슈퍼히어로들이 한편을 이루어서 악당과 맞선다는 환상적인 설정에서 출발한다. 〈아이언맨〉의 토니 스타크, 〈퍼스트 어벤저Captain America: The First Avenger, 2011〉의 스티브 로저스, 〈인크레더블 헐크Incredible Hulk, 2008〉의 브루스 배너 박사, 〈토르〉의 토르와 로키, '블랙 위도' 나타샤 로마노프(〈아이언맨 2〉의 스칼릿 조핸슨), '호크아이Hawkeye' 클린트 바턴이 캐릭터 앙상블을 이룬다. 러닝타임도 143분이나 된다. '상한 토마토'에서도 92퍼센트 신선도를 기록하고 있다.

디즈니는 2012년 슈퍼볼 게임에서 30초짜리 광고를 내보내는 데 400만 달러를 썼다. 그후에 마블은 30분짜리 글로벌 라이브 트위팅 이벤트를 개최하기도 했다. 트위팅에는 웨던 감독과 새뮤얼 잭슨을 포함한 주연배우들도 참여했다. 디즈니와 마블은 오러클을 포함한 여러 기업 파트너들과 제휴를 맺어 약 1억 달러의 마케팅 비용 지원을 확보했다. 전통적으로 마블의 파트너인 버거

킹, 던킨도넛, 배스킨로빈스 등은 배제되었다. 디즈니는 패스트푸드 체인점을 통해 마케팅을 하지 않는다는 방침을 고수하고 있다.

이 영화에 나오는 캐릭터는 모두 마블의 캐릭터들이다. 마블은 1939년에 창업한 미국의 대표적인 코믹 출판사인데 2009년 디즈니에 40억 달러에 인수되었다. 위 캐릭터들 외에도 엑스맨, 스파이더맨, 고스트라이더, 울버린이 모두 마블 캐릭터들이다.

# 픽사

아이스너가 축출되자 신임 회장인 아이거는 신속히 잡스에게 전화를 걸었다. 픽사와 제휴 관계를 복원하겠다는 것이었다. 그러자 잡스가 파격적인 제안을 한다.

'우리 이제 아예 합칩시다.'

디즈니는 2006년 5월 5일 자로 픽사와 결합했다. 픽사는 74억 달러로 평가됐다. 픽사는 디즈니의 100퍼센트 자회사가 되고 스티브 잡스는 디즈니 주식의 약 7퍼센트를 보유한 개인 최대 주주로서 디즈니 이사회에 합류했다. 픽사는 고도의 독립성을 유지한다는 조건이었다. 바로 다음해에 〈라타투이Ratatouille〉가 성공해서 출발이 좋았다.

〈잡스Jobs, 2013〉는 2011년 10월에 56세로 세상을 떠난 스티브 잡스의 이야기를 완벽하게 재현한다. 잡스는 애플컴퓨터의

CEO로서, 또 현대사에서 가장 창의적인 기업가로서 기억되지만 영화 산업의 시각에서는 픽사를 인수해서 키워낸 커다란 업적을 남겼다.

디즈니와 할리우드가 잡스에게 보내는 찬사는 〈존 카터—바숨 전쟁의 서막〉이 잡스에게 헌정된 것만 보아도 잘 알 수 있다. 괴팍하고 인기 없었던 이 이상한 천재가 세상을 바꾸어놓아도 한참 바꾸어놓은 것이다.

1986년에 조지 루커스는 이혼 위자료에 〈제다이의 귀환〉 발표 이후 감소세로 돌아선 '스타 워즈' 라이선스 수입 때문에 고전하다가 잡스에게 500만 달러라는 헐값에 픽사를 넘기게 되었다. 잡스는 추가로 500만 달러를 회사에 투자한다.

잡스의 위대성은 이렇게 신기술의 가치를 알아보고, 과감하게 투자하고, 당장 돈이 안 됨에도 불구하고 계속 끌고 나가는 인내심에 있다. 픽사는 수익을 창출하지 못했다. 잡스는 투자를 계속했다. 결국 5000만 달러를 쏟아붓고 거의 단독 주주가 된다. 이 상황은 1991년에 디즈니와 합작 계약을 체결할 때까지 무려 5년간이나 계속되었다. 그 이후의 이야기는 앞에서 한 것과 같다.

〈잡스〉에는 애플이 기업공개를 하면서 잡스가 초창기에 같이 일했던 친구들에게 주식 한 장 나누어주지 않는 장면이 나온다. 기여한 바가 없다는 것이다. 픽사가 오랜 기다림 끝에 결국 성공을 거두고 기업공개로 잡스가 큰돈을 벌게 되었을 때도 마찬가지였다. 직원들에게는 아무것도 나누어주지 않았다. 그동안 내 돈으로 공짜로 먹고살았으면 되었지 뭘 또 바라느냐는 태도였다. 맞긴 한데, 참 냉정하다. 성공한 사업가들은 이렇게 냉정하고 그렇기 때문에 성공하는 모양이다.

스티브 잡스가 픽사를 회사로서 살려냈다면 창의적인 콘텐츠로 이를 실현한 인물은 존 래시터다. 〈토이 스토리〉를 비롯해서 픽사의 거의 모든 작품은 래시터의 창의력에서 나왔다고 보아도 과언이 아니다. 래시터는 할리우드 태생인데 고등학교 때 디즈니 애니메이션 영화를 보고 자신도 애니메이터가 되겠다고 결심했다고 한다. 대학 졸업 후에 바로 디즈니에 입사해서 승승장구했으나 일을 지나치게 의욕적으로 하는 바람에 상사와 문제가 생겨서 회사를 떠나게 되었고 루커스필름으로 옮겼다. 디즈니와 픽사의 결합으로 다시 디즈니로 복귀하게 된 셈이다. 픽사와 디즈니 스튜디오 양쪽에서 CCO[Chief Creative Officer]를 맡고 있다. 취미가 기관차 수집이라고 한다. 진짜 기관차.

애니메이션은 우리 눈에 착각을 일으켜서 개별 이미지가 연속된 동작을 하는 것처럼 보이게 한다. 1초에 열두 개의 이미지가 필요하다. 초당 이미지가 많을수록 그림이 자연스러워지는데 통상 24프레임을 쓰고, 75~120개를 넘으면 우리의 뇌는 더이상 차이를 느끼지 못한다. 기존에는 셀룰로이드 판에 하나씩 그림을 그려 연속적으로 촬영했다. CG 애니메이션은 이 과정을 컴퓨터화한 것이다.

애니메이션을 포함한 CG 기술은 물론 컴퓨터의 발달과 운명을 같이했다. 역사는 1940년대까지 거슬러올라간다. 그러나 이 기술은 1965년에 유타 대학교 공대에 컴퓨터공학과가 설치되면서 전기를 맞는다. CG, 3DCG 애니메이션 제작에 필요한 많은 기술이 여기서 개발된 것이다. 최초의 장편 CG 애니메이션은 1973년에 나온 〈이색지대Westworld〉다.

CG 애니메이션의 주인공들이 주로 동물, 벌레, 자동차, 장남감이고 사람이 주인공으로 등장한 것은 얼마 되지 않는다는 사실을 픽사에 대한 책을 보고 알게 되었다. 사람의 피부를 CG로 구현하는 것이 불가능했기 때문이라고 한다. 사람의 피부는 빛을 표면과 피하에서 두 번 반사하는데 이를 제대로 구현할 수가 없었다. 이 기술 또한 유타대 공대에서 박사 논문이 몇 개 나오고서야 개발되었다. 〈라타투이〉 이후에 이제는 사람이 주인공으로 많이 등장한다.

이후 계속된 컴퓨터 기술과 3D 애니메이션 소프트웨어의 눈부신 발달로 요즘 우리가 보고 있는 CG 애니메이션 제작이 가능해졌다. CG 애니메이션 기술은 실사영화에도 부분적으로 적용되어서 영화의 표현력을 비약적으로 향상시키고 있다. 100퍼센트 모션캡처를 활용한 CG 영화 〈베어울프Beowulf, 2007〉도 등장했다. 앤서니 홉킨스, 존 말코비치, 앤젤리나 졸리가 모두 CG 이미지로 출연한다.

2012년에 나온 피터 잭슨의 〈호빗—뜻밖의 여정〉은 최초로 48프레임을 쓴 장편영화다. HFR 영화가 많아진다면 극장은 설비를 모두 교체하는 투자를 해야 한다. 한편으로는 HFR 영화가 3D로 제작되는 경우 영화 고유의 느낌을 잃어버린다는 비판도 있다. 비디오게임 같은 느낌을 준다.

# 스타워즈

옛날에는 영화를 보려면 영화관 복도에서 앞선 회가 끝나기를 기다렸다. 앞 상영이 끝나고 사람들이 문을 열고 쏟아져나오면 성급한 사람들은 기다리지 않고 바로 들어간다. 꼭 지금의 지하철이나 엘리베이터를 타고 내리는 광경 같았다. 물론 그런 시스템에서는 자리만 있다면 한 번 더 보고 나올 수도 있었다.

고등학교 3학년 때(고3 때다!) 일이다. 단성사인지 피카디리인지에서 영화를 보려고 복도에서 기다리고 있는데 앞 상영이 끝나고 사람들이 나오기 시작했다. 그중 한 여중생이 얼굴이 상기된 채로 나오면서 "얼마나 재미있는지 기대하시라!"라고 문 앞에 서 있던 사람들에게 말하던 것이 기억난다. 경이로움에 가득차 있던 그 학생의 얼굴 표정까지도 아직 기억이 난다.

〈스타 워즈 에피소드 4—새로운 희망 1977〉이었다.

그때는 초기 '전자오락'이 나오던 시절이었다. 벽돌 깨기, 탁구, 팩맨 같은 것들이 인기를 끌었고 갤러그, 스페이스 인베이더도 출현했다. 고등학교 때는 규율부 선생님들이 종로1가 전자오락실 단속을 다녔다(단속 나온 선생님이 열심히 게임 하는 것을 본 일도 있다). 대학교 때는 친구들과 중앙도서관에서 공부하다가 밤 10시에 대학 본부를 출발하는 학교 셔틀버스를 타고 신림동 사거리에 내리면 전자오락 타운쯤 되는 곳이 있어 그런 게임 박스 앞에 붙어서서 한 30분 놀다 가곤 했다.

바로 그런 호랑이 담배 피우던 시절에 '스타 워즈' 첫번째 편의 마지막 부분에 나오는 전투 신은 가히 경악과 충격 그 자체였던 것이다. 루크 스카이워커가 랜드스피더를 조종하면서 데스스타의 표면에서 벌이는 공중전이다. 그 여중생도 주로 그 장면에서 쇼크를 받았을 것이다. 제다이 기사들이 쓰는 광선검도 어린 소년들의 꿈을 화면에서나마 실현해주었다.

'스타 워즈'는 오리지널 3부작이 1977년에서 1983년까지 개봉되었고, 프리퀄 3부작이 1999년에서 2005년까지 개봉되었다. 약 30년에 걸친 대장정이다. 총 흥행 수입은 단순 수치 합산으로 약 44억 달러다. 여섯 편 중에서도 〈스타 워즈 에피소드 1—보이지 않는 위험Star Wars Episode I: The Phantom Menace, 1999〉이 가장 높은 흥행 실적을 냈다.

이 시리즈에 대해서는 마니아들이 있을 정도로 많이 이야기되고 쓰였으므로 내가 여기서 지면을 쓸 필요는 없겠다. 다만 '특수효과의 지존'이라고 불리는 존 스티어스John Stears 이야기만 간략하게 하고 넘어가자.

스티어스는 007 시리즈 특수효과 감독으로 아카데미상을 받았고(《007 선더볼 작전Thunderball, 1965》) 〈스타 워즈 에피소드 1〉으로 다시 아카데미상을 받았다. 역사상 가장 유명한 제임스 본드 자동차인 'Aston Martin DB5'가 스티어스의 작품이다. 물론 영화에서는 Q의 작품이지만. 007 영화의 광팬이었던 조지 루커스가 1976년에 스티어스에게 연락해서 '스타 워즈' 계획을 설명했고 두 사람이 의기투합해서 새 역사가 시작된다. R2-D2, C-3PO, 루크 스카이워커의 랜드스피더, 제다이 광선검, 데스스타 모두 스티어스의 작품이다.

〈에피소드 4〉의 조연, 밀레니엄팰컨호의 선장 한 솔로는 해리슨 포드다. 해리슨 포드는 '인디애나 존스'로 더 잘 알려져 있지만(미국 고고학협회 이사다) '스타 워즈'가 출세작이다.

포드는 할리우드에서 배우 생활에 어려움을 겪다가 가족을 부양하기 위해 목수가 되었는데 주로 영화 스튜디오나 뮤지션들의 무대와 관련된 일을 맡았다. 그러다가 조지 루커스가 자기 집 가구 제작과 인테리어 일을 부탁한 게 인연이 되어서 조지 루커스 영화에 캐스팅되었고 '스타 워즈'에 나오게 되었던 것이다. 〈에피소드 5〉와 〈에피소드 6〉에도 출연했다. 포드는 루커스에게 〈에피소드 6〉에서 죽어서 퇴장하고 싶다고 했다는데 루커스는 거절했다. 해리슨 포드는 아마추어 조종사이고 헬리콥터도 조종한다. 앞에서 잠시 언급한 쉰들러 회장이 타는 것과 같은 기종인 필라투스도 사들인 적이 있다.

'스타 워즈' 시리즈 최고의 캐릭터는 뭐니뭐니해도 다스 베이더일 것이다. 루크 스카이워커의 아버지인 아나킨 스카이워커가 다스 베이더로 변신하는 과정은 예고는 되어 있었지만 이 시리즈 최고의 반전에 해당한다. 다스 베이더는 레이아 공주의 아버지이기도 하다. '포스'에 균형을 실현해줄 재목으로 예언되었던 제다이 기사였으나 다크 사이드로 떨어졌다.

다스 베이더는 〈에피소드 6〉에서 죽기 전에 딱 한 번을 제외하고는 얼굴을 드러내지 않는다. 실제 연기는 영국의 보디빌더 데이비드 프로즈가 맡았고 목소리는 제임스 얼 존스가 맡았다.

존스는 한국전쟁 참전 용사다. 할리우드에서 가장 존경받는 배우들 중 한 사람으로 2011년에 아카데미 공로상을 수상했다. 〈에피소드 4〉에서는 스스로 역할이 과하게 작다는 이유로 고사한 나머지 엔딩 크레디트에도 나오지 않는다. 할리우드에서 가장 목소리가 근사한 배우로도 유명해서 〈라이언 킹〉의 무파사(심바의 아버지 사자)도 존스의 목소리다. CNN을 시청하면 "This is CNN"이라는 멘트가 가끔 나오는데 역시 존스의 목소리다.

루커스필름은 1971년에 조지 루커스가 설립한 회사다. '스타 워즈'와 '인디애나 존스' 시리즈를 제작한 회사이고 특히 특수 시각, 음향 효과와 CG 기술의 선구적 개척자다. 2012년에 조지 루커스가 68세로 사실상 은퇴하면서 디즈니가 약 40억 달러에 인수할 때까지 독립적인 스튜디오였다. 디즈니는 세 편의 추가 '스타워즈' 영화를 제작할 계획인데 〈에피소드 7〉은 2015년에 개봉된다.

조지 루커스는 할리우드에서 흥행으로 큰 성공을 거둔 인물들 중 하나이다. 재산이 약 4조 5000억 원에 이른다. 남가주 대학을 졸업하고(스티븐 스필버그와는 재학중에 만난 사이다) 영화에 입문하기까지는 자동차 광이었는데 한번은 경주중에 차가 전복되어서 죽을 고비를 넘겼다. 그후로 자동차에 대한 관심을 잃었다고 한다. 그러나 루커스의 경력에 많은 영향을 미친 촬영감독 해스켈 웩슬러를 자동차 경주 클럽에서 알게 되었다. 웩슬러도 자동차 광이었다. 루커스는 대학을 졸업하고 공군에 지원했는데 속도위반 딱지를 너무 많이 받은 사실이 드러나서 낙방했다.

# 드림웍스

소년이 초승달 끝에 걸터앉아서 낚싯대를 드리우고 있다. 드림웍스 로고다. 존 윌리엄스가 작곡한 서정적인 기타 선율이 함께한다. 이 로고는 스필버그의 작품이다.

앞에서 언급했지만 1994년에 디즈니의 프랭크 웰스 사장이 사고로 세상을 떠나자 아이스너는 자신이 패러마운트에서 디즈니로 올 때 같이 데리고 왔던 부사장 제프리 카첸버그를 사장으로 진급시키지 않고 할리우드 최대 에이전시의 대표였던 마이클 오비츠를 영입한다. 카첸버그는 실망해서 사직서를 던지고 나가 드림웍스DreamWorks를 창업한다. 창업 파트너 카첸버그, 스필버그, 데이비드 게펜 3인이 각자 3300만 달러를 출자하고 마이크로소프트 공동 창업자인 폴 앨런이 5억 달러를 출자했다. 1998년에 〈개미Antz〉로 스타트를 끊었다.

1999년부터 3년 연속 대박이 났다. 3년 연속 아카데미 작품상을 받은 것이다. 〈아메리칸 뷰티American Beauty, 1999〉 〈글래디에이터〉 〈뷰티풀 마인드〉다. 2004년에는 드림웍스 애니메이션이 분가해 나왔다.

같은 해에, 패러디 애니메이션 〈슈렉 2〉가 공전의 흥행 성공을 거두었다. 약 열 편 정도의 할리우드 영화가 패러디된다. 안토니오 반데라스가 목소리 연기를 하는 장화 신은 고양이Puss In Boots가 '썩은 사과' 바에서 술을 한 모금 들이켜고는 미국인들이 가장 많이 하는 불평을 내뱉는다.

"월요일이 너무 싫어……!I hate Mondays……!"

장화 신은 고양이는 역시 반데라스가 주연했던 〈마스크 오브 조로The Mask of Zorro, 1998〉가 모델이다.

이 영화는 9억 2000만 달러로 디즈니의 〈니모를 찾아서Finding Nemo, 2003〉를 추월하고 애니메이션 최고 흥행작에 오른다. 나중에 〈라이언 킹〉과 〈니모를 찾아서〉 3D 버전이 개봉되고 우리 돈 1조 원 대 흥행작 〈토이 스토리 3〉의 등장으로 지금은 애니메이션 역대 4위의 흥행작이다.

그러나 드림웍스는 〈신드바드—7대양의 전설Sinbad: Legend of the Seven Seas, 2003〉의 흥행 실패로 무려 1억 2500만 달러를 손해 보고, 〈슈렉 2〉의 DVD를 너무 많이 찍어내는 우를 범해서 어려움도 겪는다. 이후 재정 문제로 우여곡절이 많다.

2006년 2월에 패러마운트는 드림웍스의 라이브액션 스튜디오를 16억 달러에 사들인다. 4억 달러의 채무인수를 포함한 액수다. 같은 해 5월에 패러마운트는 드림웍스의 라이브액션 라이브러리를 9억 달러에 소로스와 듄엔터테인먼트에 매각한다. 이 라이브러리는 2010년에 다시 4억 달러에 바이어컴으로 넘어간다. 2008년에 드림웍스는 패러마운트와의 합작을 청산하고 인도의 릴라이언스그룹으로부터 3억 2500만 달러의 투자를 유치했다. JP모건은 전통적으로 영화 산업에 강한데 JP모건 사람들이 이 거래를 성사시켰다.

카첸버그는 정치 분야에서도 활동적인 사람이다. 열네 살 때 이미 뉴욕 시장 선거전에 자원봉사자로 뛰었을 정도다. 1979년 이래 총 350만 달러를 정당 기부금으로 냈다. 특히 오바마 지지자로 유명하다. 할리우드는 원래 클린턴 지지자가 우세한 곳이다. 그러나 카첸버그는 애초부터 오바마를 지지했고 후원금 모금에도 큰 기여를 했다. 2012년에는 조지 클루니의 집에서 열린 모금 행사에서 공동 호스트 역할을 하기도 했다. 그날 하루 1500만 달러가 모금되었다고 한다. 단일 행사로서는 신기록이다.

카첸버그는 〈쿵푸 팬더Kung Fu Panda, 2008〉를 찍더니 바이든 부통령과 백악관의 지원을 받아 중국 시장을 열심히 개척하고 있다. 이 영화는 드림웍스 애니메이션 중에서 〈슈렉 2〉 다음으로 가장 흥행에 성공한 작품이다. 제작비 1억 3000만 달러에 박스오피스는 6억 3000만 달러. 더스틴 호프먼(마스터 시푸 역)과 앤젤리나 졸리(타이그리스 역)의 목소리를 들을 수 있다. 성룡도 원숭이 목소리로 나온다.

# MGM

앞서 〈벤허〉 이야기를 할 때 사자 리오를 같이 언급한 바 있다. 리오가 상징인 MGMMetro-Goldwyn-Mayer 스튜디오는 미국 영화 산업 영욕의 역사를 잘 요약해서 보여준다. 지금은 대형 스튜디오의 반열에서 밀려 내려와 2군으로 분류되지만 MGM은 황금기에 할리우드의 지존이었고 돈과 영예의 상징이었다.

미국에서 가장 오래된 극장 체인 브랜드는 뢰브Loew다. 1904년에 마커스 뢰브Marcus Leow라는 사람이 창업한 것이다. 뢰브는 2006년에 미국의 2대 극장 체인인 AMC에 흡수되었으나 브랜드는 아직 사용된다(AMC는 중국 달리안완다Dalian Wanda Group의 소유다). 마커스 뢰브는 안정적으로 영화를 공급받기 위해 사업을 수직 계열화했는데 1916년에 창립한 메트로Metro Pictures와 1917년에 창립한 골드윈Goldwyn Pictures을 사들였다. 그뒤 규모가 커진 사업 전체를 관리하는 데 힘이 부쳐서 1924년에 메이어Louis B. Mayer Pictures를 인수한다. 그 사주 메이어에게 경영 책임을 맡기기 위해서였다.

MGM의 첫 대표작은 무성영화 〈벤허〉였는데 제작비가 많이 들어가기는 했으나 결과가 좋았으므로 1925년에 MGM은 당시 1위였던 유니버설을 누르고 할리우드 최대의 스튜디오로 등극한다. MGM은 그후 30년 동안 왕좌를 지켰다.

마커스 뢰브는 1927년에 사망하고 뢰브의 경영권은 니컬러스 솅크Nicholas Schenck에게 넘어갔다. 2년 후인 1929년에 폭스William Fox의 윌리엄 폭스가 솅크의 협조하에 뢰브가의 지분을 사들여 뢰브를 인수하려 하자 메이어는 법무부에 독점 금지 문제를 제기, 거래를 무산시키려 시도한다. 그러던 중 1929년 여름에 윌리엄 폭스가 자동차 사고로 중상을 당하고 치료 끝에 부상에서 회복한 그 해 가을 대공황이 발생해, 폭스의 뢰브 인수는 물건너가게 되었다. 뢰브는 위기를 모면했으나 솅크와 메이어는 원수지간으로 남는다.

MGM의 성공 비결은 화려함과 완성도 높은 작품에 대한 관객들의 요구를 잘 수용한 데 있다. 그레타 가르보, 클라크 게이블, 스펜서 트레이시 같은 톱스타들을 확보하고 성장시켰다. 처음으로 테크니컬러 기술을 영화에 사용하기도 했다. 유성영화 제작에 소극적이었던 실책을 범하기는 했으나 전성기에는 1년에 50편의 영화를 제작하는 기염을 토했다. 심지어는 매주 새 영화를 개봉한다는 목표를 세우기까지 했는데 이 목표는 달성하지 못했지만 9일에 한 편을 개봉하는 기록을 세운 바 있다.

대공황 시기에는 촬영 세트와 의상, 소품 들을 재활용하는 방식으로 경영을 합리화했고 불필요한 자산을 보유하지 않는 전략으로 1930년대에도 주주들에게 배당금을 지급한 유일한 스튜디오가 MGM이다. 1950년대 중반까지 한 번도 적자를 본 해가 없었다. 메이어는 미국 역사 최초로 100만 달러 대의 연봉을 받는 경영자가 된다.

메이어는 1957년에 타계했다. 그해는 MGM이 34년 역사에서 첫 적자를 기록한 해가 되었다. TV가 점차 부상하면서 우수한 경영자와 인력을 확보하지 못한 MGM은 시련기에 접어든다. 앞에서 이야기한 1959년작 〈벤허〉로 일시 기력을 회복했으나 〈벤허〉의 성공이 오히려 독이 되었다. 〈벤허〉에서 나온 수익은 1960년 한 해 동안 스튜디오를 먹여 살렸고 그때부터 MGM은 1년에 한 편의 대작으로 승부를 거는 나쁜 습관을 들이기 시작했다.

1969년에는 나중에 크라이슬러 자동차의 대주주가 되는 커코리언Kirk Kerkorian이 MGM 지분의 40퍼센트를 사들인다. 커코리언은 MGM의 영화제작 능력보다는 부동산과 화려한 브랜드 가치에 주목했다. 이때 라스베이거스의 MGM 호텔과 카지노가 탄생했다. 영화 사업 부문은 대대적인 구조조정과 사업 축소를 당하는 수모를 겪었다. 마케팅과 배급은 UAUnited Artists에 외주로 처리했다. 영화 부문 자산의 매각도 척척 진행되어서 1979년에 커코리언은 MGM은 호텔 사업체라고 선언하기에 이른다.

1986년에는 터너Ted Turner가 TV 채널에 영화를 안정적으로 공급받을 목적으로 15억 달러에 MGM을 사들인다. 그러나 터너 자체의 부채 비율이 과도하게 높아 금융에 어려움을 겪다가 커코리언에게 약 5000만 달러짜리 자산을 처분한 후 MGM은 결국 3000만 달러에 UA에 넘겨진다. 즉 MGM은 커코리언의 소유로 되돌려졌고 MGM/UA가 되었다. 터너는 MGM 라이브러리의 일부만을 보유하는 것으로 정리되었다. MGM은 1991년에 프랑스의 크레디리오네Crédit Lyonnais에 넘어갔다가 다시 커코리언에게 매각된다. 세번째로 주인이 된 커코리언은 소니를 배후에 둔 헤지펀드들에게 회사 주식을 다시 매각했다. 소니는 블루레이를 띄우는 데 MGM의 라이브러리가 필요했다.

그후 이렇다 할 주인이 없어진 MGM은 여러 스튜디오에게 인수 시도를 당하게 된다. 타임워너가 인수 협상에 실패하자 결국 소니가 컴캐스트와 사모펀드 TPG의 힘을 빌려 MGM을 인수하게 되었고, 다시 테이블에 돌아온 타임워너와 바이어컴-QVC 스타일의 가격 경쟁을 벌였다. 타임워너는 포기하고, 소니는 50억 달러를 지불했는데 그중 20억 달러가 MGM의 부채 상환에 사용되었다.

MGM의 다양한 구조조정 노력과 새로운 프로젝트에도 불구하고 회사의 부채는 2009년 중반에 이미 37억 달러에 이른다. 1년에 이자 상환 비용만 2억 5000만 달러. MGM의 연 매출은 5억 달러에 달했으나 경제 위기의 여파로 점차 기초 체력이 약해졌다. MGM은 채권자들과 부채 상환 시기 조정이나 출자전환 같은 방식들을 모색했으나 여의치 않았고 회사를 매각하기 위해 여러 가지 노력을 기울였지만 성사되지 않아 2010년 12월 2일에 파산보호신청을 하게 된다. MGM은 당해 12월 20일에 극적으로 파산 절차에서 벗어나 오늘에 이른다.

# 글로벌 미디어

미디어 산업에서의 경쟁은 미국 내에서 활발하게 전개되고 있지만 미국 밖의 기업들도 상당한 비중을 차지한다.

『포천』에 따르면 매출 규모 기준으로 2012년 글로벌 미디어 기업 순위는 컴캐스트(558억 달러), 디즈니(408억 달러), 프랑스의 비방디Vivendi Universal(400억 달러), 뉴스코퍼레이션(334억 달러), 타임워너(289억 달러), 베텔스만Bertelsmann(224억 달러) 순이다. 2007년에는 타임워너(447억 달러), 디즈니(342억 달러), 뉴스코퍼레이션(253억 달러), 베텔스만(242억 달러) 순이었다. 완전한 미국 기업으로 보기 어려운 뉴스코퍼레이션과 독일의 베텔스만이 글로벌 500에 포함되었다.

시가총액을 기준으로 작성되는 파이낸셜 타임스의 2012년 말 기준 글로벌 500에는 컴캐스트(71), 디즈니(74), 뉴스코퍼레이션

(141), 바이어컴(333), 타임워너케이블(334), 비방디(385), CBS(403)로 순위가 기록되어 있다.

글로벌 500대 기업에 속하는 비미국 기업은 그 외에도 네덜란드·영국의 리드엘제비어Reed Elsevier, 캐나다의 톰슨, 영국의 스카이브로드캐스팅British Sky Broadcasting이 있다. 독일의 베텔스만은 비상장회사이기 때문에 이 리스트에 포함되지 않은 것으로 보인다. 베텔스만은 랜덤하우스와 유럽 최대의 방송사 RTL 그룹, 유럽 최대의 잡지사 그루너+자르Gruner+Jahr 등을 거느린 지주회사다. 출판으로만 따지면 파이낸셜 타임스, 펭귄 그룹을 거느린 영국의 피어슨Pearson이 세계 최대 출판사다. 영화 DVD, 음악 CD는 출판사가 제작해서 유통한다.

미국 미디어 그룹들은 세계 시장을 석권하고 있지만 결국에는 콘텐츠 경쟁력이 그 기초다. 유통망이나 마케팅 측면에서 미국 기업들에 버금가는 경쟁력을 가진 미국 밖의 기업들이 미국 미디어 회사들의 콘텐츠를 탐내는 이유가 여기에 있다. 이는 1980년대에 미국 미디어 기업들을 겨냥한 외국 기업들의 M&A가 개시된 배경이기도 하다.

### 하드웨어와 콘텐츠

이 움직임은 음악 분야에서 시작되었는데 1986년에 베텔스만이 미국의 RCA/Arista 레코드를 인수해서 좋은 성과를 거두었다. 1987년에는 소니가 CBS 레코드를 인수했고 1989년에는 네덜란드 필립스의 자회사인 폴리그램PolyGram이 A&M 레코드를 인수했다. 그 결과 세계 6대 레코드사 중 MCA와 Thorn EMI 달랑 두 개만이 미국 회사로 남게 되었다. EMI는 1996년에 Thorn으로부터 독립해 나왔다.

1992년에는 일본의 마쓰시타가 MCA를 74억 달러에 인수하고 소니가 컬럼비아픽처스를 48억 달러에 인수했다. 미국 내에서 일본 자본에 대한 경계 심리가 발생한 것이 이 무렵이다. 미국은 1988년에 외국 기업의 미국 기업 인수가 국가 안보에 위협이 되는 경우 대통령이 금지할 수 있다는 특별법까지 제정한다.

마쓰시타와 소니는 자신들이 제조하는 세계 최고 수준의 하드웨어와 미국 미디어 회사의 콘텐츠가 시너지를 낳을 것으로 기대했다. 특히 소니는 비디오 대여점 체인의 중요성을 인식하지 못한 것이 원인이 되어 고품질의 베타Betamax 비디오테이프 시장을 마쓰시타의 VHS 테이프에 내주었던 뼈아픈 기억이 있었다. 당시 비디오 대여 체인점들이 VHS를 선택했기 때문이다. 하드웨어 제조사들은 신제품의 성공에 콘텐츠 회사의 도움이 필요하다는 것을 깨달았다.

그러나 마쓰시타와 소니의 미국 진출은 둘 다 실패했다. 거시경제 환경이 불리해졌고 소니의 경우 경영진 선택에 실패했다. 소니는 일본인 중역을 포함한 새 경영진 구성에 성공하고 〈에어 포스 원〉 등 몇 편의 작품이 연속적으로 성공해서 정상을 회복했으나, 마쓰시타는 1995년에 MCA를 캐나다의 주류 회사 시그램

Seagram에 70억 달러에 매각하고 미국 시장에서 철수해버린다. 일본의 엔화는 그사이에 무려 60퍼센트나 절상되어 있었으므로 마쓰시타는 엄청난 환차손을 입었다.

북미 지역 시장점유율 1위를 유지해온 소니픽처스는 최근에 250억 달러 규모 영화 사업 구조조정안을 발표하고 향후 TV에 중점을 둔다는 전략을 새로 채택했다. 연간 제작 편수를 장기적으로는 열여덟 편 선으로 맞추기로 했다. TV 시리즈의 제작과 배급이 영화보다 마진이 높아서 회사의 수익이 증대할 것이라는 계산이다. 소니의 2015년 매출 목표는 84억 달러다. 이 작업을 지휘하는 소니픽처스의 CEO는 마이클 린턴Michael Lynton이다. 나와 동갑이다. 나치를 피해서 영국으로 망명한 네덜란드계 유대 가문에서 출생했는데 하버드 학부와 경영대학원을 졸업했다. 디즈니를 거쳐 피어슨의 펭귄 그룹 CEO를 역임했고 소니에 합류할 때까지 타임워너에서 사장급 임원으로 일했다. 할리우드에서 가장 영향력 있는 인사 중 한 사람이지만 가급적 미디어 노출을 피하고 조용히 활동하는 것으로 유명하다.

애플은 미디어 기업으로 분류되지 않는다. 그러나 콘텐츠를 실어나르는 하드웨어를 제조하는 기업은 콘텐츠의 제작이나 유통과 전혀 무관할 수 없고, 얼마 전에 워싱턴포스트를 인수한 아마존의 사례가 보여주듯이 미래에는 콘텐츠가 하드웨어 기업과 콘텐츠 유통 기업의 성패를 좌우할 수도 있다. 애플은 2001년에 아이팟을 선보이고 2003년에 아이튠스 스토어를 열면서 이 시장에 뛰어들었다.

애플 덕분에 소비자들은 원치 않는 음악까지 포함된 앨범을 사거나 그 밖의 끼워팔기로 인해 피해를 당하지 않게 되었다. 이제는 꼭 필요한 음원만 저렴한 가격에 구입하면 된다. 음원 파일 공유 사이트도 속속 등장했다. 그러나 애플 때문에 1950년대부터 20퍼센트씩 매년 꾸준히 성장했고 1980년대 중반에 CD가 등장하면서 폭발적으로 성장했던 레코드 산업이 된서리를 맞았다.

EMI가 직격탄을 맞았고 2002년에서 2007년 사이에 레코드 산업 규모는 40퍼센트가량 줄어들었다. EMI는 2007년에 결국 테러페르머Terra Firma라는 사모펀드에 인수당한다(83억 달러). 그러나 2011년에는 시티은행에서 빌린 돈을 갚지 못할 것으로 예상되어서 도산하고 만다. 출자전환으로 주인이 된 시티는 얼마 후에 EMI의 음악 사업은 유니버설뮤직에, 출판 사업은 소니에 각각 매각했다. 매각 가격이 괜찮았던지라 시티는 EMI 채권을 거의 전액 회수했다.

### 뉴스코퍼레이션

20세기폭스 영화의 시작은 서치라이트다.

아카데미상을 아홉 번 수상한 작곡가 앨프리드 뉴먼이 작곡한 팡파르와 같이 나온다. 이 팡파르는 영화 팬이라면 숱하게 들었을 음악이다. 1933년에 작곡되었다. B플랫장조의 이 팡파르를 매우 좋아한 조지 루커스와 작곡가 존 윌리엄스에 의해 그 확장판이 모든 '스타 워즈' 영화에서 사용된다.

20세기폭스 로고 아래에는 'A News Corporation Company'라고 써 있다.

뉴스코퍼레이션은 루퍼트 머독이 1980년에 호주에서 설립한 회사다. 2012년에 337억 달러의 매출을 기록했고 종업원은 4만 8000명이다. 20세기폭스, 다우존스, TV가이드, 하퍼콜린스HarperCollins 등을 보유한 이 회사는 미국 밖에서는 최대의 미디어 기업이다. 호주와 영국을 중심으로 신문, 방송, 음악, 케이블, 인터넷, 출판사 등을 전 세계에 걸쳐 보유하고 있으며 한때 피지와 파푸아뉴기니의 언론도 장악했었다.

뉴스코퍼레이션이 20세기폭스사 인수를 완료한 것은 1984년이었는데 방송 사업에도 진출하기 위해 머독은 1985년에 미국 국적을 취득한다. 미국의 TV 방송사는 미국 국적의 주주만이 소유할 수 있기 때문이다. 폭스 채널로 알려진 폭스TVFox Broadcasting Company가 이렇게 출범했다.

뉴스코퍼레이션은 2004년 말에 호주 연방법원과 주주총회의 승인을 받아 회사의 설립지를 호주에서 미국의 델라웨어 주로 이전함으로써 법률상 미국 회사가 된다. 미국 회사가 되면 회사의 운영을 미국법에 따라 해야 된다. 즉 투명 경영과 주주 이익 우선 경영을 하게 된다는 것이다. 그러면 투자하려는 사람들이 많아지고 자연스럽게 주가는 올라간다. 명품 회사 구치가 이탈리아 회사에서 네덜란드 회사로 변신한 것과 같은 이유다.

뉴스코퍼레이션은 2005년에는 바이어컴의 경쟁을 물리치고 마이스페이스를 사들였다. 그러나 마이스페이스는 페이스북 때문에 고전을 면치 못하다가 헐값에 처분된다.

머독의 미국 미디어 산업 내 영향력은 2007년에 신문 발행 부수 2위인 월스트리트저널을 발행하는 다우존스를 56억 달러에 인수할 때 최고조에 올랐지만, 2011년에 영국에서 계열 신문사에 의한 대형 전화 도청 사건이 발생하면서 큰 타격을 받았다. 대담하게도 전직 총리와 왕실까지 도청했다는 혐의를 받았다. 이 사건은 미국으로도 번져서 FBI가 수사에 나선다. 다우존스 회장이 사임했다. 결국 뉴스코퍼레이션은 2013년에 '21세기폭스'를 분리하면서 미디어 사업과 출판 사업을 분리하게 된다. 20세기폭스 계열 기업들은 모두 21세기폭스 아래로 편입되었다. 21세기폭스의 로고에는 서치라이트가 들어 있다.

# 엔딩

이제 마무리할 때가 되었다. 2부 마지막에서 스타 예찬론을 펼치며 3부를 시작했기 때문에, 역시 3부 마무리는 이 책의 주제를 정리한 후에 영화 예찬론으로 끝맺는 것이 맞겠다.

**영화와 돈**

모든 상품은 제조원가, 품질, 수요와 공급에 따라 가격이 정해진다. 그런데 기이하게도 영화는 이 법칙을 따르지 않는다. 블록버스터와 독립영화 관람료가 같고 흥행 대작과 며칠 만에 간판을 내리는 영화 관람료가 같다. 그렇다고 극장들이 담합하는 것도 아니고 할 이유도 없다. 영화에 대해 이런 비정상적인 가격 결정이 이루어지는 이유를 찾아보아도 경제학 책에는 마땅한 답이 없다. 어쨌든 앞서 언급한 디즈니의 CG 애니메이션 〈라푼젤〉은 1초당 제작비가 4600만 원이지만 관람료는 만 원을 넘지 않는다. 즉 영화는 소비자 입장에서는 선택만 잘하면 가격 대비 엄청난 효용을 누릴 수 있는 상품이다. 비싼 오페라와 음악회의 문턱이 높게 느껴지는 서민들에게 영화처럼 큰 위안을 주는 문화 상품도 없다.

한국 영화가 외국 영화보다 점유율이 높아지고 지금 수준으로라도 성장할 수 있었던 것은 1990년대부터 멀티플렉스가 늘어나고 산업자본이 제작에 참여하기 시작했기 때문이다. 벤처 캐피털들의 참여도 많이 늘어났다. 2000년대 후반의 침체기를 초래한 업계 내 과당경쟁이 지양되고 리스크 관리가 정상적으로 이루어지기 시작하면 국내 영화 산업이 안정될 수 있을 것이다. 그리고 한국 영화의 세계 시장 점유율 2퍼센트라는 수치는 지금은 한계지만 달리 보면 엄청난 성장의 여지다. 결국 국제화에 길이 있음은 다른 산업과 같다. 머리말에서 언급한 것처럼 최근 개봉된 〈베를린〉〈도둑들〉 같은 국내 영화들은 높은 가능성을 보여주었다. 한편 〈레드—더 레전드Red 2, 2013〉는 또다른 차원에서 기분좋은 영화다.

이 책이 영화의 상업적 측면에 초점을 맞춘 데 대해 못마땅해하는 독자가 있을지 모르겠다. 그러나 이 책은 그냥 영화에 관한 하나의 책일 뿐이다. 다른 초점을 가진 책들이 무수히 많고, 나도 기회가 되면 그런 책을 또 쓰게 될지 모르겠다. 나는 크고 작게 장사하는 사람들이 돈 문제로 싸움이 나면 찾아가는 대형 로펌 변호사 출신이고 지금은 싸움을 말리고 덜 하게 하는 방법을 연구하는 상법 교수여서 이 돈이라는 말이 얼마나 의미가 왜곡되어 있는지 잘 안다. 인류는 항상 돈이 부족했기 때문에 돈을 부정적인 이미지로 채색해버렸다. 채무자가 채권자보다 훨씬 많기 때문에 채권자는 부정적인 이미지를 지고 산다. 돈 빌려주고 이자 받으면 교회가 파문하던 시대도 있었다. 그러나 심각한 메시지를 전하는 소규모 영화이든 큰 스케일로 우리를 즐겁게 하는 블록버스터이든 이 돈의 힘으로 만들어지고 우리에게 전달된다.

한편 내 돈만으로 사업을 하는 것은 바보짓이라고 경영대학에서 가르친다. 그래서 영화제작에서도 남의 돈을 잘 쓰는 방법, 즉 금융을 알아야 한다. '남의 돈'은 위험하기는 하지만 종종 무에서 유를 창조하는 마술도 부린다. 그런데 문제는 남의 돈을 끌어오기가 쉽지 않다는 것이다. 세계 최대의 사모펀드 블랙스톤Blackstone의 창업자들도 창업 후 2년 동안 온갖 데서 수모를 다 겪으면서 투자를 유치하러 다녔다. 무려 2년을. 영화 제작자들과 감독들은 이 이야기를 잘 기억하시기 바란다. '남의 돈', 정말 어려운 것이다. 내가 항상 하는 말이 있다. '사람의 마음이 움직였는지 보려면 돈이 움직였는지 보라'는 것이다. 마음을 움직여야 된다.

물론, 마음이 움직여도 돈을 못 움직이는 사람들도 있다.

### 오즈의 마법사

끝으로, 한 연기자가 TV 토크쇼에 나와 이야기하던 경험담이 기억에 남는다. 신라군과 당나라군이 싸우는 장면을 찍는 드라마 촬영장이었다고 한다. 점심시간이 되어 감독이 휴식을 선언하고 점심을 먹으러 가게 되자 자연스럽게 신라군 연기자들은 신라군 연기자들끼리, 당나라군 연기자들은 당나라군 연기자들끼리 점심을 먹으러 가더라는 것이다.

영화를 보고 갑자기 바깥세상으로 나오면 몰입했을수록 적응하는 데 약간의 시간이 걸리는 것을 느낀다. 생각할 것이 좀 있는 영화의 경우 며칠 동안 머릿속 한쪽을 사로잡히는 경우도 있다. 그러니 배우들은 오죽하겠는가. 훌륭한 배우들은 영화와 역할에 자신을 완전히 동화시켜 거의 빙의 수준까지 가야 한다는 것이다. 〈링컨〉을 찍는 내내 스필버그는 대니얼 데이루이스를 '대통령님'이라고 불렀다 한다. 〈쉰들러 리스트〉 촬영에 참여했던 독일 배우들과 이스라엘 배우들이 어떤 감정적 혼란을 겪었을지 상상이 간다. 메릴 스트리프도 소피의 '선택' 장면에서 마찬가지였을 것이다. 단 한 번의 테이크로 촬영이 끝난 이유다. 〈사운드 오브 뮤직〉의 아홉 배우는 영화 촬영 이후 정말 가족처럼 지냈다고 한다. 어떤 배우들은 동시에 두 편을 못하고, 영화에서 '빠져나오는 데' 고생하기도 한다고 털어놓는다.

이 책을 쓰면서 옛날 영화들을 다시 볼 기회가 많았는데 그중 하나가 〈오즈의 마법사〉다.

아카데미 작품상 후보에 올랐다. 그러나 희대의 경쟁작에 상을 양보했다. 〈바람과 함께 사라지다〉. 상도 흥행도 같은 해에 개봉되는 다른 영화에 크게 영향을 받는다.

〈오즈의 마법사〉는 1939년작이지만 테크니컬러를 쓴 것으로 유명하다. 새로 제작된 DVD를 보면 요즘 영화들과 거의 수준 차이가 없는 선명한 색상이 나온다. 처음에 주디 갈런드가 흑백 분위기의 화면에서 연기하다가 토네이도를 만나 집이 공중으로 빨려 올라간다. 집이 다시 지상에 떨어졌을 때는 전혀 다른 세계다. 그런데 이 전혀 다른 세계는 컬러로 표현된다. 영화를 보는 관객의 입장에서도 컬러 화면이 시작될 때 전혀 차원이 다른 세계에 온 느낌을 받는다.

만일 우리가 사는 세계가 흑백에 해당한다면 어떨까? 다른 차원의 세계가 있는데 그 세계는 컬러에 비견될 만큼 '사실적'이라면? 이런 생각을 영화를 보면서 하게 되었다. 그 이유는 최근에 국내에 소개되어서 큰 반향을 불러일으켰던 이븐 알렉산더의 『나는 천국을 보았다Proof of Heaven, 2012』라는 책이 생각나서다. 저자는 신경외과 전문의인데 특이한 임사 체험을 한 후에 이 책을 썼다. 자신이 체험한 곳을 '초현실'로서 우리가 영화를 보고 갑자기 밖으로 나왔을 때와 비교하고 있다. 즉 우리는 더 컬러풀하고 더 입체적인 세계가 있다는 것을 모르고 마치 영화관에서 영화를 보는 상태와 같이 살고 있다는 것이다.

도로시는 마법사를 만난 후에 집으로 돌아온다. 돌아와보니 꿈을 꾼 것이었다. 영화는 다시 흑백으로 바뀌어 있다. 그러나 컬러풀한 세계에서 경험한 모든 것을 기억한다. 이것이 꿈이나 뇌의 이상 작용으로 인한 환각이 아니라는 것을 알려면 물증이 있으면 된다. 즉 다른 세계를 여행했던 소년이 깨어나보니 이 세계였지만 손에 다른 세계에서 쥐었던 한 줌의 흙이 남아 있다면? 알렉산더의 책은 자신이 그 한 줌의 흙을 쥐고 있다고 이야기한다. 더이상은 스포일러이므로 생략.

우리 모두는 스스로 설정한 무대에 나와서 스스로 선택한 캐릭터를 연기하는 인생이란 과정을 거치고 있다. 아니면 어떤 유저들이 만들어놓은 시뮬레이션 현실 속에서 그들이 설정한 배역을 연기하고 있든지(〈13층〉). 무대 상황이나 다른 연기자들 때문에 돌발 상황이 일어나기도 하지만 시나리오는 대체로 지켜진다(〈슬라이딩 도어스 Sliding Doors, 1998〉). 이 안에서 우리는 무의식적으로 연극, 영화 같은 장치를 통해 또다시 꿈속에서 다른 꿈을 꾸고 있는 것인지도 모른다(〈인셉션 Inception, 2010〉). 아니면 쇼 안에서 쇼를 보고 있든가(〈트루먼 쇼 The Truman Show, 1998〉). 그러나 우리는 자신이 어디서 온 누구인지도 모르면서 그 꿈속의 꿈이나 쇼 속의 쇼에서 스타를 만들어내면서 스스로의 무대에서 스타가 되기 위해 힘겹게 애쓰는 존재들이다.

영화는 우리에게 무한한 격려다.

이 책은 학술서도 아니고 전문서도 아니기 때문에 숫자나 그 밖의 사실facts에 관한 한 일일이 출처를 인용하지 않는다. 위키피디아, 로스앤젤레스 타임스, 뉴욕 타임스, 할리우드리포터The Hollywood Reporter, 그 밖의 다양한 자료들을 활용했다. IMDb와 상한 토마토Rotten Tomatoes, 메이저 스튜디오들의 홈페이지도 물론 포함된다. 국내 반응은 다음과 네이버의 DB를 확인했다.

인용이 필요한 대목에서는 꺾은 괄호를 써서 자료 작성자의 이름을 기재하였다. [Doherty, 72]와 같은 방식이다. 그 외의 경우에는 키워드로 인터넷 검색 확인이 가능할 만큼만 적어놓았다.

요즘은 DVD를 출시할 때 제작 기록이나 다큐멘터리를 특별판으로 포함하는 경우가 대부분이어서 여기서도 영화제작에 관한 지식을 많이 얻을 수 있다. 미국에서는 영화의 개봉을 앞두고 주연배우나 감독이 TV 토크쇼에 출연해서 홍보를 하는데 이때 해당 영화의 주변 이야기가 많이 소개된다.

〈국 내〉

김화진, 『투자은행』(머니투데이더벨, 2013)

김화진, 『기업지배구조와 기업금융』 제2판(박영사, 2012)

최건용, 『비즈니스로 보는 한국 영화 산업』(형설출판사, 2012)

〈외 국〉

Balio, Tino, *Grand Design: Hollywood as a Modern Business Enterprise, 1930-1939*(University of California Press, 1996)

Doherty, Thomas, *Hollywood and Hitler, 1933-1939* (Columbia University Press, 2013)

Finney, Angus, *The International Film Business: A Market Guide Beyond Hollywood*(Routledge, 2010)

Havens, Timothy & Amanda Lotz, *Understanding Media Industries*(Oxford University Press, 2011)

McClintick, David, *Indecent Exposure: A True Story of Hollywood and Wall Street*(HarperBusiness, 2006)

Munk, Nina, *Fools Rush In: Steve Case, Jerry Levin, and the Unmaking of AOL Time Warner*(HarperCollins, 2004)

Obst, Lynda, *Sleepless in Hollywood: Tales from the New Abnormal in the Movie Business*(Simon&Schuster, 2013)

Price, David A., *The Pixar Touch: The Making of a Company*(Alfred A. Knopf, 2008)

Stewart, James B., *Disney War*(Simon&Schuster, 2005)

Tuccille, Jerome, *Rupert Murdoch: Creator of a Worldwide Media Empire*(Beard Books, 2003)

Urwand, Ben, *The Collaboration: Hollywood's Pact with Hitler*(Harvard University Press, 2013)

Young, Jeffrey S. & William L. Simon, *iCon Steve Jobs: The Greatest Second Act in the History of Business*(John Wiley&Sons, 2005)

Wasserstein, Bruce, *Big Deal: The Battle for Control of America's Leading Corporations*(Warner Books, 1998)

**영화를 바라보다**


**초판 인쇄** 2014년 4월 21일
**초판 발행** 2014년 4월 28일

**지은이** 김화진
**펴낸이** 강병선
**편집인** 황상욱

**기획** 황상욱 **편집** 황상욱 윤해승
**디자인** 최정윤 **교정** 양재화
**마케팅** 방미연 이지현 함유지
**온라인 마케팅** 김희숙 김상만 이원주 한수진
**제작** 강신은 김동욱 임현식
**제작처** 영신사

**펴낸곳** (주)문학동네
**출판등록** 1993년 10월 22일 제406-2003-000045호
**임프린트** 휴먼큐브

**주소** 413-120 경기도 파주시 회동길 210 1층
**문의전화** 031-955-1902(편집) 031-955-3578(마케팅) 031-955-8855(팩스)
**전자우편** forviya@munhak.com **트위터** @humancube44 **페이스북** fb.com/humancube44

ISBN 978-89-546-2461-9 03810


■ 「이 도서의 국립중앙도서관 출판시도서목록(CIP)은 서지정보유통지원시스템 홈페이지(http://seoji.nl.go.kr)와 국가자료공동목록시스템(http://www.nl.go.kr/kolisnet)에서 이용하실 수 있습니다.(CIP제어번호: CIP2014011533)」

**www.munhak.com**